虎 著

万亿小镇

第三届中国工业文学优秀作品奖
2022年度佛山市文艺精品扶持项目

中国华侨出版社
·北京·

图书在版编目（CIP）数据

万亿小镇 / 王虎著. -- 北京：中国华侨出版社，
2025.1. -- ISBN 978-7-5113-9375-3
Ⅰ.1247.5
中国国家版本馆CIP数据核字第20249E3F70号

万亿小镇

| 著　　者：王　虎 |
| 出 版 人：杨伯勋 |
| 责任编辑：肖贵平 |
| 项目统筹：玉娇龙传媒 |
| 装帧设计：高　颖 |
| 经　　销：新华书店 |
| 开　　本：880毫米×1230毫米　1/32开　印张：8　字数：185千字 |
| 印　　刷：武汉鑫佳捷印务有限公司 |
| 版　　次：2025年1月第1版 |
| 印　　次：2025年1月第1次印刷 |
| 书　　号：ISBN 978-7-5113-9375-3 |
| 定　　价：88.00元 |

中国华侨出版社　北京市朝阳区西坝河东里77号楼底商5号　邮编：100028
发行部：（010）64443051　传　真：（010）64439708

如发现印装质量问题，影响阅读，请与印刷厂联系调换。

目录

CONTENTS

第一章 地铁奇遇 1

第二章 进展 13

第三章 质量问题 24

第四章 距离 39

第五章 亲子鉴定 49

第六章 蔗林秘密 56

第七章 家务事 70

第八章 转折 81

第九章 曲折 99

第十章 相认 114

第十一章 商议 128

第十二章 猜疑 141

第十三章 往事 151

第十四章 唐突 164

第十五章 交错 180

第十六章 纠纷 192

第十七章 机遇 207

第十八章 真相 218

第十九章 团聚 234

一个民族身后,留下一部辉煌历史
一群人身后,留下一条路
一个人身后,留下一串脚印

第一章 地铁奇遇

"林秘书,你大概几点钟回到公司?"

"张总,我已经坐上地铁,估计两点左右能到办公室。"

闭着眼,脸上带着微笑,正在脑海中品鉴如诗如画水乡炊烟的林城石,被集团公司副总裁张大陆一个电话,拉回现实。

一听林城石在地铁上,张大陆尽量长话短说。公司运到印度的六台燃烧机全部出了问题,客户索要20万元的赔偿款,希望他站在公司立场,跟进并落实好售后服务事宜。

作为总裁办秘书的林城石,员工私下里称其为领导肚子里的蛔虫。

不用皱眉头,就知道张总让他跟踪落实这事,要的是协商维修结果。要是谈赔偿,交给外贸部办理即可,根本没有必要安排他去做。质量问题,最容易牵连企业信誉,以及产品在客户心目中的地位。正确面对不足,做好售后服务,才能更好地展现一家公司妥善解决问题的能力。20万元的纠纷对公司来说,不算多大的事。直接掏钱赔偿,结果总是出力不讨好。客户的怨言会给其他人留下产品不上档次的错觉。公司出口的设备，自己能维修好，至少证明公司解决问题的能力是毋庸置疑的，只是在质量控制环节出了差错。有质量瑕疵跟技不如人相比，完全是两码事。

林城石总共请了一天半的假。半天报到，半天开会，剩下的半天就是回家赶路的时间。就这样，手机上一个任务接着一个任务传来。还好，有微信、钉钉，这些"无声办公"的技术，无论在会场还是其他公众场合，动动手指，就能秘密解决问题。

只要到广州参加活动，林城石都会提前一天报到。

一大早急急忙忙地赶车，搞得自己满头大汗、精神紧张，完全失去了学习的意义。晚上在会务单位提供的免费酒店好好睡上一觉，早上九点参加活动，中午十二点准时结束。5分钟解决肚子问题，提起背包，急匆匆追着车次时刻表奔向地铁站，这是他的常态。

没有座位，抓着扶手杆站着的林城石，经车身摇晃一番，顿觉肚子空了一大截。

林城石想到吃了七八分饱的那份盒饭，对举办方节俭的"光盘"行动，感触颇深。餐厅离会场不远，把每一分钱都看成利润的小老板，亲自骑车送来快餐后，指着放在三张不同桌子上的盒饭告诉大家："红烧排骨、炸鸡块和炒青菜，荤素都有，各位根据自己的口味选用。"

青菜是素菜，吃荤菜又怕辣。小老板瞄一眼林城石举棋不定的样子，笑着回一句，作为改革开放前沿城市，我们做菜即便放辣椒，也是"改革"过的口味。这菜只能算微辣，跟川菜、湘菜的那种中辣、特辣完全不同。不用怕甜，广东菜加糖也只是调味，与苏州一带那种超甜口感不同。盒饭没有放辣椒，味道"开放"，每盒饭配了调料袋，就餐者可根据口味轻重自行调味。林城石夸赞一句，国际性大都市的生意人，有的是世界性眼光。小老板能想到的服务内容，几乎全体现在这份盒饭上。唯一不足之处是，他把讲着普通话的林城石，当成新广东人了。

董事长秘书这岗位，上管天，下管地，中间管空气。张总一个电话，林城石就得风火轮似地处理质量问题。怕事多忘记，打开手机记事本，做了重点标示。这些看似跟他不相关的事，只要领导下令跟进解决，就变成了他的工作。秘书这岗位，好在不管你处理什么事，总代表着高层，下面的人配合度极高。只要对事情的轻重缓急拿捏得当，也算是份受人尊重的工作。

会上专家的话，林城石粗略记录在笔记本上。

一个人再下基层、再深入体验生活，也无法领悟到生活的全部，况且有些东西是不能直接去体验的。别人的经历，融会得好了，就是自己的素材。有些人听课时像领导批示文件一样，拿着手机刷屏幕，逐条翻看或者回复手机信息。除了公司那些必须立即回复的事项，林城石飞笔游走，生怕记录得少了，一些关键细节从手底下跑掉。

想到记录了十多页的专家经典发言，盒饭没有填饱的肚子，瞬间变得满满实实。

从广州白云国际会展中心乘坐2号线地铁到广州南站，共计42分钟，从广州南站到离家最近的凤城地铁站只需9分钟。林城石不光熟悉这段路程的行车时间，他更喜欢坐地铁穿越城市的感觉。

地铁是个浓缩社会面孔的魔术箱，所有的人在这里都能找到原型。一张张脸上写满人情世故，也写满职业痕迹。

虽然没有学过麻衣相术，林城石看人倒有七分功力。比方说，戴着同样款式近视眼镜的两个人站在眼前，他能通过眼镜片上透出的光，分析出对方是学文科的还是学理科的。用他的话来说，学文科的人说话时眼光有穿过眼镜，看到远方的那种理想化神态，好像他们天生不是来解决当下问题的，是跟哲学家一样为解决更大的问题而设想蓝图的；学理科的人，眼光碰到眼镜片就止住了，他们更喜欢解决当下的问题，比方发明某个专利，是用来解决现实需求的。

观察是艺术的起点。站着无聊的林城石，眼光扫到了左侧这位金色头发的欧洲青年。从下往上看，鞋、短裤、运动服、帽子，全是中国元素不说，耳机上除了英文标识，中文标注的"中国制造"四个宋体字，尤为精致亮眼。他甚至可以大胆地想象，这些电子产品的生产厂家一定离不开"广东元素"。

站在林城石正前方的一对情侣有点另类，皮肤黝黑的非洲男子把手搭在皮肤白净的亚洲女人的腰部。说是亚洲女人，那肥胖的屁股透露出的营养过剩信息，纯粹是一副欧洲人身材。男子黑色的手指跟女人白皙的腰部形成鲜明对比。国际化大都市，看到黑头发、黄皮肤的人，不能只当成中国人。日本、韩国、越南、印度等，绝大多数亚洲人都是黄色人种。林城石不经意间目光扫到眼前女人的牛仔裤，这让他倒吸一口凉气，对服装设计师产生了空前恐惧。裤腰短到几乎要从屁股上滑下去一般，这穿法足以看出该女子是个品位独特的人。

女人背对着他。林城石不好意思当着车厢里这么多的人，直接盯着一个陌生女人的屁股看。他用手扶眼镜架时，动作稍许放慢，目光不听使唤地瞄向女人裤腰以下。两片肥硕的屁股与牛仔裤紧绷之处，形成了一个类似于牛角尖式的夹角。对，就是牛角尖，想到牛角尖，林城石觉得这是形容女人白色皮肤和蓝色牛仔裤绷出半隐私部位的最好词汇。

扶了几次眼镜架，总算偷偷观察清了女人的后半部分穿着。女人似乎觉察到有人看她,转过头朝身后望了一眼。林城石不好直视对方那双画了个黑眼圈,又带着长长刷子般假睫毛的眼睛,赶快将眼光移向低处。妈呀,眼前又冒出个更夸张的阻挡物,林城石赶紧抬起头往车厢顶部看。女人的上衣,短到露出文胸边,更让他心跳加速的是,上衣设计成八字形状,分左右两撇,衣襟从两个肩膀岔开,在腋窝处消失,一大半白花花的肚皮露在外边。天哪,这服装设计师绝对是个外国间谍,他把连西方发达国家只在模特表演中才敢用的想象力,放到了普通老百姓的生活中来。

服装文化,更能体现穿戴者的内心世界。林城石认为,跟把高房价归罪到购买力上升一样,这事儿不能怪穿的人,要怪服装设计者。要是设计师没有这种摧毁式的大胆设计,生产厂家不追风制作,问题就解决了。想到这里,他为自己上班的公司制造设备而不生产服装感到欣慰。

对一座城市的喜欢,就如同对一个人的喜欢一样,你很难一口气说完它的优点。但喜欢上了,无论怎么看它都觉得顺眼。

凤城是个神话般的存在,不光连续多年摘取了全国百强县的经济桂冠,还带着一大串"国"字头衔,连一条吃饭喝早茶的美食街,都冠以世界美食之都的称号。老板们穿双拖鞋出门,是习以为常的事情。大家把这种不修边幅的习惯称为务实,同时保住了财不外露的安全感。改革开放之初,作为全国乡镇企业的排头兵,最初的老板就是一群洗脚上田的农民,甚至连件西装怎么穿,都没来得及研究,脖子上歪歪斜斜地绑条领带,就上了谈判桌开始做国际生意。"yes""ok",几个简单的英语单词,就能应付酒桌招待了。大伙儿头脑跟着政策飞快转,说开厂就开厂,说发财就发财。可生活习惯那是祖先留下来的根,如同一个喜欢吃中餐的人,每桌遇见的是西餐,不管饭菜丰盛与否,真实得没有半句商业语言的胃,在食物选择上总有个循序渐进的过程,不是三两天就能改变过来。台面上的"老板样"和台面下的"大乡里",总是委婉地混淆在一起。开放思维,更体现在对各种新生事物的适应上。连吃四川麻辣火锅都能习惯的林城石,偏偏对车厢这个女人露出的身体部位极度不适应。

或许超级大城市就是这样,各种代表性都有。西方的、东方的,古朴的、现代的,前卫得有些怪异,甚至突兀到让人来不及适应的。林城石觉得自己更适合在一座不大不小的城市里生活。

在拥挤的车厢里,找到立足之地,也就达到了乘车的目的。可人的思维非常奇怪,站稳后,林城石的大脑里又开始闪现这次独特的会务之行。

广州行有两个新发现:一是地域也分等级。与会人员相互之间寒暄几句,一听是广(州)佛(山)或者深(圳)(东)莞来的,就会竖个大拇指说句,"你们可是有钱人呀。"云浮、河源、潮州、汕尾、梅州等偏远点地方来的女人,特别注重穿着装扮。仿佛穿得时髦点,才能彰显自己紧随时代潮流,才能融入国际化大都市。二是那些专家学者的与会表情。大湾区研究院院长发表湾区建设的文艺表达时,坐在前排的专家,一个个精神抖擞,表情丰富,一番久别后相逢的知己一样。轮到研究院书记发言,专家们背靠座椅、眼皮耷拉,一副似睡非睡、多坐一会儿就会散架的样子。林城石觉得这些高级知识分子的思想远比他想象中的复杂,他甚至假设,院长明天变成了书记,他们的表情又会怎样变化?书记和院长只是分工不同而已,院长发表研究成果,说到政策执行时,特意提到市、县级党委、政府要认识到时间的紧迫性和机遇的成熟性,认识到湾区人文建设的必要性。书记同样强调,大湾区建设不光是产业、经济布局,还是社会、人文等方面的综合性建设。作为文化之母的文学艺术作品要与时代共舞,各级职能部门要给予足够的重视和扶持。本来是两个一致性的问题,只因发言人不同,台下的专家们就表现出了截然不同的态度。上大学时,辅导员说学院里的书记和院长是矛盾体,那时候他想不明白,都是同一个学院,应该和睦相处才对。现在看来,带有偏见是人之常情,即便与利益分配毫无关系。仔细想来,不仅科研院所这样,以前村委会换届选举,矛盾最大的就是村支书和村主任。

  仅住了一个晚上,林城石对同寝室的艺名为老竹的同行印象深刻。来自湛江的老竹对开始掉发的前额很不满意,礼貌性地问了林城石发表的作品、出版的书籍,最后一个问题落在他稀疏的头发上。林城石真有点头大,这是大湾区文艺研讨会议,搞清楚湾区建设的大方向,作品才有现实落脚点。文艺作品推进会,针对的是作品。没有作品是文艺人士的痛苦,没有好作品更是一辈子的大痛苦。头发多少与作品有半毛钱的关系吗?他说这叫聪明绝顶,是好兆头。光头大肚腩,广东有钱人的标配体形。好作品往往给人的感觉是意料之外,但又在情理之中。套用好作品的特征,老竹说不定会遇到一个专门喜欢这种头型的女人呢。比方说某个女人被一个头发浓密的男人伤过心,她由此对头发浓密的男人产生反感,继而对头发稀疏的人好感倍增,这种可能完全存在。即便当晚这样应付过了关,第二天早上开会前,老竹不知在哪里弄来了一顶帽子戴在头上。

  开完会,林城石觉得自己也应该弄顶帽子戴在头上。他这不是来参加作品研讨会的,而是来鼓掌的。作品研讨会,至少给大家一个介绍自己作品的机会才对。按照老竹昨晚的分析，那些排在名单第一排的是领导和专家，第二排的大多是重点资助对象，至于后面的都是鼓掌来的。一百多人的会议，资助对象最多十人。他对老竹的话半信半疑，相信自己的作品有可能会遇到幸运之神。等会议结束，马上觉得老竹有着不同常人的洞察力。老竹做古玩收藏出身，发表了许多收藏方面的文章，在网络上引起不小的反响，慢慢地变成了古玩领域的专栏作家。职业习惯使然，他对深度问题喜欢用放大镜观察。林城石遗憾的是自己的作品没有遇到伯乐，总体觉得这次活动意义非凡。像他这样在企业里上班、没有政策资源的基层业余创作者，通过参加会议，总算对大湾区发展有了更加直接的认识和理解。另外，组织者从不同行业的文艺队伍中筛选参加对象，有利于各行各业的文艺人士面对面交流。增长了见识，就是很好的收获。毕竟创作是个不断深化的过程，信息时代很少有人能用一部作品打出"天下"，想到这里，他打了个响指。

林城石脑海里挥之不去的是老竹那副盯着座位名单研究了半夜的专注样。他拥有多少有价值的藏品很难下结论，老竹对排位研究确有一套。想到这里，他给老竹发了条微信，然后把手机相册里收藏的一张民国时候的银圆照片发了过去。

老竹很快回了条信息："这可是宝物呀，是没有流通的'中华民国'开国纪念币，市场价至少10万元。"

林城石瞅着老竹发回来的短信，脸上露出笑容。一个银圆也就二十克左右，市场价500元到1000元，至于收藏界所谓的报价都带有炒作意义，要是没有炒作意义就不叫古玩市场了。只要挂上市场二字，或者有个"玩"字放在那里，就是带着某种营销手法的买卖。即便这样，林城石还是希望自己家里存放的这枚银圆是宝物。银圆是奶奶偷偷塞给他的,是奶奶送给他的最贵重的结婚礼物。就算实际卖个五六百元,只要有人估个10万元的安慰价,也会给人继续当宝贝收藏的念想。搞收藏的老竹,是个可以带给别人念想的人。

广州地铁用三种语言提示乘车旅客:英语、普通话和粤语。林城石闭着眼睛调神,地铁广播提示即将到达公园前站。

他常把公园前想成"公元前",这三个字让他感到亲切。睁开双眼,一个漂亮的女孩站在他身后。不用回头,也不是脑后有眼,正前方的窗玻璃就是一面最好的镜子。女孩的嘴巴跟他的右肩膀齐高,长头发、白皮肤,细长的眉毛下一双闪着亮光的眼睛,似乎也在注视着对面窗玻璃里的林城石。他一下子喜欢上了这趟人流爆满的地铁,腰酸腿胀感顷刻间消失。他挺直腰板提起精神,在窗玻璃里仔细欣赏着这位站在身后的漂亮女子。女子只能看到一张脸。他右侧有几个和小麻雀一样叽叽喳喳的中学女孩,拿着手机照片,讨论参加培训课时拍摄的视频,这群女孩恰好挡住了身后女子的身体。

林城石本能地回头望了一眼,可这一回头,他浑身的汗毛立马竖了起来。

身后是车厢另一侧的窗户,没有其他人。难道出现了幻觉?他揉了揉眼睛,目光再次投向对面的玻璃。奇怪,不回头,对面玻璃中的女子眉清目秀,连眨巴眼睛的细小动作也看得一清二楚;可回过头看,还是那片空荡荡的玻璃。公园前呀公园前,难道你这个公园前地铁站搞了把穿越,把人带进了公元前的某个世纪?林城石再揉一把眼睛,玻璃中女孩插着耳机,一条柔软的耳机线耷拉下来。

他试探着换了几次位置,身后地铁窗户玻璃里的女孩不见了。

幻觉？绝对不是。前面那一黑一白的非洲男子跟亚洲女子亲热时，身后还传来句"撒狗粮"的戏谑声呢。议论他们"撒狗粮"，说明她还单身，只有单身的人才会对这些过于亲密的举动，说些不咸不淡的话。想到这里，林城石笑了，他还算时尚，时髦话全听得懂。随着生活水平的提高，百姓也开始创作一种"新人类"语言。尽管他知道这不是一种永恒的存在，和流行歌曲一样风一般刮着的东西，但"汪星人""猫星人"都拍成狗狗猫猫动画片了，"新人类"的语言，说不定被某些商家开发成某种新商品，变个法子销售创意产品呢。

晚上十点，林城石走进家门。

这个时候进门的他多少有点尴尬。欧阳巧玉不止一次说过，网上最流行的孩子长高秘诀是睡眠充足，而晚上九点半前是孩子入睡的最好时间。十点进门，要么孩子还没有睡着，他一进家门又兴奋起来；要么孩子刚睡着，稍微制造出点声响，又会把孩子吵醒。

林城石对孩子的长相不太在意，孩子长什么模样，基本上能在父母身上能看出个七八分。欧阳巧玉的长相，那可是在大街上步行一公里，至少能带来八百米回头率的气质。林城石自己天生一副军人相，每当他自信满满地肯定夫妻俩的可遗传因素时，欧阳巧玉会反驳一句，别自我臭美，孩子的身高更像一棵需要阳光土壤和水分的树苗，后天因素跟不上，会影响先天基因发挥的。

林城石脱掉鞋，光着脚在房间走动。没有了拖鞋的"吧嗒吧嗒"声，身体放松了好多。

他不急着洗澡，打开手机，无聊点的信息刷刷屏快速翻过，有些需要回复的重要信息还得一一回复。同学升迁、朋友买房、还有许多参加活动的信息，都是通过群转发获知。别人眼里没用的网友，是他身体上某根神经的延续。

第一章 地铁奇遇

微信群是个虚拟社会，只要使用得当，就可以了解到不同职业、不同年龄、不同性别人士的某些生活和想法。

"白天忙着批阅公司文件，现在忙着批阅手机信息了。"

欧阳巧玉像捉老鼠的猫，探着脑袋蹑手蹑脚地靠近林城石，一把抽走手机后，双眼警惕地扫了一下屏幕。

"别查岗了。只是朋友间的交流信息，不必大惊小怪，也不必为你没有查到什么可怕信息而扫兴。"

欧阳巧玉右手拧了一把林城石的左耳朵："怎么，去了趟国际大都市就心野了，难道想闹出点绯闻不成？"

"没有没有，咱可是优秀市民呀。你看市里创建全国文明城市后，晚上站街的失足女都消失了，哪有机会呀。"

欧阳巧玉左手拧住林城石的右耳朵："怎么，很惋惜是不是？政府就是厉害，一个文明城市建设，把那些小姐全赶跑了，整座城都消停多了。是不是你们这些臭男人觉得很可惜？居然想着站街女，你说你的品位怎么这么低。前段时间我跟一位物业经理聊天，谈到一家夜总会旁边的房子不好销售时。物业经理说，现在夜总会生意一落千丈，他们的公寓也不好出租了。这天底下确实有些人不想让社会消停，比方说吃出租房这碗饭的人，就跟你一样想着站街女。"

"开个玩笑而已。要是以前，我晚上下班经过家电城那条路，总会遇到站街招徕生意的女人，什么家花没有野花香，什么人生如梦，抓紧糊弄……"

林城石的两只耳朵被欧阳巧玉分左右绞拧着，痛得他龇牙咧嘴，可还要故意说出一大串妻子最不爱听的话，算是另一种反抗吧。

所有的女人都不喜欢自己的男人出轨。欧阳巧玉本想顺着林城石反驳的话，再引经据典教训他一番，但林城石似乎嗅出了火药味，立马调转话锋："说说女儿今天的表现吧。"

欧阳巧玉思路被强行打断本不甘心，但过日子总要有识趣的精神，也就顺着林城石的话讲道："你这个女儿可机灵了。睡觉前你知道她问什么问题了？"

林城石两手搓着耳朵："痛死我了。要不是看在宝贝女儿的面子上，我非拧回去不可。赶快说吧，别卖关子了。"

欧阳巧玉告诉林城石，她跟圆圆看了一个小偷盗窃宠物狗后网络追逃的新闻。主人在发现宠物狗被盗后及时报警，网上的一些黑客级高手，根据小偷的逃跑路线，开始进行跟踪定位，绘制出来一条红色的线条，闪动着指示小偷逃跑的方向：半小时后逃往威尼斯水城，一小时后摄像头在曼哈顿公园拍到小偷背影，四小时后在伦敦帝都发现小偷坐上了地铁，晚上八点小偷又在柏林广场买了一瓶矿泉水，最后在彼得堡之夜大酒店被警方抓获。

林城石抓着头皮一脸糊涂，这怎么可能呢？威尼斯、曼哈顿、伦敦、柏林、彼得堡，半天时间小偷跑完了半个地球？这是坐宇宙飞船逃跑的吧。

欧阳巧玉捂着肚子继续笑。说林城石这智商，连女儿都不及。人家小孩子看完后立马弄清了问题根源：这些地方都在同一座城市里，所不同的是这些国内建筑，都用了不同国家的洋名字。

林城石火气大了。你说开发商怎么这么不自信，不在质量上想办法，总是弄一大堆假大空的洋名字，专注于忽悠。

欧阳巧玉讲到女儿，脸上的毛孔里都能渗出喜悦来。夫妻俩觉得孩子想象力很丰富，是个当飞天军司令的料。欧阳巧玉比林城石更加愤慨，觉得政府应该果断出手，阻止这种在城市建筑上乱用外国地名的假大空现象。

第二章 进展

面对一件瑕疵产品，有利益冲突的部门，总会上演一场太极推手大战。

简单的一个轴承转动不灵的问题，业务部会推向生产部："安装环节出了问题，长此以往，会影响公司在客户中的信誉"；生产部会推向采购部："采购来的配件质量太差，极有可能是山寨货"；采购部会推向质量管理部门："入库前可是一个一个检验过的，检验合格，证明质量没有问题"；质量管理部门会推向技术研发部门："设计和选用零件的合理性匹配，没有详细技术文件说明，只能凭常规判断，常规判断时，精度要求上就会打折扣"；技术部门又会推向生产部门："有可能是工人没看作业指导书，本来该用紫铜棒慢慢敲打上去的轴承，用铁锤砸到轴上，不当场弄坏，已经洪福齐天了"。当然，他们还能推向存放、包装和运输环节。谁都不想把责任揽在自己身上。

多年的管理经验告诉林城石，出了工伤要第一时间送医，这牵扯生命与健康问题；出了产品质量问题要先冷一冷，问题产品谁都不会用，放在那里多一天少一天都是放。

他有足够处理质量问题的经验,先不打草惊蛇,不能让各部门布好心理防线,也不立马表态哪个部门责任大,哪个部门责任小,而是慢慢地从外围向关键问题渗透。不急不是不重视,而是按他总结出来的一套冷处理方式,去合理推进。

林城石走进董事长杨海峡的办公室,深鞠一躬后,双手递上一份文件:"董事长,这个您有空时看看。"

杨海峡接过文件,双眼迅速从头到尾浏览了一遍,望着天花板眨巴了几下眼睛,这是他陷入思考时常有的样子。

"这信息准确?"

"这是新冠疫情结束后,省里组织的一次比较大的信息对接活动。给我们讲课的是大湾区政策研究院的院长,是省政府政策咨询专家库里的首席专家,我觉得他们所讲内容,就是今后政府政策实施的大致方向。"

林城石心里清楚,政府是根据专家学者的调研意见出台政策的。院长讲课时特意强调不能摄像、不能拍照,有些内容涉及敏感问题且还没有得出结论,只能听,不能说,更不能传。越是这样遮遮掩掩,越说明信息足够权威。

杨海峡站起身打了个电话。不到10分钟,财务总监郑华夏(杨海峡的老婆)和高级副总裁张大陆走进办公室,他俩也向杨海峡深鞠一躬。

通力公司沿袭了日本工厂管理模式,日企管理文化深入所有管理层大脑,与高级管理人员见面或者告别时鞠躬,这是不可逾越的礼节。

林城石沏好茶,杨海峡招呼大家围着茶几坐下。

杨海峡喜欢开玩笑,这是他让下属放松神经的另类管理技巧,他说他去考察一家外企,当提到中国人时髦的双赢、多赢等词语时,外国公司的总经理摇着头、摆着手,一连说了好多个"NO"。文化不同,外国经理自然理解不了中国语言的优美。把双赢理解成你要赢他两次，多赢自然想象成你要赢更多次了。与外国企业合作只谈股权，股权多少决定了支配权大小和利润分配比例。作为投资者，杨海峡从台湾海峡来大陆投资前，曾一度犹豫过。一是在大陆投资是否赚钱，二是能投资多长时间。最终战胜他的不是台积电、富士康等台资企业挖到第一桶金的喜讯，而是一位到大陆投资的朋友，回台后悄悄告诉他的"马路信息"。朋友说判断美国大选，根本不用看美国两党的竞选口号了，也不用分析哪个竞选人能力强，更不用听许多台湾留美博士，顶着所谓知美派光环进行的各类预测。到义乌小商品批发市场转一转，就能看出选举的大方向。

中国是全世界最大的小商品批发市场，美国两党选举，要制作好多竞选人物头像之类的小饰品，谁订购的数量多，就说明谁的支持者多。这个看起来非常简单的数据，实际上包含着两个深层含义：一是中国市场地位的重要性，全世界都离不开中国；另一方面，中国是世界上最大的市场。

商人投资，不就是把蛋糕做大吗？既然要把蛋糕做大，怎能离开中国大陆？外国人盯着中国市场，台湾资本盯着大陆资本，这就是大局。

说完这段不知道杨海峡重复过多少次的、算得上英雄般见解的老话后，他喝了口茶，直入主题。召集几位高层开这个小碰头会，是纯粹的内部会议。市里GDP超过一万亿元，这对企业来说既是机遇也是压力。粤港澳大湾区建设，公司要抓住机遇。产业升级、村级工业园改造要顺势而为。这都是关系企业今后几十年能否持续发展以及能否做大做强的大事。许多早期投资大陆的香港碟片公司、DVD音像公司，被MP4等新型电子产品逐出市场。未雨绸缪才是企业存活下去的长久之计。

郑华夏对老公杨海峡的性格非常了解。他开会强调的事项，基本上都是要着手去做的事情。张大陆盯着手中的小茶碗，首先表态。关于工业园改造升级的事，上次他跟林秘书一起去镇里开过会。企业数量不断增加，土地不会增加，建厂的地块就会越来越少。要腾出一块新地，简直比登天还难。盘活现有工业用地，不让房地产抢占工业用地，这是政府扶持产业的最好政策。支持厂房加层，加一层就相当于一个厂房变成两个厂房了。

一层厂房变两层，或者重新规划盖厂房，这都是常规性事务，由张大陆负责，杨海峡根本不用消耗脑细胞。他考虑的是企业升级问题，如何在技术和产品上有所突破，这是他最关注的问题。

公司如能研发出个省级或者国家级高新技术产品，那在今后一段时间内就可以稳操胜券。郑华夏对技术的理解，跟杨海峡完全一致。

公司新引进的未来产品研发部的几位年轻工程师，设计出来的新产品不是红酒开瓶器、微波炉取碗防烫器，就是坐便器和舒适垫等。虽然对年轻人来说是提高生活质量的小发明，可杨海峡想要的是高科技、高附加值的产品。最好能跟芯片一样，是能卡脖子的东西。每当他提出向更尖端技术前进的时候，工程师们一脸茫然。他知道，工程师们需要老板有个方向，公司往什么方向发展，不是工程师说了算，而是老板说了算。可说句心里话，他也不清楚明天的市场该面向哪种产品。这么多年，他唯一坚守的原则是不进军房地产。别看眼花缭乱的各种销售指标，有的开发商将房子建到国外，然后在国内大力向国人促销，全是吹气球的。一旦气球吹破了，老百姓看穿忽悠，暴利神话也就破灭了。假如遇到战争，最不值钱的东西就是房子。拿也拿不走，卖也卖不掉。

林城石简单介绍了在省城获得的政策信息。全世界有名的经济带，都在湾区。什么纽约湾、旧金山湾、东京湾，可都没有粤港澳大湾区大。一个大湾区，可以装得下经济、文化、政治乃至生活方式等各个方面的东西。作为全球最大的湾区，将会是各类政策先行先试的又一个温润土壤。

　　杨海峡兴趣来了，还讨论起湾区中心城市定位的问题来。他说湾区以广佛为中心的可能性最大，广州占据省城中心的政治地位不说，高校和科研院所林立，佛山有雄厚的制造业基础，两城连成一片，有技术，有土地，有充足的劳动力。各种资源犬牙交错，整合利用远景广阔。广州市7400多平方公里，佛山3800多平方公里，两城相加的面积，差不多能装下六个深圳。世界上有名的湾区——纽约湾区、旧金山湾区、东京湾区，都距离出海口有100公里左右的纵深距离，而大湾区中处于这个位置的恰好就是广佛两城。

　　郑华夏从杨海峡手中接过一张彩色打印纸，盯了足足有10分钟以后，瞪大眼睛："林城石打印的这张大湾区城市群的地图，多像一只小醒狮。你们快看，这狮子的心脏就在广佛。"

　　张大陆接过一看，江门、珠海、澳门和香港做了四只狮脚，广州和佛山处于心脏部位，作为狮头的肇庆朝向内地，惠州、深圳、中山等大湾区城市圈成的小醒狮，有点萌萌的创意感。

　　"对。"杨海峡笑了起来，"岭南四大名园我全去过，梁园和余荫山房好像没有这种造型的狮子。清晖园和可园，对这类大写意式的狮子像，还有个艺术命名，叫什么掇山之作。细细琢磨，还真像一头狮子。头部造型颇有动漫风味，两只耳朵竖了起来，湾区城市圈地图，居然画得这么生动活泼。"

郑华夏笑着问:"是不是请专业人士看过?"

杨海峡笑了起来:"专业人士看过,请的都是从地理条件、文化角度乃至战略高度等方面的集大成者,社科院的专家学者。"

张大陆开始考虑项目:"城市群、大片区的发展,一定会催生一批大企业大项目。可我们选择什么项目才能有所突破呢?电风扇、电饭煲、灯具等这些小家电如同早期的制衣厂,租上五六百平方米的场地,网上买来一堆部件,稍微有些市场开拓能力的人,都能撑起一家工厂,完全没有竞争力了。空调、冰箱、洗衣机,好多大厂都能做,几乎成了通用产品,代表不了高科技。"

杨海峡直起腰,目光像探测器一般在每个人脸上扫了一遍:"这就是我找你们的原因,先在公司把话放出去,不管是公司管理层还是客户,就说公司有个在大湾区布设大项目的宏伟计划,至于这个罐子里装什么先不说,完全可以吸引手里握有项目的人来合作。总而言之,所有人都可以天马行空地去想。搞企业,我从不担心资金问题,而是项目和人才。中心思想就这句,剩下的时间随便聊。"

郑华夏提醒杨海峡,有人说工业园这片地迟早会变成房地产。要抓住工业园改造升级的机会先升级厂房。地皮贵了,租金也不会低。就算没有好项目,厂房出租也是钱。退一万步来说,要是真规划成房地产用地,拆迁赔偿款可不是个小数字。

杨海峡嘴上不说,心里早有了答案。上面把这次盘活土地的政策起了个好听的名词叫"工改工",原因很简单,就是工业用地改造升级后,还是工业用地,性质不变。政策目标非常清晰,就是要继续发展工业。大佛山之所以能成为全国乡镇企业改革的排头兵和试验田,最重要的一点是发展上的远见。村级工业园改造升级的前期研讨会上,房地产老板和工业企业老板各自找了一帮专家，分成两派当说客。盘活的土地究竟发展房地产好还是建工厂好，双方各说各有理。挺房地产这派，他们不提买房子的事，口口声声说工业企业有污染，讲的全是建立大湾区金融大都市的事。工业企业代表态度坚定，怕工业？我们桌上的电脑、电话，手里的手机，家里的卫生纸、垃圾桶，甚至房子装饰材料，哪一样不是出自工厂？而且对城市贡献最大的就是制造业。没有工厂，学生毕业去哪里就业？都去银行、证券、保险公司？都去卖房子？可能吗？没有就业就没有发展。

　　林城石对土地涨价导致房租涨价这事体会深刻。前天去洗车，老板娘小胖一脸委屈，念叨说门面租金又增加了，生意越来越难做。还说朋友告诉她，租金方面咱们要向日本学习，人家只要把房子租给客户，除非客户严重违约，或者出现交不起租金的情况，否则出租方既不会解除租赁合同，也不会轻易涨租。房东在出租前已经算好今后一段时间的合理收益，然后严格按照合同执行，所以他们那里租期长达二三十年的租客比比皆是。市场稳定、预期收益合理，这其实是一种商业道德。这道理听起来简单，做起来难。房价涨了，租金不涨，炒房也就失去了意义。租金猛涨，开店的人也坚持不住了，装修花去几十万元，不能说走就走吧。去年一大型家具市场，就发生过承租人联合起来，拉个白布条，写上红色大字抗议涨租的事，逼得政府不得不出面协调。

　　杨海峡坐直腰杆，他那副在办公室里也戴着的茶色眼镜后，露出一双充满神秘感的眼睛。作为企业家，他多年来保持着商人特有的习惯，除商业利益外，不太愿意跟人争论某一观点。

　　工业园改造这事，市里收到区里的报告后，委托智库做了调研。报告出来后，在领导办公桌上放了一个多月。这是大事呀，做得好，名留青史；做不好，这里抗议拆迁，那里上访闹腾，政绩出不来，麻烦一大堆。改革开放四十多年了，当年国家第二代领导人南方谈话肯定过的地方，稍有风吹草动，全世界人的眼睛都盯着呢，改革这事得慎之又慎。

公司老板大多忙于生产，偶尔打交道的要么是镇里安全检查的队伍，要么是村委一级的基层官员，就算在电视新闻里或者报纸上看到大领导，也只是一个特写的镜头。可杨海峡不同，他更喜欢打听各类政策的小道消息，他常说，这类小道消息才是有用的消息。

郑华夏抿着嘴笑："你考个公务员吧，说不定能当个县长呢。"

杨海峡拍了一下郑华夏的肩膀后笑道："要是我出生在大陆而不是台湾，说不定早都是了。这叫一个时代耽误了一位英雄豪杰。好在咱们来了大陆，今后不耽误下一代了，哈哈！"

"听你这么一讲，我还不想让你当县长呢。看咱们做企业家多好，多自由。没想到一个村级工业园改造升级，决策这么复杂。"郑华夏补充了一句。

杨海峡似乎还陶醉在他的领导角色中，说秦始皇、隋炀帝和成吉思汗，一个统一文字、修长城，一个修大运河、改进科举，还有一个建立了历史上最大的帝国。秦的统一给了大汉强盛的机会；隋的统一又催生出大唐盛世。明朝没有守住元朝的疆土，也是治理时间比较长的帝国。秦始皇和隋炀帝，黑粉无数，可功绩不可否认。做大事的人眼光在千秋万代，个人风险是必须考虑的，更重要的是对改革的推动作用、对历史的推进价值。

他说，工业园启动改造这事他知道"内参"。真正让领导下决心对村级工业园进行改造启动的是一封信。专家形成报告,各职能部门负责人对改与不改意见相左的时候,一封来自村民的信让领导下定决心。信是一位高中女生写的,说村里居民楼跟工业区融为一体,白天有环境执法部门巡查,到了晚上企业会偷偷排放废气、废水。她家离工厂近,那种味道非常刺鼻,会把人从睡梦中熏醒,严重影响她的生活和学习质量。

这封只有半页纸的信,如同一张工业发展的历史欠条。这欠条在桌子上多放一天,偿还的利息就会多增加一天。大家心中清楚,和许多地方的城中村的棚户区改造不同,跟新乡村建设项目中重点增加基础建设投资不同,乡镇企业发达的地方,村中厂改造更是难中之难。工业发展迅速,不是村里人进城,而是城市本地化。乡村一步跨进了城镇,可这老旧工厂挥之不去。珠江三角洲,尤其最早推行乡镇企业改革的地方,老百姓跳出鱼塘,穿双拖鞋就变成了老板或者工人。大家就近选择开厂,除了村里自己划出的小工业园,有些没有划为工业园的地方,百姓也先行办起工厂。遍地开花的结果是,分散的工厂造成了分散的污染。

规模以上的工业企业,制度落实得比较好,不存在拆迁问题,也不存在偷排的问题。杨海峡对拆迁这事不大关心,他深知有一批企业关门整顿,就会有一部分市场空出来,他在乎的还是借工业园改造的大好机会,如何布局产品升级的问题。

公司里一些留洋回来的人抱怨,中国企业拉一大集装箱服装鞋袜、家具家电出去,比不上人家日本出口一台办公用一体机赚的钱多;出口八亿件衬衣,才能换一架美国的波音客机。

张大陆觉得,中国商品越是在全球占有率高,越能证明中国的生产能力强和技术进步快。要是技术没进步,生产跟不上,你怎么出口便宜商品?廉价商品,给国家争来了世界工厂——一顶代表工业制造能力的大帽子。只要全世界人都知道中国的制造能力,资金、技术、贸易等都会向这边倾斜,然后就会催生出下一轮高科技产品。

张大陆身边因征地变成百万富翁、千万富翁的人层出不穷。征地催生出的富翁越多,街坊们越把土地当成最容易赚钱的东西看待。对村里征地,他可谓感情复杂。作为老居民,他经历过土地带来的红利,也品味过土地带来的辛辣。大学毕业那年,"农转非"成了大家眼中的香饽饽。虽然大国企糖厂就在镇上,可有个国企身份,户口从农村提到镇里,就成了大家眼中的人才。他在糖厂混到转制下岗时,与许多早做生意早赚钱的暴发户相比,成了读书无用论的代表。第一波万元户、百万元户在张大陆眼里,是借着改革开放的政策东风,靠胆大敢做成功的。当大家都变得胆大,似乎第一波竞争已经结束。第二波竞争变成各种资源的汇集整合,当然最便捷的资源还是土地。不管开厂用地、房地产开发征地,或者拆迁补偿,卖地带来的利润,让村里许多辛苦经营企业的老一代富翁们,悄然退出了创业舞台。看到人家倒腾一块地,一两年资本就翻好多倍,好多老工厂主关门不干了,出租厂房比开厂更省心,干脆做起了厂房出租生意。

一座座工厂拔地而起,桑基鱼塘成了历史。村委会改名为居委会,直接就地城镇化。村名保留了下来,农民不再是农民。居民,一个新词语,改变了农民身份。不种水稻、甘蔗,不养鱼的街坊们,靠做生意或者进厂打工赚钱。就地城镇化,让张大陆那本盖了个方形红章,能够显示"非农业"户口的户口本,失去了区分农业与非农户口的价值。20世纪80年代,非农户口可是享受分配工作待遇的呀。

可随着乡镇企业雨后春笋般崛起，就业，简单的事实首先打破了户口禁锢。老爸催他赶快把户口迁回村里。等他迁回村里，村里卖地的钱早分完了，他没有享受到红利。当然，户口迁回村里也不是一点儿用处没有，村里建了个垃圾站，环境补偿款一年也能分几千元。

作为土生土长的本地人，就享受政策红利来说，张大陆更像个外地来的"新市民"。以前村里人都羡慕谁家的孩子考上大学，把农村户口转成城镇户口，吃上了公粮。现在村里女孩子"拍拖"时，更喜欢找那些村子里有地的男孩。开发越早的村子，土地变得越来越稀缺，有土地的村子，在大伙眼中，可是制造下一波千万富翁的机会。

第三章 质量问题

林城石走进焊接车间大门,一股金属烤焦的烟熏味钻进鼻子。

他用拇指和食指捏了捏鼻翼,鼻孔对这种气味很敏感,接连打了三个喷嚏。

技术班长钟向荣快步走了过来,问林城石是不是感冒了,林城石说只是鼻子有点痒而已,且反批评一句钟向荣,不好好待在机加车间,跑到焊接车间串岗。

钟向荣马上笑着解释,张总让他来分析印度问题产品的材质问题。两人说着话,钟向荣的目光早转向走近他俩的张大陆。

跟在张大陆身旁的机加车间主任吴东,做了个武打明星李小龙的标准亮相动作,开起玩笑:"林秘书,你这是伤什么感?一见人就揉眼睛抹鼻子。去了趟广州,适应不了咱小城市人的生活了?咱们区曾经可是大名鼎鼎的广东四小虎之一。是不是又有了感情上的新收获?你大师可别做花心萝卜。听说艺术家多情,你可要收着点,那石榴裙子可和绿帽子是一对冤家。"

林城石拍拍他的肩膀，笑着回一句："上班了要抓紧时间干活，别糟蹋咏春拳了。看你这猴精样儿，美国好莱坞拍人猴大战电影，根本不用道具，你就可以直接上台了。在张总面前还口无遮掩，满嘴跑火车，也不收着点。"

张大陆告诉林城石，他跟韩主任组织工人，找了些边角料重新焊接后，多角度分析问题。钟向荣要做好全过程记录，把这次质量事故当成一次学习提高的案例，做成一个培训课件存档。有活生生的案例，比那些干巴巴的教材好多了。这件事，林城石要从头跟到尾，相关部门和人员要积极配合，了解清楚整个工艺过程，便于跟印度客户谈判。

张总指导完工作后转身离去，吴东朝林城石挤挤眼，紧跟几步，走出车间。

钟向荣盯着吴东的背影唠叨一句，"不好好在机加车间上班，跑到焊接车间串岗来了。"

林城石边跟钟向荣走向打样组，边聊起闲话来。

"小钟，你是学材料应用技术的，大概估计下，问题主要出在哪里？"

"主要是材质问题，这次用的是310不锈钢，这种材料耐腐蚀性强，但比较难焊接。"

"做换热器，310和316究竟哪种不锈钢更好？"

"两种不锈钢差别主要在防腐性能上。310不锈钢抗氧化性能更好，但价格相对于316和304，是最贵的。316的抗氧化和耐腐蚀性仅次于310，多用在深海作业、化学造纸等工业领域。304虽然价格最低，属于基础材质，多用于锅碗瓢盆和其他家具装饰用品上。"

"有时候贵材料不一定就能产生好效果，关键看用在什么地方最合适。"

"是呀，换热器怕高温，与腐蚀无关。没有必要用价格更高的310。什么零部件用什么材料，是个使用匹配的问题，不是越贵越好。"

林城石点了点头。这就如同给小孩买衣服,稍微大点,为的是边长边穿,怕今天合身明天变小了。可不能因为小孩长得快,给他买件大人的衣服穿吧。所以合适才是最重要的。他心想,上过大学的工人比半路出家的农民工,专业知识要强很多。这不是歧视,不是说农民工不好,农民工做事完全靠经验,在对材料的综合应用和理解上,还有待加强。他曾建议张大陆给车间技校以上毕业的工人,每月发放50元的技术补贴。就为这事,有的农民工火可大了,他们在车间干了十多年,焊接水平比这些刚毕业的学生高多了,凭什么上过学的就工资高?意见归意见,公司还是坚持给科班出身的工人发了技术津贴。就长远来说,对材料的理解,对现代化设备的操作,需要专业的人做专业的事。社会发展层次越高,高科技应用越广泛。随着老一代农民工走下舞台,以及新技术的不断更迭,再发展二三十年,车间基本上都是技校或者高校毕业生了。尽管刚毕业的学生需要一段时间的技术积累,一旦变成熟练工人,综合能力方面还是有更多优越性。譬如钟向荣,至少能分析出不同材料的优缺点。他处理过不少质量事故,每次找老工人分析问题原因,他们只一句"努力焊了"。为什么会出问题,只归属于焊机的电流大小,或者采购买来的材料真假等方面,至于不同规格型号材质上的差别,他们想都没有想过。这不是老工人不想往深处分析原因,而是知识结构决定了思维方向。

焊接一班的二氧化碳焊工刘铮正在跟氩弧焊工杨忠让争吵,车间主任韩营军夹在两人中间,说谁谁也不听。

林城石走到韩营军身边站定,不劝说也不阻止,只是默默地倾听。两人看到公司领导站在身边,说话的语气也缓和了许多。

刘铮嘟囔着,公司罚款就走人。反正他也是认真焊了,当初就说第一天焊完后，第二天早上发现有裂缝，补焊了一次才把问题解决掉。车间一点儿都没重视，现在出了问题，又说他的焊接水平不行。杨忠让工资比他高，让他焊好了，他可是全厂的拉焊高手，公司高薪挖来的人。

杨忠让立马反驳，他担心刘铮用316的焊丝焊310板，可能出了问题，也只是分析呀。焊机边摆放着316焊条，别人就不能问一句？每个月多50工资，也叫高薪？

刘铮反驳，拿着材料清单领材料，仓库发什么材料他就用什么材料，这有错吗？不要说高50元，高10元也是高。各人自扫门前雪，事不关己，就别凑热闹，他对自己的焊接水平心里有数。

"人家说你尿得高，你倒说自己没用劲。别人说你尿不远，你又心里不服气。两个都住嘴。"韩营军提高嗓门骂了一句，算是给争吵画上了句号。这些跟铁打交道、干重体力活的人，各个性格硬朗，只有用粗话重话才能堵住他们的钢牙利嘴。

林城石把韩营军拉到一边，问他316焊丝用在310材料上，是不是问题很严重？

韩营军解释说，刚做了实验，用316焊丝焊310材料跟用310焊丝焊310材料虽然有一些差别，但并没有发现客户投诉的明显裂缝情况。至于有没有刘铮说的放到第二天早上开裂，刚做完的活要等上一天才知道。就目前的状况来看，出问题的可能性不会太大。这些焊接过的材料已经变冷，等着验证的也只是材料受热变形后的其他问题。

林城石知道，金属加工后最常见的变形就是受热变形和受力变形，焊过的材料已经变冷，相当于完成了受热后的变形验证，放一天之后不大可能会有其他变形问题。

韩营军说话谨慎，强调只是一种可能。加工过的材料有时候放一段时间会出现某些特殊变化，说完不忘增加一句，

27

他是半路出家的,对材料不是很专业,想不到用一个怎样的专业词语来解释这种现象。总之,既然要弄清原因,只能等到明天。能想到的都做了,比方说材料的兼容性问题,咨询过供货厂家,厂家分析说天气产生的热胀冷缩问题也会产生开裂,有的特殊材料需要先预热再焊接。只能一项一项排查。韩营军心中没底,回答得有些含糊。

两人又分析到装运。运输过程会不会是主要原因?比方说在海运时遇到集装箱碰撞,或者装卸时出现剧烈撞击等。没有文字和照片佐证,就没有说服客户的证据。货物是通过集装箱走海运送到客户手里。收货的时候看到的是外观,客户使用的时候才发现里面漏气。

林城石曾经去一家日本汽车厂参观,不明白日企生产的一个汽车油封圈,能卖100多元,而国产的才卖10多元。后来他明白,不是日本人特意提高价格,而是生产工艺导致的价格差。日本厂家会把热带地方生产的油封圈运送到北方寒冷的地方再次完善工艺,这样经过多道环节,多次工艺处理,跨地域研发和生产的产品,在热带使用没问题,在天寒地冻的地方使用也没问题。国内许多企业缺少跨地域技术研发和测试的实力,在产品保证和验证上,需要慢慢提高。

林城石分析原因时,韩营军不停地抓后脑勺。材料学科是一门大学科,他上大专是学医的,毕业后不好找工作,才考了个焊工证转了行。水平比放下锄头进城务工的农民工强不了多少。有些过于专业的东西,不是他不发言,而是说不到关键点上。

还有一种可能,材质不同,加上焊接时就有一道肉眼看不出的小焊缝,如果没有使用超声波探伤检测,最终会在使用环节暴露出问题。

几个人再次走到焊机前看材料,刘铮马上提高声音辩解,口口声声喊林城石林大师。反正仓库发什么材料,他用什么材料，有问题找仓库。他只是个焊工，不要往他头上分析。有文化的人，处理问题别先画靶后射箭。他也打听过同行，310材料焊接工艺比较严格，人家工厂都有预热过程，咱们厂赶活的时候，只顾产量不管质量，出了问题才追查，事后诸葛亮要不得。

林城石一听这员工喊他林大师，笑了笑转身走开。车间计件算工资，活做得多，钱拿得多，能省时间就省时间。至于什么工匠精神，那是大型国企专用的词语，民企工人根本不理这些。俗话说，慢工出细活，一上班就跟百米冲刺一样赶速度赚工时，怎么能出好活。

他这"产业工人文艺家"，可是有证书认可的。市里文化部门评选基层艺术家时，他获过诗书画综合类大奖。奖牌就放在办公室抽屉里。就这点爱好，被人一度告到董事长那里，说他不务正业，每天涂涂写写，没有把全部心思放在工作上。好在公司董事长视野开阔，觉得一个公司不光要有拳头产品，还要有一批不同特长的人，多样化的人才能收集多样化的信息，提出多样化的见解，是公司的一大隐形资源，这才让他有惊无险地过了一关。

老刘提大师名头，奉承林城石一句，想让他处理问题时高抬贵手。看来这个老刘头，已经认识到他用错焊条的问题了，只是怕扣奖金不敢承担而已。

三人走进焊接车间办公室，林城石问韩营军："还有其他可能吗？"

韩营军说："还有一种可能，人为破坏。"

一听人为破坏，林城石把钟向荣递给他的一杯刚沾到嘴皮上的水，放回茶几。

"谁？"

"这个，这个我晚上告诉你吧。车间人多嘴杂，是非也多，说太多不好。"

韩营军不便说，林城石也不再追问。他翻开质检记录，打开手机镜头，把出厂前这批货的检验记录，逐一拍了照片。

晚饭后，韩营军主动到综合办公室找林城石。

韩营军屁股一落座，就叹息说这批货当初是四个人焊接的，只有刘铮还在公司，另外三个焊完后不久，就辞工去了别的公司。他们去的那家公司跟咱通力公司有竞争关系，总经理正是咱公司以前分管工艺的副总老陈。生产这批货的时候，老陈正在那家公司。

"陈飞？一年换一次单位的他？"林城石问。

他可是张总的表妹夫呀。他老婆是张总老婆的表弟的表妹。这亲戚，不管远近，只要认就亲，不认就远。韩营军说得有理有据。

林城石叹息一句。"这个老陈呀，不知道究竟有多少亲戚在公司上班。说不定五百年前，大伙儿都是亲戚呢。车间焊工刘铮，可是陈飞正儿八经的姑表弟，他从来没有在人面前说过他俩是亲戚关系。不就是刘铮混得差吗，混得差就不当亲戚了，这也不对吧。"

"是呀，许多人跟刘铮开玩笑，你家亲戚高升了，挖走了那么多人，你怎么还没走？是不是留下来当间谍呢。"

林城石给韩营军倒了杯水："可陈总已经走了好长时间了。"

韩营军站起身，双手接过水杯："谢谢领导，谢谢领导。当然我不是说一定与他有关，有件事告诉你，多少会从心里对陈总的认识，发生点变化。"

韩营军学过解剖，他分析陈飞的每一句话，都击中要害。

陈飞最近吃官司了，在莞城和朋友一起投资了一个大厂房，炒租金炒出了问题。炒商品房的人不少，炒厂房可要有更大的财力。做生意呀，有风险才有机遇。陈飞和朋友投资的厂房有多大，韩营军没见过；有几个合伙人，陈飞也不清楚。韩营军也是在陈飞最近一次辞职后，一起喝酒时得知的。

韩营军一开口，林城石瞪大了眼睛。陈飞合伙投资的厂房，租金一个月20万元，一年240万元。他们一次性签订了十年的出租期，本是个张开口袋不断装钱的好事，操作过了头，结果变成了坏事。

韩营军说得详细具体，租厂房的老板生产的是高端机械部件，生意好到集装箱每天在工厂门口排队等着装货。不差钱的老板，每月都提前打租金。这看似只赚不赔的买卖，结果搞得陈飞他们几个合伙出租厂房的人全赔了。原因再简单不过：贪心呗。合作期间，有位香港老板找上门来，开出每月30万元的厂房租金。大湾区建设的大机遇，谁都不想错过。尤其资本充足的人，更想炒热这个议题，大赚特赚一把。一个月30万元的租金，让陈飞和合伙人彻底睡不着觉了。撕毁合同那可是违约，合同写得清楚，任何一方违约，需要支付十年厂房租金总额百分之二十的违约金。当初想着多签几年多赚钱，可世上的事情都是一把双刃剑。

一边违约不起，另一边高额回报放不下。最后陈飞他们想了个办法，自己投诉自己的厂房违建。

有投诉必然要处理，何况是自己投诉自己。城建执法人员的处理方式非常简单，限期自行拆除。

陈飞他们要的就是这个结果。白纸黑字限期自行拆除的文件在手里，以此逼走承租人，他们就不违约。这在合同上叫不可抗力，属于自身力量无法掌控的事件。他们心里清楚，周围厂房都是股份制，真正强拆是不可能的，只是借政府的文件，玩个空手道而已。可承租厂房的老板不甘心，直接找镇政府寻求救济。让镇里为难的是，这企业可是招商引资引进来的高新技术企业，你要让人家搬迁，至少也得给个两年时间做搬迁工作。设备搬迁本来就是件麻烦事,找到一个合适的厂房更麻烦。设备放在那里,场地太大是浪费,场地太小又不够。这家企业主是在签订了十年租房合同的基础上才投产的,几条生产线全根据厂房长度定做。正常发展上十年,估计这家企业也就有钱自己购地建厂房了。开机生产没赚多少钱,就要停产搬走,这损失也是个天文数字。

老板多找了几次镇政府,镇里领导也头大。村里以合作社方式建厂房出租的不少,大家都没有批建手续,属于历史遗留问题。没人提就不是问题,有人举报,也可以找个调查走程序的理由暂时往后推一推。可陈飞他们自己举报自己,这不处理就问题大了。

镇里弄明白陈飞他们自行投诉违建的因果关系后,出了个绝招:一是等,等这家已经投产的高新技术企业找好场地搬迁完毕后再拆,这个时间两年不够还可以申请延期;二是守,这家高新技术企业搬走后,自行拆除前,陈飞他们不得再出租厂房。

搞到这个程度,香港老板也不敢跟陈飞他们合作了。

这样一折腾,厂房租金也开始拖欠了。双方之间的合作默契已经打破,说不定最后只能在法院见了。便宜没有占到,陈飞他们又在想办法撤回投诉违建的自我举报信,能不能成功还不知道。

林城石第一次听到自己举报自己这事,看来金钱不光能使鬼推磨,有时候还能自己买卖自己呢。

韩营军喝了口水,转着眼珠子补充道,这事他从来没有告诉过别人,只是觉得陈飞投资厂房有那么多钱,钱有点来路上的瑕疵。既然有这样的瑕疵,与他相关的每件事都有发生的可能。

一听韩营军把这件事往远扯,林城石岔开话题。这事与陈飞有没有关系只是揣测,即便真是几个离职员工干的,也不一定是陈飞指使离职员工干这种事。关键是公司要培养工匠，工人不光要懂得手把电焊，二保焊、氩弧焊等都得懂，新买来的激光焊机也要掌握操作技巧，要不然同样的问题还会再次出现。

公司推出的持证上岗补贴政策，逐渐看到了效果，差不多一大半员工都考了焊工证。他一直认为，通过考试可以倒逼大家多学习点理论知识。工作凭手感不是说不行，一旦老材料变成新材料，以前的感觉就全用不上了，应该在接触新材料前，养成先熟悉材质后再作业的习惯。只有先研究透彻材料，掌握不同材料间的作业工艺，才能做到有的放矢。

林城石谈到具体问题，韩营军就开始闪烁其词。说他是外行，在工厂上班时间多了，技术方面有点耳濡目染，远没有林秘书说得专业。然后是一段经常挂在嘴边的忽悠话，什么完全赞同、遵照执行等。

"你看这份邮件，是张总发到我邮箱的。"

邮件内容为印度客户提出的索赔要求：要么退货，要么支付赔偿金。

"我大概估算了一下，员工来回的飞机票1万多点。加上一星期左右的现场维修处理，费用总计2万元左右。要是跟客户能谈好，派人去维修损失要低好多。"

听林秘书谈到钱，韩营军又开始叹息，问这事公司会怎样处理？房价高，他一个月的房子贷款要四五千元，工资付完房贷剩不了几个钱。要不是他老婆也上班，能补贴点，一个人的收入根本养不活一家人。好在房子是前几年买的，要是现在买，估计连首付都付不起。除了社保，他多买了一份商业保险。怕自己突然有一天得个什么疑难杂症，老婆孩子没有生活着落。银行有40万元的贷款，买了个出了问题能赔付100万元的保险。一旦有个万一，也能给家人留点保险理赔金。

林城石明白，韩营军想从他这里打探公司的处理态度。做出个身陷苦海的样子，是让他高抬贵手，能够宽大处理。

台资企业对员工平日管得严，有点鸡毛蒜皮的问题就要罚款，这点全厂员工都心知肚明。厂里以前为防止员工外出，搞了个准军事化名头，出厂门不管工作日还是周末，一律凭请假条。后来随着劳动合同法出台，公司制度中的"罚款"二字变成了经济补偿，该扣的钱照样一分不少。厂里要罚你，就会说电费损耗多少、材料损耗多少、人工成本多少、运费多少等。其实别的都好算，关键是"客户要求补偿"这句，是个无法量化的指标，足够让人头大。

林城石说，全公司员工都在一条船上，企业这条船翻了，老板和员工会一同掉进海里。假如海水是甜的，喝进嘴里的是甜水，吐出来的也是甜水；如果海水是苦的，那喝进嘴的是苦水，吐出来的也是苦水。听到"苦水"二字，韩营军马上联想到村里受到污染的一条条臭水河。以前大家只想着赚钱，什么废物都往河里倒。小河吞吐量有限，变成了黑水河。站在岸边看到的是油腻腻的污水，遇到雨天，小厂借机偷排，从河边走过的人都得用袖子捂着鼻子跑。

韩营军喜欢钓鱼，从污水河里钓上来的鱼丢给猫。舔着舌头的猫，闻到那股重金属、天那水、机油混杂一体的"工业味"，一点儿食欲都没有。他一度叹服，这些污水河里活着的鱼，有足够强大的生命力。还有村里生活的人，都得跟污水河里的鱼一样，大口大口呼吸污染过的空气。

好在改革不断深化，青山绿水工程被提上议事日程。政策逼迫企业家对设备进行改造升级，排污管理也越来越规范。看似一件好事，一些承受力差的小企业主叫苦连连，说高昂的环境治理投入，让他们喘不过气来。环保节能改造，又催生出一大批环保设备生产厂家、环境治理公司、危险化学品专业处理企业。乐极生悲，否极泰来，有些事物会不断转化。

林城石喜欢通过讲故事来引导员工思考。

村里最早的万元户"老万"，被他用来征服过不少员工。"老万"赚到第一桶金，将砖瓦房建成小洋楼后，许多街坊跑去参观。他们看的不是房子的高，三四层高的房子，没有平房进出方便。村子周围多的是蔗林、鱼塘和稻田，村里有足够的土地建房子，高楼引不起大家的兴趣。"老万"引以为豪的小洋楼，街坊们转上一圈，最后都把注意力放在他家的马桶上。提到马桶，就离不开村里至今还流传着的一个笑话。当初有个称作"老掏"的陶瓷厂技术工人，跑到香港亲戚家，学来的第一个高科技产品就是抽水马桶。陶瓷厂主要生产碟子、碗、茶壶、花盆和花瓶等日常用品，竞争性也不强。自从"老掏"学来新技术，陶瓷厂可谓发生了一次"陶瓷"革命。以前各家各户的厕所，跟鸡鸭猪圈等一起建在屋子外边。遇到雨天，街坊们最怕天黑上厕所。改革开放初期，可不是今天出生的小孩，会睁眼看世界，就能欣赏到宽阔的马路和摩天大楼。那时候到处是泥巴路，下雨出门，一不小心会滑倒，摔个人仰马翻。

街坊们想知道，"老万"这三层小洋楼上，每层是不是准备了个特大的尿壶。当看到自来水扑通一声，哗啦啦的水声把该冲的东西全冲走之后，才明白镇里数千年来免费的水井不用，修收费的自来水管道、修排污沟，原来是有更大用处的。这之后，村里的小洋楼一家挨着一家开始修建了。街坊说"老掏"引发的厕所革命，不光解决了陶瓷厂产品的升级问题，还改变了数千年来晚上睡觉提夜壶的习惯。

技术最终是用来服务于人的。都是GDP过万亿元的大城市了，突飞猛进的经济高速狂奔之后，需要思考如何才能发展得更好，如何持续享受发展红利。社会是这样，产品也是这样。如果村里的第一个抽水马桶使用是失败的，村民就不会兴起建小洋楼的高潮。有时候一个不经意的小细节，会改变一代人的生活模式。

林城石说，生活质量的提高与时代进步是相一致的，如果老百姓的生活跟技术相脱节，那研发就失去了意义。作为企业，表面上面对的是客户，实质上面对的是一个更大的消费群体，而质量就是能说服消费群体的最有力的证据。

只有共患难，才能同享福。韩营军似乎悟出了一个道理，他一边不停地点头，一边忙着在本子上做记录。林城石说过的话，要用到车间周会上去，他喜欢把领导的观点直接传达给员工。一是领导的见识广，讲出来的话更有说服力；二是他经常重复的那几句话员工听腻了，有点新鲜东西，也好吊员工的胃口。

韩营军绝对是个让领导喜欢的角色。

领导喜欢的人大概分两种：一种是会说话的人，另一种是会做事的人。一般情况下，善于言谈的人，动手能力会差点儿；或者倒过来，善于动手的人，动嘴巴的能力会欠缺点。韩营军不光属于任劳任怨的老黄牛，领导批评时，他总是一个九十度的鞠躬不说，而且表态的时机把握得准。总能在领导需要表态的时候，说出几句一定会认真贯彻执行的话。他说不管是产品，还是管理，问题的严重性完全认识到了，绝对会加大落实力度，防止同类问题的再次出现。不过他还是担心公司罚款，后来补了一句，这两年工资都没有增长过，要是有点工龄工资也好。

林城石也是职场老将，他一再强调，各方面的因素都会考虑，不要跟焊工老刘那样，总是一副贪生怕死的样子。公司面对的是产品问题，解决问题是为了提高竞争力，不是针对人。

韩营军听到这句话后，基本上他想要的答案已经知晓了。跟领导谈话，说的人说得明白，听的人听得明白，这就叫效果。目的达到了，他立马起身鞠了个躬后说，要去车间巡查下加班的工人。

林城石叮嘱韩营军注意身体，尽量早点休息。邻厂的车间主管，刚过三十岁，前晚加班时因心梗住进了第一人民医院，一天花了20万元。做了两根支架后，人才有了点反应。白天能做完的活，尽量抓紧点白天完成。人不是机器，该休息的时候要注意休息，一旦身体拖垮了，什么都没了。

他嘴里这样说着，心里又觉得这话有些应付。车间一旦下单排产，董事长恨不得工人没日没夜干活，那一台台机器就是老板的印钞机，只有这机器转动起来，才有源源不断的利润。

林城石喜欢像钟向荣一样有理论，且敢提出创新观点的人。

韩营军在工作上处于被动地位，什么事情都坚决服从，但又不敢放手一搏，管理水平提高较慢。发到国外的设备出了质量问题，自我反馈全反映在脸上，看到公司领导，腰一个劲儿地往下弓，要是脖子足够长，一定能把头塞到裤裆里去。低头有什么用？这不是诚服于某人，而是要让产品诚服。出了问题，最担心公司怎样处理，会罚款还是会降级？会不会调整岗位？如何在工作中提前介入，把问题处理在萌芽状态才是关键。越是太怕失去，胆量就会大打折扣，往往会把问题累积起来。

林城石觉得自己至少是个敢于想象的人，只要是他所涉猎的方面，都能说出一大堆故事来。上次参观当地一知名画家的作品展，足有半面墙大的展板上介绍着画家简历：曾五次进藏，在藏区生活的时间不少于三年。他笔下的西藏人物、风景和动物，一平方尺售价高达1万元。林城石特别喜欢画家用淡墨处理过的雪地民舍图，不管是游牧藏民的藏包，还是定居藏民的楼房，用淡墨勾出屋舍轮廓，留白的地方自然就成了雪。这种用墨的浓淡和留白，速写式描绘出的雪压屋顶的奇幻表达手法，着实让人耳目一新。水墨画是山水画中常用的染色技法，墨的焦枯、纸的干湿，跟笔的点画融为一体。要不是手头拮据，他会破费买一幅来收藏。他总想不通西方人为什么那么喜欢参加音乐会，后来明白，对艺术的欣赏是提高生活质量的一个重要组成部分。近些年来，书画市场、古玩市场、玉石珠宝市场等，都方兴未艾，说透了是经济发展的一个侧影。

不过参加完展览后，随着思考不断深入，他对这位画家渐渐产生了厌烦。他越想在大脑里清除画家留下的墨迹，越是清除不掉。他跟画家没有说过一句话，躺在床上仔细回味这些画作，发现画家手上的画工和心里对国画的敬畏感形成了明显落差。一幅藏民人物画中，四位藏民男子，三个人的藏袍右手在外，右衣袖别在腰间，另一个人偏偏左手在外，左袖耷拉在腰间。稍微有点藏民生活常识的人都知道，藏民要么不把左手露在外面，要么把右手露在外边，然后把右袖别在腰里。这是藏族人约定俗成的习惯，没有文字记载原因，可人老祖辈都这样延续着。哪怕天气再热，两只胳膊都从藏袍衣袖里放出来，他们从来不把左手单独露在外边。

画家画出一幅违背生活常识的画作，这不是创新问题，是没有深入生活的问题。民族风物，画面不能违背常识，尤其宗教信仰观念特别强的少数民族地区，更当如此。这位多次进藏的画家，画的只是生活的表象，画的是他想要的东西，而没有把心放在那块雪原圣地上。

一幅画，画不到生活的深处去，就永远抵达不了艺术和人性的本真。

一件产品，不用心做，也很难做出一流的品质。

第四章 距离

到"好人家"洗车店聊生活,是一种忙里偷闲的享受。

林城石掏出本子,将洗车店经历的卫生安全的事情做了笔记。

小胖脸上露出绯红:"我说的话你也记?"

林城石点了点头。他觉得所有的伟大其实都是在普通的人和普通的事中得到验证的,比方说小胖,在一个不起眼的汽车维修店里,也演绎出这么感人的一幕。

小胖用两只手捂住眼睛,让他千万别写出去,放在报纸上被熟人看到了不好。她是信任才说给林城石听的,要是别人还不敢说呢。免得人家担心传染,不来她店里照顾生意。

员工宿舍里,一些常住工人投诉午休工人,理由是午休工人早上来公司,晚上回家,走动频繁了会增加风险。林城石完全能理解,这修车洗车的地方,要是客户知道给医院拉病人的车做维修,十有八九会躲起来。趋利避害,是人之常情,世之常态。

想得越多,越觉得小胖不一般。

小胖说，修完车后，她老公悄悄告诉她，向司机多要点修理费。她一分钱都没多要。她这店，洗车涨价了，对所有人都涨价；修车涨价了，也对所有人都按一个标准。按照行规做，绝不会随便坑人。小胖说，其实她最怕死了，那天回家洗完澡后，她不敢跟小孩睡同一个房间。

林城石拿起茶壶，帮小胖再添满一杯茶水。

"人人都只顾自己，那这新冠疫情怎么控制？总有些人要付出嘛。你说是吗？不过也好，这个月我们也有节约，不该节约的节约了，你知道我们节约了什么吗？"小胖边说边咯咯地笑起来。

她掐着指头算，小孩寒假报的是一对一补习班，两个小时500元，说透了就是一个小时250元。那些搞补习班的，觉得这个"两百五"不好听，就弄成两小时。没条件也就不报了，能报得起的情况下，人家都报你不报，好像显得对孩子不够重视。新冠疫情防控期间，这些钱省下了。

把为孩子省下的寒假补课费当节约对待，至少说明小胖觉得这些补课钱不该花，可为了孩子她又不断花着，多矛盾。

"最近生意怎样？"林城石很少打探别人生意上的事情，这次例外，多问一句更是一种关心。

小胖摇了摇头："一年比一年难做。房价一个劲儿地涨，房租也跟着涨，一涨起来就刹不住车了。现在出租户可以减免租金，人家不催收就洪福齐天了。其实她也想通了，城里人不像农村人，农村人有地种，吃饭没问题。城里人靠挣工资或者做生意赚钱，房东不收房租靠什么吃饭？只是不能一个劲儿地涨，毫无秩序地乱涨。"

修车、洗车的人，主要赚的是回头客的钱，许多老客户都习惯来这里，即便房东涨价，小胖也不能随便搬，一搬生意就没了。小胖开店的这栋楼，老板一次买了一整层。

那时候房子没限购，手里钱多的人把买楼当成一种保值投资的理财产品。今天弄出个手里有几十套房的房姐，明天就能弄出个手里有上百套楼的房叔或者房爷，后天说不定大家口中持房更多的房祖宗真会出现。好在国家出台了调控政策，可房屋限了购，租金没有限涨。

老板招工难，工人找工作难，钱越来越难赚，高房价和高房租挤走了青年工人心中的多半幸福感。小胖记得自己上中学时，每天嘻嘻闹闹，总有快乐相伴。现在的小孩，脸拉得跟失去弹性的橡皮筋一样，真让人看得心慌。

小胖不停地扩大范围。房租涨、猪肉价涨、工人工资涨，小胖的店能不涨价吗？可涨得过头了又怕生意没了，真难。

林城石在小胖店里洗车的时间少说也有五六年了。每次来的时候，看到老板忙着修车，小胖忙着洗车，好像他们夫妻从来没有闲下来过。这次老板外出办事，小胖有时间给他冲上一壶茶，一聊开，差点儿关不住话匣子了。

话题转到通力公司的军事化管理，林城石成了主角。小胖对夫妻一起在厂里上班这事，兴趣更大。

林城石介绍道，以前，夫妻双方同在厂里上班，也要男女分开住集体宿舍。少数几间夫妻房，留给为公司作出巨大贡献的"功臣"。普通农民工夫妻等的就是一个月仅有的那一天放假时间。夫妻工们拿着出门放行条，冲进附近专门服务于他们这些特殊群体的钟点房。20元一小时，掐着时间过完夫妻生活，赶到超市买些生活用品，在路边的小饭店狼吞虎咽改善一顿，再急急忙忙赶回厂里。有工人开玩笑说，台资企业什么都讲究效益，就夫妻间那事也要跑步进行。

厂里台湾员工宿舍和大陆员工宿舍属于互不相干的两座楼，老员工把台湾员工宿舍楼称作"总统府"，大陆员工宿舍得了个委屈点的名字"地中海"。"总统府"和"地中海"区别明显。"总统府"里，工程师级的两人住一间宿舍，主管级的住单间，经理级的住套间。而且每层有一个专职清洁工，楼道每天换一次鲜花。空气新鲜，卫生环境一流。"地中海"里普通员工六人一间宿舍，级别再高点的就去享受"总统府"待遇。"地中海"整座楼就一个清洁工，遇到雨天，清洁工守在楼道里，一把差不多一米宽的拖把，弄不干净员工两只鞋底沾进楼道的泥水，卫生条件跟"总统府"没得比。

时代变了，现在公司为吸引新员工，新招聘的人，一律安排住进"总统府"。要辞工的即便不发工资照样走人，搞得人力资源部专门设置了个"维稳"办公室，请来心理咨询师，重点疏解员工情绪。

老工人眼中，"总统府"装修高档，一个坐便器盖子，都是两三千元的进口货，能住进去就是一种高级待遇。年轻员工，更需要的是个人空间。在外边租房子没有厂里那么多限制，下班之后的时间完全由自己掌管，不想窝在公司宿舍里受太多约束。老工人想着多加班、多赚钱，家里老人孩子花销都需要钱。年轻员工不这么想，上没老下没小，一人吃饱全家不饿。甚至没钱了打个电话，家里父母还会寄零花钱。用他们自己的话说，他们要的是生活质量。

林城石对珠三角的招工难和用工难这两大难事理解深刻。公司一位不到二十岁的"网哥"，因为宿舍晚上十一点强制断网后，不能跟女朋友视频，一激动站在阳台上大喊大叫一番跳了楼。好在楼下一棵大杧果树托住屁股，"网哥"只扭伤了腰，扭歪了脖子，生命无大碍。这事之后，公司放开住宿管制，员工在外边自己租房住行，在公司自建的集体宿舍住也行，或者住公司租的员工村宿舍也可以，尽量让住宿空间增大，让住宿方式多样化。

小胖店里工人少，管理起来照样费劲。小胖说新招来的学徒，什么都不会做就想着领高工资。老板开工资，学徒领着钱学技术，他们还说洗车这事不干，只干修车的活。你说一个刚进厂的学徒工会修车吗？至少得跟着师父学上一两年吧。可工人不这样认为，既然你招来了，只要在你这里待一天，就得付一天工资。

　　小胖老公以前学修车，是给教他修车的师父付学费的，现在却倒过来了。当然，这些学徒工也能帮着干点粗活，可没有车修的时候，帮着小胖洗洗车也行呀。他们说让洗车就辞职，可让他们拿着高工资学修车，老板也不干呀。

　　包吃住，付工资，还能学到技术，条件真不错。要是再年轻十岁，也要跑到店里学修车了。林城石说这话时，用手在额头抓了抓，这是他的习惯，说一些善意谎言之类的话，他会在额头上抓几把。

　　他把跟小胖聊天当成一次便捷采访，作为一名文艺人士，他确信素材是一点一滴积累起来的。不管什么行业，也不管什么人，只要他的故事有可挖掘之处，都值得收集。他原以为修车这行业是个暴利行业，修车的邻居回老家来去坐飞机，孩子办满月酒一次摆三十桌，没有想到修车老板们也有看不见的烦恼。

　　小胖帮林城石添了茶。

　　说到工人，她就烦心，拿吃饭来说，修车店老板有的和工人一起吃，有的跟工人分开吃。分开吃的，老板一桌人少菜多，吃剩的菜放到冰箱里，第二天热了再给工人吃。原因很简单，当天给工人吃了，显示不出老板跟工人之间的身份不说，第二天热了吃，还省了一个菜钱。小胖亲自上锅炒菜，做好饭，大家坐在一起吃，力求跟工人保持家人般的亲近感。

刚来她这儿上班的工人，感动得要死，口口声声说老板、老板娘跟工人同甘共苦，真是可遇而不可求的大好人。可时间长了，他们就不记小胖的好了，开始提这条件那条件。她觉得周边的人不能混熟，混熟了就跟那些推销保险、推销理财产品的朋友一样，总想着把你当成某种可以给他带来利润的资源看。

小胖是广州增城人，广佛一体化，更多体现在广州郊区跟佛山的连接上。增城人有点尴尬，就大范围来说属于广州市，由于偏离主城区，发展总比不上佛山。增城被誉为广州后花园，这个"后"字跟花园搭配在一起，听起来很美，距离上总远了点。

拿小胖来说，十六岁初中毕业后外出打工，第一站是顺德区。那时候大家挂在嘴边的"广东四小虎"，佛山的顺德区和南海区就占了两席。小胖记得清楚，20世纪90年代末期，国家领导人"南方谈话"的巨幅照片挂在凤岭公园的大半边山上。她们走在大街上，能感觉到迎面而来的热空气，都带着改革发展的那种冲劲。一脚踏进工厂大门，就跟着彻夜不眠的机器运转起来。月底出粮，与同宿舍姐妹们吃夜宵时，才有个跟机器分开的透气机会。

后来，家里人介绍她与修车师傅阿水结了婚。小胖觉得增城发展的速度远不及佛山，便建议老公来佛山开修车店。那时候，佛山百人小车拥有量占全国第一，是许多修车师傅心中的理想圣地。小胖对哪条街道人流量大，哪些地方店租如何早心里有数。夫妻俩开店，不需要前期考察，家里的那棵荔枝树放倒后卖的钱，足够开一家小修车店了。店开了十多年，生意总体稳定。俗话说，人挪活，树挪死，店铺跟树一样，扎的时间越长，生意越好做。村里老人常说，住上十年搬不动，搬上三年一条棍。店就是家，越搬生意越差。

小胖言归正传，宁可房东涨价也不愿意搬店。谁知道一场新冠疫情，把人封在家里出不了门。没有了人，生意一落千丈。开始考虑将两间店铺压缩成一间，以应对危机。

林城石很会引导对方把想说的话全部说出来，甚至连不想说的话也能被他从肚皮里勾出来。

这是他的特长，类似于记者采访。不同之处在于，他是交心式聊天，屁股搭在椅子的前半端，跟员工听领导讲话一般。这种低调让小胖感到暖心，她手下的员工一个个因为工资的事，用仇人一样的眼光看着她，一点儿感恩之心都没有。有些客户来店里坐坐，不是上帝的表情，就是贵客的样子，她不喜欢那种带有傲慢和偏见的神态。

林城石和小胖有共同语言，两个小时过去了，两人总有说不完的话。

小胖说她渐渐不喜欢回老家了。村里闲着的大片土地，早已不是他们的。那些看似留在村里的土地，如同别人衣服上的补丁，与自己一点儿关系都没有。地空在那里，只是开发商暂时没有开发而已。卖了地的村民口袋里塞满了钱，一时间不知道怎么花销。有的装着两三百万元到澳门去玩，本想多赚点，结果全赌输了；有的带着一群外地女人，吃饭、打牌、旅游，什么好玩就玩什么。一个小镇，一夜之间开了五家小旅游公司，各个生意都不错。赚哪里的钱？主意全打在村民的卖地钱上。一些卖了地的人，钱装在口袋里，不花不舒服。被这些所谓的陪打牌、陪吃饭、陪旅游的新式服务给搞走了。

没有增值计划，总得存在银行里弄点利息吧，挥霍完后怎么办？

小胖说话畅快，连老公家门口那棵几百年的大荔枝树，放倒后做茶具的事也全盘托出。她说，大荔枝树用电锯分段后，掏了100多元钱请来钩车，才钩到木匠家。荔枝树的树根做成古树茶盘后,又用叉车叉回家。好在村里的房子独门独院,大门口朝着街面,要是高层商品房,根本搬不到家里。一个喜欢收藏的人掏了几万元把古树茶盘买走后,他们才有了开修车店的钱。那棵大荔枝树能做多少个茶盘?小胖说不出来,用手指敲着摆在他们面前喝茶的大茶盘介绍道,这个一米多长的,是一个树枝上锯下来的半截木材做的,别人嫌小看不上,才留着自己用。

　　林城石用手敲了敲用四个靠车轮胎撑起的茶盘,砰砰的声音如洪钟般沉闷。

　　心想,有机会也要买个荔枝茶盘。这茶文化,更多讲究的是喝茶的气氛。一套好茶具,往往比一罐好茶更能让人喝出愉悦感。没来得及开口问眼前茶盘价钱,一只跳上茶盘的狸猫转移了他的注意力。狸猫翘着尾巴,用头蹭了蹭林城石伸开抚摸它的手掌,屁股一扭,卧在茶盘上。

　　这只猫被阉了。小胖说到"阉"时,眼睛里有股手起刀落的那种坚定。之前养的两只猫,全跑掉了。阉了之后,这只猫晚上出去,白天会回来。小胖说在医院工作的表姐,指挥一个实习的学生帮忙做的手术。小胖说着话,找出手术刀送了一把给林城石。不忘叮嘱一句,这刀非常锋利又特别轻巧,从手里滑落,掉到脚面上感觉不到疼痛,细细的一道血印告知你,那就是刀伤。

　　林城石从小胖手里接过手术刀,突然觉得女人有可怕的一面。比方眼前这个小胖,皮肤白净,眼睛又大又亮,微胖的身体显得有力且一点儿不感到臃肿,说话口齿伶俐且反应又快,各方面都符合他的审美要求。唯有这个"阉"字一出口,让他全身皮肤紧绷了一下。看来对一个人的了解真需要时间,短时间内是没法全面了解一个人的。

　　话题转到待在家里的孩子身上。林城石想不明白,新冠疫情一来,市场上连一只鸟都买不到。孩子在家里无聊,想养只鹦鹉,他跑了一大圈没找到一家卖鹦鹉的店。最后一打听,原来卖宠物的生意都不让做了。

一场新冠疫情,搞得小胖心情复杂。几个朋友靠倒卖口罩发家了,短期赚了一辆小车,笑她还守着个小店过日子。可她还是喜欢做一份本分的职业,有时间跟林城石这样有文化的人坐坐,不光长见识,回家跟儿子谈话时水平也提高一大截。朋友圈里发的信息不知道真假,谁倒卖消毒水和酒精赚了多少,谁的亲戚突然倒地走了。"走"这个字在汉语言中意义广泛,卫生安全事件期间走了的,十有八九去了另一个世界。各种信息不管真假,转的人希望大家疯传。有位关系好的朋友神神秘秘地告诉她,一千个点击能换1元钱,点击量越高,赚的流量钱也越多。小胖对互联网产生了恐惧,感觉这些信息也跟传说中的吸血鬼一样,指头每点下去一次,仿佛就被吸了一口。

从小胖对茶叶的称呼上,林城石看得出她喝茶并不专业。成年普洱茶饼,她跟农村老头一样,直接喊为砖头茶。

林城石不好意思问小胖不减肥的原因,心想至少有一条:不是她不喜欢减肥,一定是她管不住这张嘴。

小胖的话虽然不专业,不像经济学家那样会说出一整套理论,可她讲的道理一点儿都不小。来佛山的人,除了看山看水看古迹,看改革开放先行地的建设成果,也少不了要品佛山的美味佳肴。味在广州,厨出凤城。凤城的粤菜师傅那可是声名在外的。餐饮文化影响到会务、出租车、酒店等行业,这可是个用数百亿计算的大产业。

小胖的话确实有道理,市政府发了一个亿的消费红包后,区政府也要发一个亿红包,估计过几天镇政府还要发。这可是超级大红包呀,是用亿做单位的。不光全国人,全世界人都一定会竖大拇指。而且消费越高,补贴越高。话又说回来,首先刺激的消费群体还是旅游、餐饮、美发等基础行业。这些行业跟工厂一样，是就业大军。

林城石边点头边端起茶品了一口，然后转身往洗手间跑。

这是他第三次上洗手间了，跟小胖在一起不光聊的话多，喝的茶水也多。上完洗手间，他的屁股一落座，小胖又倒上一杯。

小胖问他，那些发国难财把两毛钱一个的一次性口罩炒到四五元钱，把10元钱左右的医用口罩炒到120元的人，国家会不会把钱没收回来？应该没收才对，要不然就是鼓励人干坏事。以后再遇到什么天灾人祸，好人也学着去发国难财了，那还了得。

小胖一边憎恨着炒口罩的人，一边又问林城石公司为什么不改产做口罩机？她觉得大工厂要是生产口罩，这可是既赚钱又积德的大好事。至少市场供应充足了，那些投机的人就炒不起来了。

要是修车店的场地再大一倍，小胖都想投资一个口罩生产线。以前在工厂干活，见过各种各样的机器，这口罩生产线根本没有什么高科技，不就三根辊转动着压紧三层布。一尺长的辊，估计一个客厅用的摇头电扇的马达都能带动。以前的口罩还要人工封边，现在这熔喷材料，直接压边，一次成型，太简单了……

第五章 亲子鉴定

"什么事，吴主任？"

林城石一看机加车间主任吴东的电话号码，不紧不慢地回了一句。

"怎么，张总的老婆离家出走了？什么原因？"

一听张总的老婆离家出走了，吴东请他帮忙寻找，林城石立马挂断电话，朝公司那辆公务车小跑过去。

开着小车，看着眼前公路上画出来的白色分道线，想想大家眼中的好夫妻张大陆和黄丽丽，他突然觉得整座城市变成了一个可随意折叠的空间，各种区域相互交织，就如同一个人可以变换多重身份、多种职业，甚至变换多种想法一样。各种空间把人变成多个复杂体，动物的属性、植物的属性，甚至跟一只蚊子一样的嗡嗡声也具有。所有这些又不是一个人的全部，也分不出自己跟他人的区别。但每个人知道你就是你，这一点似乎说明了自己的独立。至于为何存在这些问题，又被问题的各种空间所瓜分，他也弄不明白。似乎这空间又不是独立的空间，被各种线条所切割，这些线条相互交错，但又互不隶属，各有各的运动轨迹。想到这里,他觉得人的大脑似乎也不归属于自己,成了城市里的某一个空间。

林城石眼前闪出跟小胖聊得开心时,店里几个员工挤眉弄眼的事。一个送快递的骑手逆行而来,吓得他一脚踩下刹车。好险,叮嘱自己开车不能走神的同时又"呸"了一口,对这些违反交通规则送快递的人表现出极大不满。送外卖、送快递,所谓的"快",都是建立在横冲直撞的违规行驶上,那是在开文明的倒车呀。

不知什么原因,他始终对各种场合的违规竞争者充满抵触,即便这些人能够迅速致富,或者扮演着生活中弱势群体的样子。

张大陆不敢相信自己的眼睛,手中的亲子鉴定书写得一清二楚,儿子张建设和他没有丝毫血缘关系。作为公司高级副总裁,自己的孩子是别人家的孩子,这事传出去脸往哪里搁呀。况且这不是要不要脸的问题,面对一个亲手拉扯大的孩子,还要说服自己承认一个事实:继续爱着妻子跟别人偷情的种子,继续支付孩子的学费,以及他今后结婚买房的钱。甚至还有一种可能,因为双方没有血缘关系,孩子知道真相喊一声张叔叔后远离他,这属于深度精神摧残。

早上他去拿鉴定书前,儿子张建设还懒在被窝里,让他回来买一份炒粉和一份双皮奶。现在感觉到这个一起生活了二十多年的孩子,他根本就不认识。

"叮咚,叮咚。"听到门铃声的张大陆,本不想开门,铃声连续响了五六次,他挣扎着站起了身。

林城石和吴东去了黄丽丽平时常去的几个地方,终于找到了情绪低落的她。

黄丽丽在林城石和吴东的搀扶下进了家门,但完全不理会张大陆。要是黄丽丽低声下气,表示出点歉意,张大陆心里会好受点。一看,黄丽丽"唰唰"两下,把两只拖鞋踢到客厅中央,光着脚气呼呼地走进卧室,他火气更大了。拿起个塑料板凳,朝着黄丽丽的背影狠狠地摔在地上。

他说黄丽丽跟他是陌路人。他们母子俩平日里红苹果般的脸蛋,现在似乎变成了一幅僵硬的水粉画。张大陆说话时鼻子里冒着粗气,屁股跌坐到沙发上。

林城石和吴东各自搬了个塑料小板凳,分左右轻轻坐在茶几两头。

"本来家丑不可外扬,可这事到打官司的地步了,瞒也瞒不过去。两位别见笑。林秘书呀,我的事说出来,比书上写的故事都精彩。唉,真气人,一辈子积德行善,没想到这顶绿帽子出现在了我的生活中。"

林城石安慰说:"张总,有些事可能跟想象中的不一样,慢慢沉淀几天,说不定结果完全不同。往往最先出现的结论只是个引子,真正的结果需要时间。"

吴东马上接住话:"是呀,是呀。林秘书可是咱们公司想象力最强大的人,他有艺术家的眼光,好几个剧本都获了奖。我每次开会写个发言稿,都得挤上一两个星期。林秘书说不要急着下结论,这话有道理。"

吴东为了转移注意力,把话题引到陈飞离职后去同兴公司的事上。他说当初陈飞前脚离开公司大门,大家的想象力随即展开。有的说他在通力公司贪污多了,自己不敢待,跑掉了;有的说他被竞争对手以一辆奥迪车、两个专职女秘书的高薪和高福利挖走了;也有说董事长看他不顺眼,直接给辞退了的。咱们这些中高层管理人员很难说个一二三,员工间的传言哪可信度,都是茶余饭后的消遣式发言。平常跟陈总关系好的,想方设法说他好,说他不好相当于把自己的身份降低了;跟他关系不好的,发泄攻击之言几火车都拉不完。

张大陆拿出亲子鉴定书递给林城石。

"你看看,这难道不是最后的结论?鉴定中心出的结论。去年正月十五我们俩还在一起行通济呢,二十万人跟着'行通济,无闭翳'的传说,穿过通济桥的大盛事还历历在目。今年我的心被这一张纸给点燃了,感觉五脏六腑都烧焦了,嘴里冒出的气,都是带着血腥的焦煳味。"

对张大陆来说,这亲子鉴定书比做完核酸检测,拿着显示阳性的新冠肺炎确诊报告还要可怕。他跟黄丽丽到河边人少的地方谈过几次,每次都以互不相让、互不信任的争吵方式结束。这种事不能在家里说,一说就会生气,一气就会争吵,一争吵就会被左邻右舍知道,同时伤害孩子。都这个地步了,黄丽丽就是死不承认,真是贼嘴比铁硬。她还对天发誓,真没有张大陆想象的那种事发生,要是有,那就五雷轰顶遭天谴。要是她被冤枉了,只能说这鉴定书假了。可鉴定中心的人说,法院常委托他们做亲子鉴定,鉴定结论的权威性毋庸置疑。

"孩子出生后,父母抱错的都有,一个检验单打印错的可能更大。事缓则圆,等等或许选项更多。"林城石缓解道。

张大陆用手揉着太阳穴,还有什么好等的,他已经下了离婚令。孩子出生时,他守在产房门口照顾,不会抱错。事情都这样了,总不能在自我欺骗中过完余生吧。

"没看到建设?"林城石问。

"他去同学家了。"张大陆叹口气。

起初知道这个结论后,张大陆恨过孩子,现在觉得孩子是无辜的,这事不能告诉张建设,能瞒多久就瞒多久。现在最不想看到的人是黄丽丽,那嘴只要张开就会冒出几个不知重复过多少次的词:被冤枉、听解释。他觉得她跟蔓延全球的病毒一样可怕,躲得越远越好。

张大陆眼前闪出昨晚两人争吵的一幕:他在沿江路上顺着人行道疯跑了一会儿后,蹲在路边的一棵大榕树下独自流泪。两只手紧紧抱住头，不想让任何东西接触到他的思维。她开着越野车追来，解释导致的结果是激烈争吵。最让他冒火的是，她居然一连几巴掌甩在他脸上。那巴掌用力之大，惊起几只在树上休息的鸟。那些他看不清样子的鸟，拍动着翅膀，钻入夜色中另一个黑沉沉的树冠。

他从小到大没有挨过那么重的巴掌，大脑"嗡"的一声，整个人跟跄着后退了几步。如果不是一把扶住河边的栏杆，他会倒在地上，甚至会掉到河里。路上巡逻的治安员把他们分开，等他缓过气，两个人又冲在一起厮打。没办法，治安员决定把他们带到辖区派出所进行调解。警察让他给黄丽丽几天时间，再做一次亲子鉴定。他觉得黄丽丽在拖延时间，至于为什么拖延，也说不出个理由。每年黄丽丽过生日都有莫名其妙的玫瑰花送到家里来，她说是一个姐妹的祝福，看来还是他太粗心。一度觉得自己娶了个厂里的厂花，他光荣且自豪。现在想来，他看到美的，所有的男人都觉得美；他想得到的，其他男人也想得到。

林城石劝道："张总，你真要忍着点，人急了要是闹出个寻短见之类的，麻烦可大了。"

张大陆一激动，手掌拍着茶几："这贱人很小心自己的命，不会自寻短见的，倒是我想一头扎进河里了结算了。"

"总之，你现在跟孩子做了亲子鉴定，她还没有做。你陪在她身边，等双方都做完亲子鉴定不是更客观？"林城石对张总一家熟悉，根据他的直觉，这事有些蹊跷。

"其实没有这个必要，我不是孩子他爹，这已经是铁打铜铸的事实，难道她跟孩子做了亲子鉴定能证明我是孩子他爹？所以我是反对再做下去的，花那笔钱干吗？花得越多，离婚时可分配的越少。"张大陆说着气话。

"张总，暂时你还得稳住。你看我跟林秘书刚进门的时候，黄姐踢鞋的那个样子，完全是朝我踢的。咱们可是师徒关系呀，你不看黄姐都针对我了。"吴东说话时，眼光不停地在林城石和张大陆脸上扫来扫去。

张大陆叹口气。在警察调解下，他同意等黄丽丽的亲子鉴定结果出来后再办离婚手续。警察叮嘱他们，孩子是无辜的，要为孩子的身心健康着想，在家里不谈论这件事，也不许再打架，如果谁先动手挑事，就拘留谁。昨天说不闹了，可今天还是闹起来了。张大陆越想越乱。

"这么晚了，回去休息吧，因为我的事麻烦你们真不好意思。我这几天会忍住的。"

从张大陆家出来，林城石和吴东并肩走在一排大榕树下。

"林秘书，这事我也不瞒你了，我是张总的徒弟，关系太亲近了，有些话说多了，真该死！"

"怎么，是你让你师父做亲子鉴定的？"

吴东的一双小眼睛，在路灯下闪着亮光。这种光跟红外线摄像机下，动物专家们拍摄到的夜行动物眼睛里的那种光极度相似。

"果然是做秘书的，你这想象力真是一绝。厂里人都议论说张总的儿子跟张总长得不像，是不是张总性功能有障碍，搞了个试管婴儿。我不小心把这事说溜嘴了，张总才去做的亲子鉴定。你不说他不想，什么事都没有。可说了，想了，越想越不对劲，就麻烦大了。这不，张总一做鉴定，还真不是。"

"吴主任还是细心，我跟他家这么熟，可从来没有注意过张建设像不像张总这事。"

"前天晚上师父来找我喝酒，才知道他拿到鉴定书的事。他每天要吃一片地平降压药，平常很少喝酒。"

"今天他太太闹失踪又是咋回事？按照张总的说法，警察已经调解，现在只需等另一份鉴定结果了。"

"这怪张总小气了，他昨天从派出所出来，独自开车走了,连黄姐都不带。今天早上他跟黄姐一起去做鉴定,等黄姐办完手续出来的时候,张总又开车提前离开了。黄姐给张总一连打了几次电话,都被挂断后,只好坐出租车回家。回到家门口,又发现张总偷走了她包里的钥匙,门进不去。这大人之间一旦闹起来,跟小孩子差不了多少。黄姐一气之下给张总发了条短信,说她去跳河了。张总紧张了,才让我去找人,我又拉上了你。"

"做鉴定,她不是跟张建设在一起吗?"

"没有。他俩都想暂时瞒着孩子。黄姐拿着沾有张建设唾液的口罩逼着张总开车把她送到鉴定中心的。"

林城石从吴东那儿了解情况后,没做过多评判,两人礼貌性地挥挥手,各自回家。

第六章
蔗林秘密

外资企业很少设立党团工会组织。在这方面,通力公司确实可以算作可圈可点的示范性外企。除党支部、工会等重要组织外,篮球队、乒乓球队、羽毛球队、武术队、舞蹈队、摄影队,以及属于高层专有的高尔夫队等,差不多有十多支。

群众性组织很多,都是业余管理。队长级别的负责人,全部由部门经理级以上人员兼任。作为高层,张大陆兼管的组织也当属高大上,党支部书记、工会主席,他负责最为核心的两大团体。别的团队需要举办活动,都得向工会申请费用。

张大陆名片上印着一大串头衔,可没有三头六臂,有些事情铁定忙不过来。作为集团秘书的林城石,自然逃不过他的掌心。镇街发来文件,张大陆大笔一挥,写上"林秘书全权负责"几个字,剩下的工作全变成林城石的任务了。

近些年,工业发展最快,成效最显著。改革开放四十周年、中华人民共和国成立七十周年、建党一百周年等,所有的庆祝活动都离不开工业。而所有这些事,都得林城石亲自去做。不管国内外怎么评价中国发展，工业化确实给生产和生活方式带来巨大改变。比方说电梯，没有电梯高楼就无法长高；比方说网络，没有工厂生产的芯片，所谓信息革命无从谈起；再比方说车载导航系统，没有导航，四通八达的公路，会让有车族全变成"路痴"。他记得小时候看到村里的老司机随手带一张地图，去哪里只需在地图上查一下。两个省之间，就那么一两条国道连接着。看看起点和终点，基本上也就心中有数了。现在，一个小型乡镇，能装下以前的数十个老县城，不要说开车去外市、外省，本镇带个客人去饭店，没有导航，常常走错路。

市文联倡议全市企业开展一次叫"脚印"的改革寻根活动。要求市民跟红军长征一样，用脚去实践。有条件的单位，组织员工开展"工业万里行"，到全国各地的老工业城去看看；没有条件的单位就近选择，来个"工业百里行"活动，对周围的工厂、对当地发展的历史进行一次回顾。一句话，有比较才有鉴别，有总结才有发展，不断忆苦思甜，改革之路才会走得更远、更坚实。

许多城市喜欢"经济搭台、文化唱戏"那套做法，总把文化变成经济的附属品。"脚印"的改革寻根活动，林城石觉得大有时空轮转般的感觉，变成"文化搭台，经济唱戏"了。公司生产任务重，"万里行"可能性不大，干脆来次"百里行"。

半个月时间的筹备，总算有了结果。

几辆大巴车的前后玻璃上，贴着两道红底黄字的活动口号，"改革在眼前""工业你我他"。员工们在本市重点企业、博物馆来了次分批体验。用张大陆的话说，没有文化做后盾，大脑"零件化"，靠经济"一条腿"短期蹦跶几大步，解决"米袋子"不成问题，要让人精神充实，还得靠文化和思想。

林城石有时候叹息工作量大，有时候也觉得欣慰。他全面负责推进的工作，张总几乎从没有否定过。有的人说张总信任他，有的说他能猜透张总的心思。林城石明白原因：领导分配的工作，他每次都尽力做好。

许多员工把"脚印"活动当成了一次户外拓展运动，交上来的照片大多是戴着墨镜、举着饮料瓶、穿着跑步服的旅游照。只有少数人，拍了走过的工业展览馆和厂区。众多照片中，拍摄佛山抗战古迹的几张，吸引了林城石的注意力。

他翻看照片时，自己都有点不好意思。活动是年前组织的，由于手头工作多，这事推到了年后才做总结。

既然做，就要做好。改革发展多年，许多老旧的能够见证历史的建筑都不见了，身边的鱼塘、甘蔗地早变成了高楼大厦。林城石力求在一些尚没有拆迁完的老旧村镇找到些历史痕迹，要是这些地方能够保存下来，也是一笔高过工业GDP的财富。城市的记忆和荣耀，就存在于它的古街小巷、旧物和老屋等历史里。如同敦煌的莫高窟，要是那沙漠中没有石窟艺术，没有飞天画像，谁还能记得住"敦煌"二字？这就是文化的作用和价值。敦煌文化是西域文明乃至中国佛教艺术中的一大亮点，这种软实力的存在，对于民众信仰所发挥的作用，不亚于西汉卫青和霍去病征服匈奴的丰功伟业。跟说到金字塔想到埃及一样，说到长城、敦煌飞天、大运河、兵马俑，说到状元、武术、书法和国画，大家都会想到"中国"二字。

"还在加班呢。都快九点了。二月二龙抬头。今天许多人都忙着去理发，你不想抬抬头？"林城石正忙着整理"脚印"资料，连张大陆什么时候走进房间，都没有发现。

"张总，真不好意思，年前的活动，还没给您交作业。有拖无欠，争取本周完成。"

"慢工出细活，我相信你拖得时间长，只为做得更好。

对'工业百里行'有何感想？咱们交流交流。"

"张总呀，真的收获不少。'工业百里行'不光看到的是现代工业的大发展，活动中安排参观英雄纪念馆这个环节，更有现实意义。没有那些老革命抛头颅洒热血，哪有今天？不能只看改革成果，要忆苦思甜，就要往深处挖。看抗战电影，觉得那些英雄离咱们很远，可到本地的几个抗战纪念馆走完，发现英雄就在咱们身边。"

区里前段日子举办的"两山文化周"活动，对林城石影响很大。作为老工业城的鞍山，和作为新制造业城的佛山，在回味工业历程时，两座"山"因作家草明而连接起来。一座城是她的出生地，她可是顺德容桂走出的优秀女儿；另一座城就是她作为中国工业文学拓荒者，创作《乘风破浪》大作的地方。

"林秘书呀，'工业百里行'，大家在周围市区走一走、看一看，回来都谈的是某企业比咱们更大，收入更高。你倒好，谈论的是革命和建设，有意思。"

"张总，随着年龄慢慢增长，我觉得当年的革命真不容易。有次我老婆想带孩子去香港迪士尼玩，买好了票却取消了。谁都知道那段时间黑衣蒙面人搞事，破坏地铁站，推倒交通信号灯，拿着能刺伤眼睛的什么灯乱照射。我老婆心里害怕，干脆取消了香港旅行。你说和平多重要，没有和平哪有这多年发展的机会。说到社会和平稳定的大功劳，还真要感谢老革命们。"

林城石渐渐明白，儿时拿着玩具水枪，就能把自己想象成英雄的那个年龄阶段，觉得一切都不难。成年了，不要说成英雄，就他自己二十多年的创作经历而言，要在一个镇乃至一个县里冒出头，是件非常困难的事情。在公司也一样，不是谁都能混到高职级、高薪酬的岗位上去。老百姓这一辈子，忙着的都是自家吃喝拉撒的事情，就这，能忙出点名堂的也不多。越这样想，他越觉得先烈高尚。

谈话中，林城石提到了两位年轻员工钟向荣和王海峡，说两人跟着他拍摄了不少照片，建议整理好后，把别的企业的亮点总结出来，然后发到各部门负责人的邮箱，再开展一次"你能，我也能"的主题教育。大家在一个岗位上待的时间长了，容易麻痹，也容易浮躁。

张大陆问林城石："文化人不是喜欢口诛笔伐的大批判吗？怎么你嘴里说出来的都是对社会肯定的话呢？"

"只见树木不见森林的低级错误不能犯。咱出过国，发达国家、落后国家都去过。有对比，心里明白。现实本来有其复杂的一面，人需要看到光明，有了理想，人才会有更高远的追求。有追求总比怨天尤人、骂骂咧咧好吧。"

张大陆点了点头，宣传这事，他相信林城石的专业。他提醒林城石要对钟向荣和王海峡两个后生仔，好好培养下，觉得这两人还是有发展后劲的。

培训主管出身的张大陆，自从担任公司副总裁后，再也没有上过课，他们两个算得上他的关门弟子。越是职位高，越觉得公司人才紧缺。发现个好苗子，就跟淘金工人挖出一大块黄金一般。

在张大陆眼中，王海峡调皮了点，需要多点引导和磨炼。这种从偏远农村出来的小孩子，到了发达城市容易走两个极端，要么吃苦耐劳很能干，要么胆小怕事放不开。他让林城石多检查下他俩的工作，多纠正他俩的错误，不要一有空就往厂外跑，外边的世界诱惑性太大，天天吃喝玩乐，会消磨掉一个人的斗志。

钟向荣和王海峡两个还真调皮，林城石带队参加"工业百里行"，他们两个交头接耳，谈论车间文员陈爱平超短裙的事，就被他委婉提醒过。现在的年轻人缺少对生活的敬畏感，缅怀革命烈士的场合，他们都不够严肃。

两人思想有共鸣，谈话观点基本一致。

张人陆告诉林城石，如果有必要，他建议董事长组织公司高层管理人员，再来一次"工业百里行"。当然，"百里行"是个大概念，能走十家八家也不错。作为管理者，心中要有个宏伟目标。通过走访，对比周围中小企业的特点，给公司发展寻找些灵感。董事长最近很烦恼，原因非常简单，公司发展遇到了瓶颈，他有点儿才学枯竭的感觉，需要别人给他一些新鲜思维。

张大陆谈到，周边有两个代表性城市——东莞市和中山市。以前常说东莞市发展快的原因是市管镇，效率高，市里制定了文件，不用到区县再制定一次，直接到基层。中山市也是市管镇，可两个地方的经济发展完全两极。佛山继广州和深圳后，成为广东第三个GDP超过一万亿元的城市，是国家大湾区规划出台后，广东第一个进入万亿俱乐部的城市。按发展势头，东莞市超过一万亿元也是迟早的事。当年冠以"广东四小虎"之一的中山，似乎正在被其他地市超越。同一种制度下，经济发展不一定同步，这就是产业定位和产业升级的问题。

张大陆翻看林城石递给他的一沓照片。

顺德的西海大捷、南海西樵的海口战役、九江的"杀人鱼塘"、三水芦苞东河的"寺山岗"、西河的"老鸦岗"等，这些地方都留下了一段段抗战血泪史。

当地有位老人，还是见证日本在东京湾密苏里号军舰上举行投降仪式时的三名中国记者中的一位呢。他家还保留着一张在密苏里号军舰上拍摄的日本人低头投降的照片。

"我太公是抗战英雄呢。"

"你太公？"

"是的。"

张大陆是从他爸口里得知太公英雄往事的。说那时广州及南海、番禺、顺德等县相继被日伪军侵占，各县组织根据中共广东省委指示，发动群众，组织抗日武装，开展游击战争。后来，广州市区抗日游击第二支队进驻顺德西海，街坊们亲昵地称这支游击队为广游二支队。从此，西海成为中共领导的珠江三角洲抗日部队的重要基地。他太公跟着广游二支队打过敌人，抗日战争烈士纪念馆里，就存放着他太公的衣物。不过他从来不去这些地方，太伤感。

跟黄丽丽闹矛盾的张大陆，不想回家，故意扩大谈话范围消磨时间。可当说到太公的时候，眉头还是慢慢锁了起来。

随着他略带沙哑的声音，林城石眼前展开一幅抗日画面：

一个女孩把半截甘蔗扔到地上，咧开嘴巴刚要哭，被她娘一把按在地上。她娘手快，一只手按着女孩的头，一只手快速卷起一团甘蔗叶子塞在女孩嘴里。

一旁的男孩看到这一幕后，赶紧闭上眼睛，两颗豌豆大的眼泪簌簌地流了下来。

一阵甘蔗叶子相互摩擦的唰唰声过后，一个皮肤黝黑的男人蹲下身子。他从怀里掏出两个地瓜，给男孩和女孩每人塞了一个。有了地瓜，男孩和女孩脸上堆满了笑容，他们咧着嘴，露出洁白的牙齿。不能有声响，这是进入蔗林后，大家必须共同遵守的纪律。已经待在甘蔗地三天了，饿了就吃甘蔗。啃甘蔗的时间长了，舌头开裂、牙床肿痛，两个腮帮子又酸又胀，合嘴都费劲。两个小孩双手抱着地瓜，跟松鼠一样疯啃几口后，不约而同地停下嘴来。他们用衣服把地瓜包起来，不用说，要省着吃，一次吃完了，不知道下次什么时候才能等到。他们包好地瓜，隔着包地瓜的衣服，闻着飘出的香味。

男人在衣兜里抠了好一会儿，总算掏出四粒白豆放到女人的手心里。然后他伸出四根手指头比画：跑的时候记得是抓了一把的,怎么剩四粒了呢?

女人用右手拇指和食指轻轻夹起两粒,放到男人手心里。男人把一粒白豆放在自己嘴里,另一粒给了瞪着一双大眼睛看他的女孩。他把一片枯萎了的甘蔗皮嚼在嘴里,眼睛盯着甘蔗林,牙齿咬得咯咯响。

男人一脸茫然。日伪军走了,村里的鸡鸭牛猪全部被掳完,今后的日子怎么过?

女人用手指了指天,又指了指家的方向,然后用手抚摸着两个孩子的头。男人明白,女人问他们要在甘蔗林里待到什么时候?两个孩子都熬不住了。

男人没有回答,女人脸上飘过一片阴云。

突然,女人眼睛一亮,用手指了指她的衣服,再用手比画出挂衣服的样子。

男人知道女的在问他家里的丝绸。男人微笑着点了点头,他用指头在地上写了个"好"字。对,他会写字,女的脸上绽出笑容。

男人写道:"这次只为抢粮。"

男人嫌写字慢,也或许他识字不多,做出个扛枪打仗的动作。

女人其实并不识字,但她羡慕会写字的男人。只要他安全回来了,她觉得一切都是安全的。女人恨死了敌人,她先朝男人竖起大拇指,然后伸开右手掌当成刀,砍了出去。女人做出个砍头的动作后,自己怕了,抱紧了男人。

男人示意女人吃白豆。女人用鼻子闻了一下,用舌头舔起一粒,用门牙咬了一半后,另一半舍不得咬了。她将手心里的另一粒白豆给了身边的小男孩。

张大陆说了几句后停了下来。

林城石问:"两个人吃一粒白豆,多艰难的生活。唉,怎么不说了?"

"听我爸说我太公开了个丝厂,家里算是小资本家吧,是最早的资本家了,全被敌人给毁了。"

"你现在是公司高级副总裁,有股份,董事长这么信任你,跟自家开工厂没多大区别。张总,甘蔗地里的这对夫妇就是你太公和太婆吗?"

张大陆点了点头。

日伪军这次是专门抢粮来的,丝厂没有受到破坏。粮食抢完了,短期不会再来。街坊那个时候养成了见面点头做手势的习惯,嘴巴很少讲话——一来,藏在甘蔗地里怕暴露,不敢说,慢慢变习惯了。二来,不说或者少说也是保密需要,怕说多话带来灾难。村里有个人就因说到广游二支队几个字,被伪军抓走了。抢东西,只是一时需要,从长远来看,日伪军会占据村子。村子边有个老渡口,有战略需要。张大陆太公算是广游二支队的二线人员,暗中给游击队员资助财物,让他们买枪、买弹药去收拾日伪军。有广游二支队保护,加上水乡河流弯弯曲曲,甘蔗林、芭蕉林又是天然的庇护场所,敌人也不是那么容易得手。

战争年代,老百姓的日子过得连猪狗都不如。

张大陆举了个老村长的例子,来说明日军侵华年代,百姓生活的艰难。老村长去广州卖蚕丝,在城里见到了一位佩戴着东洋军刀巡游的日本军人。老村长饿得瘫坐在路边的榕树下,想挣扎着翻起身,可挣扎了十多次没有翻起来。饿倒的人一旦翻不起身,离死亡也就差不多了。这位日本军人从挂在马脖子上的料斗里,抓了一把白豆递给他,这把白豆救了老村长的命。老村长回到村子里后,见人就说日本人会给白豆吃的,要不是那把白豆,他早被扔进珠江变成鱼食了。伪军进村,能拿走的全拿走了,村长家的两头水牛一头都没有留下。牛拿走又给了一把白豆,村长回到村子后心里一度矛盾。他快要饿死的时候,是那把白豆救了他的命。可自己家的水牛没了，稻田就无法耕种了，今后又得饿死。他也幻想过，是不是大家都听日本人的，日本人会给更多粮食吃？可一提到他家的那两头全村最健壮的牛，他就会攥紧拳头。说一句：丢雷个嗨。一头牛别说跟一把白豆比，一万把白豆也不及一条牛腿贵。可毕竟自己还活着，跟周围村镇那些被日伪军杀害的百姓相比，又算幸运了。他又开始纠结如何跟日本人相处，才能减少或者避免伤害的事情。

1937年冬天的凤城，遍地燃烧着抗日怒火。大名鼎鼎的郭沫若先生脚步踏进广雅中学，师生们和方圆数里慕名而来的百姓热情高涨，鼓掌的声音惊得树枝上的鸟雀扑棱着翅膀飞了起来。村长听懂了这场演讲，他回家吃完饭时，跟妻子儿女讲述他见到的"铁笔将军"。郭沫若演讲的内容，老村长归纳为四个字——抗战必胜。

郭先生演讲的那些话虽然不是弹药，却给大家吃了定心丸。关键时刻，一篇给人心开锁的好文章，比一把长枪、一架大炮的作用大多了。村长是听完郭先生的演讲后，第一个跑去找组织加入抗战的队伍的人。

"文化是精神食粮。我们凤城的工业总值都超过一万亿元了。物质丰富了，精神不能空虚。尤其给精神输送营养的文学艺术更不能缺少。所以我对你这样的文化人一直心存敬佩。"张大陆爱屋及乌，谈到郭老，开始表扬林城石。

"张总过奖了，我最佩服的是技术专干。文化方面在公司是个摇鼓助威的角色，没有技术含量。"

"双方打仗，旗手、摇鼓助威的人作用非常重要。你看以前的老歌曲'风在吼，马在叫，黄河在咆哮'这样歌颂黄河、凝聚民族魂魄的歌词，战斗力会弱吗？绝对不会。文学是精神的魂魄，你看大文豪郭沫若先生一场演讲，就能让老百姓坚定革命信念。新时期，不愁吃穿，可大伙赚钱赚得开始郁闷起来，缺什么呀？缺精神食粮。每天抱着个手机耍耍，不是给电信运营商送流量，就是读些碎片式的文化鸦片。素质是什么？不就是精神层次比别人更高一些吗？全民搞直播、搞网购带货、搞骑手跑腿的事，总觉得这不是精神支撑，反而是某方面的倒退。说不清楚是哪方面的倒退，总感觉这种增长方式有待改进。比方说直播吧，搞个什么美颜镜头，搔首弄姿，所有的人都成了演员，你说生活的真实往哪里放？"

"张总，还是继续讲你太公的故事吧。我觉得你家这故事好，有挖掘价值。"林城石看到张大陆情绪变得激动起来，他还是想把他拉回对过去的那种回味中。张大陆敬仰生活，谈过去，他绵延出来的更是满满的忆苦思甜般的怀念。

"其他的跟你在电影上看到的一样，我们这被称作广东银行的富庶之地，一切安宁被侵略者的枪炮声打乱。日伪军进村的时候，战马的嘶鸣声和行走的脚步声都带着腾腾杀气。守在村民家门口的狗，吓得钻进狗窝都不敢出声。"

"后来日伪军再没有来过村子？"

张大陆的话匣子再次被林城石打开。

日伪军抢粮的目的是策应武汉会战。日军攻下广州，就预示着切断了国内由华南接受外援的交通要道。政府失去一条重要的国际物资补给线，会影响到全国战局。大局势方面，张大陆是从书本上看到的，家里的事可是爷爷奶奶亲口说的。

日军少尉小野跟着伪军进村搜集军备。风吹起的一条平铺在绿草地上晾晒的丝绸，缠住了他的脖子。小野抽出军刀，"唰唰"几下，丝绸碎片飘落在马蹄旁。

经翻译说明，这种带着薯莨汁、塘泥和土地颜色的丝织品叫香云纱，属于广府人最为著名的丝织品，面带怒色的小野听后，眼睛珠子转了转，脸上露出一丝诡秘的微笑。

他说皇军想把香云纱染丝技术引到日本去，只要是中国好的东西，他们日本人都要通通地拿走，都要贡献给天皇陛下。翻译把枪和两个银圆给了村长，村长的目光投向了张大陆太公。

小野让太公去日本传授香云纱技术。太公不去，转身跳进河里准备逃走。日伪军一阵子弹扫过，河水变成了红色，太公被活活打死在河里。打捞上来的尸体，小野让挂在村口的老榕树上示众。敌人走后，村民乘着夜色才偷偷取下安葬。

太公埋在太平山下，可张大陆对这块坟场却有另一番复杂的情感。

小时候日子过得艰难，每年盼着过两个节日：一个是年，另一个是清明节。过年的时候，手里拿着画了神像的红纸派给路人，叫派财神。说句恭喜发财，街坊会发红包给他们。过年派红包，全国人都不觉得奇怪。清明节派贵人，城里的年轻人估计听都没有听说过。每到清明节，家家户户都要拜山扫墓。张大陆他们一群小孩，手里拿着画有贵人神像的纸张派给祭拜的人，说句贵人相助的话，大人们会赏给他们一些零钱。帮别人清除墓地上的杂草，用油漆刷亮墓碑上的字，都可以换来少许零钱。东家扫墓，他们这帮小孩根本不会考虑祭拜者的心情，跑去帮忙，挣来几个零钱后，高高兴兴地跑开。村里的男孩子在清明这一天，守在太平山上的坟场里，专门等着派贵、扫墓，跟赶场子一样，给这家帮完忙后，看到另一家上坟，马上又争先恐后地往另一家坟上跑。一天忙下来能挣一二十元钱。

林城石比张大陆小十岁左右，社会发展速度快，真正应了老人口中的五年一小变，十年一大变。张大陆眼中的童年生活，在林城石大脑中成了听古一般的故事。

张大陆小时候，不要说村里、镇里，县里也没有几家工厂，没什么地方可以赚钱。后来兴建的糖厂、陶瓷厂、缫丝厂、酒厂，大名鼎鼎的四大厂都是国企，是地方的经济命脉，一般人是进不去的。不像时下人们口中喊着"东西南北中，发财到广东"，天南海北的人都往东南沿海跑。

林城石上学时，村里都盖起了小洋楼，生活过得宽松舒坦，小孩子有的是零花钱，送贵人这事已经成为历史。

"你看咱脚下这片土地，十多年前还是一片鱼塘呢。厂子刚建好的时候，每次下暴雨，下水道往外冒鱼，我就抓过好几条，回家炖汤喝。"

张大陆说完一段话后，会停下来沉思，似乎那些往事，如同无数绞在一起的铁钩，每拉动一次，都有撕心裂肺般的疼痛。

跟讲课时一样，叙述完故事主要情节后，他双眼盯着窗户外一盏明晃晃的路灯发呆。

从张大陆太公身上，林城石能看到这个家族今后的成就。他有一种感觉，人是一种很奇怪的动物，那些真正能成功的人，比方说登山，不管他在山底出发时朝哪个方向走，甚至你明显看到他走歪了方向，最终他们照样会登到山顶。小学语文老师就是这样，以前是民办教师，后来通过考试转正后成了正式教员，再后来还当上了县城一中的副校长。这可是许多名牌大学毕业的学生都不敢想的位子。你说这老师厉害吗？他起步不及人，没有考上师范院校，高中毕业就做民办教师了。你说他学习成绩不及人吗？后来的自学路上，他超过了许多原来比他优秀的人。这就是个是否坚持得住的道理，如同田径比赛，短跑就那么关键几步；长跑，往往起初跑得快的人，未必就是最先到达终点的人。

林城石的目光投向窗外的星空。

小时候的星星光线非常亮，蓝天白云和星星，是夏夜躺在凉席上最好的景色。后来有了工业，工厂一天天疯长，天空不再跟镜子一样明亮了，白天看到的太阳像个蓬头垢面的流浪汉，失去了光泽。至于夜晚，雾蒙蒙的，云变得低矮且厚重，根本看不到月亮和星星。粗放式增长之后，口袋膨胀起来的老百姓，去得最多的地方不是名胜古迹，而是医院。他们突然明白，生活不光需要高楼，不只是忙着赚钱和花钱，人更需要健康和阳光。于是，有了腾笼换鸟，淘汰落后产业的升级工程。

　　河水渐渐变清了，晚上又能看到星星了。

　　改革没有停步的可能，只有不断向前走，"绿水青山就是金山银山"，污染严重的旧厂房在挖掘机的轰鸣声中，跟战败的士兵一样倒下了。张大陆见惯了这种发展速度，他相信不到几年时间，更高、更现代化的厂房又会拔地而起。

　　林城石从张大陆的谈话中明白了一个道理：历史对政治家来说，学的是治世之道；历史对老百姓来说，只讲了一个简单的道理，那就是生活得更好才是真正的好。

第七章
家务事

家家都有一本难念的经。

林城石走进家门，欧阳巧玉翻着白眼说："你这做大事的人挺忙的呀。孩子的作业写完了不知道吗？老师还要让小孩列一个考试目标单呢，目标多少分、竞争对手是谁、如何实现目标等，一大串指标等你填呢。"

"去年组织的公司'工业百里行'活动，我拖到现在才做总结，最近真有点儿忙。一个小学生，定那么多指标干吗，都说快乐学习，学生减负，减来减去，全减到家长身上了。今天作业签字、明天调查、后天填表，我这不是跟小学生一样了，相当于重上一次学、再读一遍书呀。"

"好，孩子的事我搞定。那么再问你一句，今天是什么日子知道吗？"

林城石觉得欧阳巧玉话里有话，一时想不明白她想要表达什么："我还真忘了今天是几号了，日常习惯了从周一数到周日，今天是周五，不过……"

"不过就是我的生日嘛。没有什么重要的，我都习惯你的忘记了。说什么你们张总跟老婆因为儿子鉴定结果的事闹离婚。至少在张总心目中,还有那个黄丽丽,可我在你心目中都被忘记了。"

"别别别,千万别说人家,人家不是正在鉴定嘛。还没有结果呢,别乱说。不过我真忘记了,咱们找个时间补着过好吗?"

欧阳巧玉提高嗓门:"你记得老板老婆的生日。每年正月初七,借着拜年,提一次礼讨好两个人。正月初七是你们老板娘的生日,你从来忘记不了,可你偏偏选择性地忘记我的生日。"

林城石急忙解释说:"郑总的,我今年不也忘记了吗。"

欧阳巧玉冷笑一声:"忘记了。骗人的鬼话。别把自己太当回事儿。人家想让你去的时候去,人家不想让你去的时候不去,这叫把别人当回事,懂吗?拜年不就是把别人当回事吗?千万不要理解成自己有多重要。你年前买的那十箱礼品,不就是打算拜年用的吗?"

林城石不怒反笑,他就喜欢欧阳巧玉的推理能力。在单位处理复杂事情,他经常会借鉴欧阳巧玉的思维模式。欧阳巧玉的话听起来有点儿刻薄,可一点儿都没有歪曲事实。

"过生日这事,我们一定要选个日子,好好重视一下。"

欧阳巧玉越说越生气:"林城石,你把我当成什么人了。阳历生日忘记了,你说给我过阴历生日;现在阴历生日忘记了,又说找个日期补过。别人过生日,朋友圈里发一大堆照片,什么旅游了,什么吃大餐了,什么九十九朵玫瑰花了。你倒好,什么不买也罢了,居然连日期都忘记。你说女人生孩子的时候能兜在肚子里多放几天?我也是女人,你妈也是女人,只要是女人,想法不会差太大吧。你妈过生日,我每年都买一套衣服给她。"

"别别别,咱们都是戴眼镜的人,不说脏话。"林城石一听扯到他妈头上,急忙制止。

欧阳巧玉用被子蒙住头，呜呜地哭起来。

林城石只好先脱了鞋，静静地躺在欧阳巧玉身边。林城石躺下，欧阳巧玉往远移了移身子，林城石马上凑近一下。这样反复了几次后，欧阳巧玉不再移了，林城石也松了口气。他知道欧阳巧玉的性格，在她发火的时候，要是他离远点，或者来个铁锅里炒石头——硬碰硬，那僵局只能更僵。

欧阳巧玉哭了一会儿后，掀开被子问："是不是老婆骗到手后，完成了任务，别的就不用管了？"

林城石赶紧翻起身解释道："最近一段时间真忙。秘书工作，上能通天下能管地，领导让你去干，什么事你都有权干，权力可大了。可说你什么都干不了，还真什么都不是。好在我是老员工，工作经验丰富，要是一个新手遇到这么多问题，估计早吓跑了。"

欧阳巧玉坐起身："我也想通了，人还是要对自己好点。既然已经过去了，就按你说的来，怎么补偿？我也要学着善待自己。"

"那星期天找个早茶店好好吃一顿。"

"不行。"

"给你买个金手链。你一直节俭，从结婚到现在还没有买过金链子呢。"

"不行，我比你收入高，花钱买东西相当于是在花我自己的钱。这样吧，你也不要假惺惺地抓头皮搓耳朵了，罚你给我洗一个月内裤，就这样定了。"

"其实咱们结婚的时候，我奶奶把我家的传家宝都给你了。全家人都信任你呀。"

"不就一本发黄的染丝手抄本吗，估计送到博物馆比拿在我手里更有价值。"

"那可是民间染丝真传技术，香云纱呀。"

"香云纱酒店、香云纱博物馆，市里早有了。人家都赚完钱了，咱们没机会了。"

"你要相信，只要保存好这本泛黄的手抄本，绝对有用。不过我也不知道什么时候才有用。好吧，不说了，就给你洗一个月了。"

欧阳巧玉生完孩子后，林城石曾主动帮她洗过一段时间的内裤，洗着洗着后来也就习惯了。欧阳巧玉洗完澡，内裤丢在盆里，他冲完澡洗衣服的时候会顺便洗净晾干。有一次他正在洗手间低头搓洗内裤时，被老娘撞到了，做妈的觉得儿子给媳妇洗内裤，那是作践男人。老人讲话含蓄委婉，说这辈子从来不敢把脏内裤摆在他爸眼前。尽管不讲三从四德了，可必要的规矩还得遵守。老娘一提醒，林城石还真不洗了。虽然他心中没有男尊女卑这些所谓的封建思想，可劳动这事，谁也不喜欢主动承担。现在欧阳巧玉又以这事作为谈判筹码，林城石知道推脱不了，只能满口答应。

欧阳巧玉一看林城石让步了，又开始滔滔不绝地讲两个人之间的种种不容易："你看从结婚时的一无所有，到现在有车有房，也算得上小康了吧。身边几个家庭条件好的，都离婚了。所以呀，不能光蒙着头赚钱，要学会经营婚姻。对男人太好不行，太苛刻也不行。这个拿捏尺度，考验着女人的智慧。"

她这招有用，林城石只要听到她讲过去的种种挫折，每次都要亲亲欧阳巧玉的额头。他曾经有一段时间没有找到稳定的工作，全靠欧阳巧玉一个人支撑家庭支出。后来在单位混好了，也有几个女的对他大献殷勤，可一想到欧阳巧玉付出了那么多，他就有愧疚感，不敢越雷池半步。不过也有例外，比方说见到那个连真实姓名都不知道的洗车店老板娘小胖，他总觉得有种非常熟悉的感觉。这种感觉，加上在广州地铁里有过那次幻觉般的奇遇后，更加挥之不去。他喜欢去小胖的店里洗车，好像小胖也喜欢他去。每次看到他，小胖总要有事无事地靠近他，无话找话地晃悠一会儿。

林城石想过问小胖的姓名，后来又干脆不问了。知道与不知道都不重要，关键在于，他对她有种特殊的感觉。这种感觉是什么？林城石也不想弄清楚，反正觉得有时候心里多点特殊的感觉就多点，就跟酒柜里摆了好多瓶酒，你不一定每瓶都打开抿上几口，存在那里，就算不喝，跟空柜子还是不一样。

　　每次欧阳巧玉闹别扭的时候，他都要回忆一次过往的种种经历。这方法真有用，每回味一次，就觉得对欧阳巧玉亏欠太多。如同电脑杀毒软件，能把许多没有实际用处的东西，在内心深处清理一次。有时候是他自己主动想，更多时候是欧阳巧玉引导他想。

　　欧阳巧玉坐直身子，垫上枕头，靠在床头上。这次她没来得及回忆完生活往事，"叮咚"一声，一条手机短信提示音转移了她的注意力。

　　她打开手机，林城石讨好地凑到跟前。

　　两夫妻就这点好，双方的手机设置了相同的密码不说，一个打开手机看信息，从来不忌讳坐在旁边的另一位。

　　发信息的人有个好听的昵称——爱莫能助。头像是张英俊潇洒的男子照片。

　　爱莫能助请求欧阳巧玉加他为好友。

　　欧阳巧玉朝林城石笑了笑："估计是个骗子。"

　　"加吧，反正我们两个在一起，又不怕你出轨，况且现在也闲着无聊。经常听同事说网上有杀猪盘、诈骗什么的，今天咱们两个在一起跟骗子玩玩，看骗子的智商究竟有多高。玩后咱们就删除他，反正不打钱给他，不提供银行账号，看他能玩出个什么鬼东西。难道他还能隔空取物？要是真有这水平，我辞职跟他学艺去。"

　　加完微信，夫妻俩相视一笑。

　　爱莫能助：你是做什么工作的？

欧阳巧玉：开公司的！

爱莫能助：我是打工的，很怕老板。

欧阳巧玉：说老板坏话，小心炒你鱿鱼。

爱莫能助：老板炒鱿鱼了，就跟着你混。

欧阳巧玉：好啊，正缺人手呢。

爱莫能助：那就把我吸收进去。

欧阳巧玉：你能干什么？我不要经理，缺一个仓库搬运工。大材小用了，呵呵。

爱莫能助：做搬运这些体力活，我是不会输给他人的。我所能够吸引人的，就是一身功夫和超人的体力。

欧阳巧玉朝林城石笑了笑，林城石干脆抢过手机，两人抢着打字跟爱莫能助瞎聊。

欧阳巧玉：能力可能你有，不过在我这里，只包吃没有工资你干不干？

爱莫能助：干，只要给你干活，不收钱的，有吃有喝就够了。

欧阳巧玉：那好吧，收留你了。

爱莫能助：那就行，要的就是填饱肚子，哈哈。

开了几句玩笑后，双方的戒备渐渐减少了，爱莫能助显然开始有目的地发问了。

爱莫能助：老板最近在忙什么？

欧阳巧玉：公司机密，不该知道的别乱打听。

爱莫能助：我的天，不是搬运鸦片，或者搞水货吧？

欧阳巧玉：不该知道的别知道。

爱莫能助：看来老板真会经商，保密工作做得这么好。

欧阳巧玉：你有什么特长？

爱莫能助：给你说实话吧，我是销售汽车配件的。

欧阳巧玉：有这个特长很好，可是我们招仓管，对老板没用的人才不值一分钱，哈哈。

爱莫能助：咱们抱团取暖，一起赚钱。士为知己者死，咱们讲的是义气，不全是钱的问题。"

　　欧阳巧玉：刚认识就成知己了？

　　爱莫能助：谈了这么多，你很有说话技巧，我们交个朋友吧。

　　欧阳巧玉：我们已经是网友了。

　　爱莫能助：说实话吧，你的微信号是我们老板给的，我们老板从别人那里用2000元买来几千个号，我们分析了几天后，选定了几个重点公关人才。你是小博士汽车配件厂的销售总监，我们老板想挖你来我们公司上班。

　　欧阳巧玉半躺着的身子一下子坐直了，不说话，眼睛盯着林城石，显然她吓了一跳。林城石也坐直身子。他也算得上半个跑江湖的，从一开始就对网络聊天定位为消遣，没想到对方来真的。

　　欧阳巧玉问林城石："你看，果然骗子登场了，对我的情况掌握得这么清楚，要是骗子知道你在我身边，故意策反咱俩的感情，一连说上一大串亲爱的，并附上几张剪辑粘贴的搂搂抱抱的照片，我的天哪，那你能不相信吗？这个咱们一起点开的微信，居然是一个对我的工作内容非常熟悉的人。太可怕了。删除算了。"

　　"是机遇也或许是陷阱。要是真跟你合作的人，就是机遇；要是老板安排的人在暗中摸排，这就是陷阱。我上次说过，你现在业绩这么好，是有风险的。现在先不管它，继续聊，就当作一次智商较量吧。"

　　欧阳巧玉：你们老板怎么不自己说，要让你来探虚实？是不是对我不信任，或者要通过这种别样的方式面试。

　　爱莫能助：你们原来的老同事还剩下几个？

　　欧阳巧玉：这个保密。拿人钱财，替人消灾，这是江湖道义，不可颠覆。

　　爱莫能助：我们老板想将你们的销售团队全部挖过来，

工资一律翻倍。

欧阳巧玉倒吸一口凉气。

林城石:"这老板太黑心了,要叫人家的公司倒闭,这样的人谁敢打交道,先不聊了。"

欧阳巧玉:我开车在路上,网络不好,等有空后再联系。

爱莫能助:好吧,回头见。

两个人开始分析这个谈话人的动机。

"假设我真的跳槽,真的被他们高薪挖走,这老板心机太重,以后一定不好相处。我更喜欢单纯点的人。"

"我觉得这是做生意人的共性,你想这老板开出超过你现在两倍工资的钱,一定要加倍赚回去,要不他哪里来的钱发工资。还有一种可能就是他们的工作环境非常差,根本招不到人。"

欧阳巧玉点了点头,又摇了摇头。这些做汽车配件的小工厂,什么防护都没有,零部件电镀什么的,都是化工作业环境。她上次听说一个在化工厂做了九年的女工,怀了八次孕都流产了。好在她是做销售的,很少去车间。别看他们开出的条件诱人,羊毛出在羊身上。他们夫妻又不是羊毛党,不会薅羊毛,还是赚点安全钱。好不容易变成有房有车有孩子的三有新人,不想做冒险的事。不是怕得到的多,怕的是闹不好翻船了,没有增值不说,连现在的保值部分都失去了。

这么多年,林城石发现周围的一切都在变,前几年菜市场以现金交易为主,现在学校门口卖糖葫芦的流动小贩,自行车手把上都挂着二维码。数字货币,已经走进群众视野。只要你有钱存、有钱花,别人就能创造足够多让你支付的方式。

林城石对生活的理解比同龄人更加深刻。大学毕业后进工厂打工,这十多年来和欧阳巧玉攒的钱仅仅够改善型生活。十年前买的一套30万元的房子,70多平方米,感觉面积略微小了点。房屋中介人员说，他这种情况，早需要改善住宿条件了，由刚需阶层向改善型住房转变。这改善型住房的概念一植入大脑，两夫妻的手机上"叮叮咚咚"，每天收到的几乎全是二手房促销信息。后来两个人一合计，还真把原来的房子出售后，买了一套100多平方米的二手大房子。

像他们这种家里的土地，在20世纪90年代首批工厂兴建时就被征了地的居民，其实除会说粤语外，跟外地迁移来的"新市民"区别不大。村里没有可划分的宅基地，一切都走商品房道路。老屋父母住，家里人又帮不上大忙，买套大面积的房子，负担也不轻。林城石算了一笔账，新换的二手房，十年前，最多也就四五十万元。十多年过去了，什么都没变，就是价格翻了三倍。要是他那时候有钱，一次买到位，现在不换房，不算装修费，手里就会多结余100多万元。换的只是一套大一点的二手房，"改善"的结果是多年的存款全填进去，还欠着银行贷款。为了房子，两口子省吃俭用不说，欧阳巧玉原来一年回一次老家，现在也延长到三四年。

林城石变了个话题，说到以前的老上司陈飞。这人也算个传奇角色，为了多赚钱的梦想，不停地换城市、换职业。尽管浑身都是汲取信息的发财细胞，可有个特殊习惯，晚睡后，对电话铃声一律不理。他说，电话太多，又舍不得删掉，来电铃声就当音乐听着呗，说不定某天能用得上。一天夜里下床去洗手间时，顺便看了一眼手机，是家里的电话。赶紧打回去，老婆哽咽着说，儿子在医院抢救，家里钱不够，凑点钱来。

欧阳巧玉插了一句，陈总不是被骗的吧？她上次收到一份邮件，标题写着陈飞二字。她还以为是想把林城石挖走的老领导，让她捎话带信呢。点开一看，让通知财务人员尽快加他的新QQ号，低级的诈骗信息，删除后再没有理会。怎么，骗子也盯上了他？

这次是真的。好像陈飞这几年不怎么顺，去年让一个网络上认识的女人骗去了50万元，公安局公众号提到的杀猪盘，正是陈总被骗的这种情况。骗子先寻找四五十岁左右、有点儿经济基础又想丰富下感情的人，叫"找猪"；然后通过一年左右的感情交流"养猪"；最后让你觉得大家是朋友了，就开始宰了，这叫"杀猪"。这个诈骗手段，通过一两年时间甚至三四年时间的交往，让被骗人有了真正感情投入的时候下手，真是残忍。事实上，交往一两年，许多人都把网友当朋友看待了。

他儿子去年在上海赚了点钱，过年前买了辆小汽车开回家。陈总已经到了外省工地，儿子上班出发前一天晚上，朋友聚会喝了酒，又偷偷开车出去玩。后半夜，"轰"的一声响，把偷睡的保安从梦中惊醒：妈呀，车把小区消防通道旁的院墙撞倒了。幸亏是夜间，没有撞上人，要不赔大了。陈总的儿子除三根肋骨撞断外，头部也严重受伤。保安吓傻了，墙塌了可以修，可这人卡在车里出不来，不知怎么办。消防员赶到后，锯开车门才将人送进医院。车报废了不说，医生初步判断是脑骨盖碎破，要换脑骨盖，需要好几十万元。

欧阳巧玉听得有点儿害怕，往林城石身边靠了靠。

这几年他投资了一些项目，多少也赚了些钱，这次事故把家里的钱全垫了进去不说，还向他哥和他姐借，搞得几家亲戚都变成了穷光蛋。

在欧阳巧玉眼中，这个陈飞属于不吉祥的那种人。幸亏林城石没被他挖去，估计跟着他去了，也会出问题。

在林城石的大脑中，陈飞属于从不言败的那种人。他满脑子全是梦想，喝酒的时候不光声音大，举杯的手也比别人抬得高。就这样的人，在听到儿子出了事，赶回家门口时，连转动钥匙开门的劲都使不出来。

欧阳巧玉提高了声音："你看国家限制酒后开车多好，这小伙子不听话，结果把家人害惨了。你说他在外边能赚多少？还不如待在家里，让他父母养着算了。"

林城石长出一口气："不光是养着的问题，他这儿子不是个省油的灯。养也养不住，儿子躺在医院的病床上，陈总又被陌生电话给纠缠住了。接通才知道，儿子在网上贷了几十万元的贷款。你说要不要命，这孩子根本就没有上班，在外边租个房子好吃懒喝不说，网上贷了款自己没有能力还，人家电话打到他爸手机上来了，最终还得他爸买单。"

"咱们买房子贷款，银行要打流水，要出具工资收入证明，难道网上贷款那么容易？"

"这个咱不知道，陈总说他儿子贷款时填了什么他也不知道，人住在医院里，陈总按月还得给人家还网贷。人家把电话打到陈总的手机上来催，并且威胁说还不上就进信用黑名单，以后会影响征信，估计贷款购房都成问题。"

"互联网金融，感觉给骗子提供了方便。经常听说某大学生在网上贷了多少，最后还不清被逼拍裸照的、卖淫的、跳楼的都有，要是网贷也让人提供担保，哪怕不到现场去，让担保人坐在电脑或者摄像机前说几句知情、同意贷款之类的话，也好有个防范。只是提供证明材料，那孩子偷偷拍摄个家里人的身份信息、房产信息，弄个大窟窿咋办？高利贷是违法的，可以举报呀。"

"举报没用，这是几年来利滚利滚出来的贷款。陈总也查过，年利息恰好逼近国家规定的民间借贷最高利息的边缘，就那么个零点几的红线，贷款公司的人从不跨越，估计他们也有法律顾问。"

欧阳巧玉本来对陈飞没有好感，一听他有个这么坑爹的儿子，倒有了恻隐之心："陈总也是有苦难言。"

"关键是孩子没有个好的价值观，三观不正，这就麻烦。多赚点钱本是好事，可他动歪脑筋走歪门邪道，这就让整个家庭看不到希望了。"

第八章 转折

刚上班,师傅们正忙着预热数控车床。

车间主任还没有来到办公室,王海峡凑到钟向荣身旁。

"你让我弄些大西北的雪莲、鹿茸、冬虫夏草之类的东西,真要送给张总?"

钟向荣压低声音:"你老家拿到的货,当天我就送了。送礼要讲究方式,一定要看收礼人的需要。他不需要的东西你送去,反倒成了人家的累赘。听吴主任说,张总太太肾虚,需要滋补,我就送补品。一旦我得到升迁,迟早会报答你。张总可是老板身边最重要的人,咱们要提前打点关系。我可是知道你秘密最多的人,作为回报,我帮你在陈爱平面前说几句好话。"

王海峡赶快阻止:"千万别乱来,我把她可是当领导看的。"

钟向荣拍了拍王海峡的肩膀:"领导?去去去,当家里的领导看吧。人家到车间清点产品,只要走到你跟前,宁肯把自己的活放到下班后去做,也要忙死忙活抢着帮她的忙。你这点小心思,能骗过别人,骗不过我的火眼金睛。"

"先不提陈爱平的事。"

说来也巧,钟向荣想要的土特产,王海峡老家恰好就有。

他爷爷说,他们老家可是黄土高原、青藏高原和蒙古高原三大高原交汇地,不光山上宝贝多,地下也藏满宝贝。那时候他不信,现在想到山上的雪豹、黄羊、野鸡等珍稀动物,确实在其他地方很难见到。至于地下,更没的说,石油煤炭、黄金白银,还有其他叫不上名字的贵金属,据说有非常重要的军事用途。

除了就业困难,老家什么都好。

他问钟向荣:作为国家级公园的祁连山,不能随便开矿,山上修一段火车道,搞个环山旅游,看冰川行不行?不能只作为样板工程,供全国各地学习参观植保,要有适度合理的旅游业,促进经济发展才对。

钟向荣只笑不说,他明白王海峡的想法,这保护区的合理利用,不是那么简单。

说到老家,王海峡情绪激动。要么一禁百了,要么就是过度开发。庙里供着和合二仙,发展始终找不到和谐二字。男的除了建筑工地和砖瓦厂,女的除了饭店和酒店,就业岗位少得可怜。要是多点企业,他就不需要跑这么远打工了。

小时候,夏天他跟着爷爷放鹞子,帮村民守护谷糜等粮食作物,那可是一件非常威风的事情。鹞子用它们鹰类特有的嗓门叫一声,"叽叽喳喳"的麻雀马上会屏住呼吸。他对语文课本上"鸦雀无声"这个词,最深刻的理解来源于鹞子捕麻雀。不知是歌唱还是吵架,树上那群等着偷吃猪槽里剩余的那些猪食的麻雀,嘴巴虽小,叫声足以把一个熟睡的小孩惊醒。一旦听到鹞子的鸣叫声,麻雀会装死般瞬间闭上嘴巴。以吃麻雀见长的小体形鹰类鹞子,弯嘴、弓腰、耸肩、探头、眼露凶光,样子可威猛了。

爷爷去世后,村里没有人养鹞子了,那个时代跟着爷爷离开了村庄。简略回味了下老家,两人又谈到礼品上。

"多少钱?这可是贵重礼品,东西我送了人,倒忘记给你钱了。"

"那东西你送领导了,不是据为己有,况且这个老张同志,怎么说也是咱们的入门师父,送给他的东西还收钱?就当你代表咱俩谢师了。"

"可这是我送呀,人情是我的。"

"谁的人情不要紧,关键是送给他就行了。谁让咱们是兄弟呢。"

钟向荣把嘴巴凑到王海峡耳朵边:"送礼后果然效果明显,我下个月就要调到培训部做副主管了。从车间班组长这个级别直接跨越到培训部副主管,也是一件让大家羡慕的工作。咱机加车间唯一的台湾籍女文员陈爱平,都要主动请我吃麦当劳呢。就咱兄弟这关系,你说我能去吗?当然果断拒绝了。"

除了陈爱平单独请吃饭,钟向荣有点别扭外,其他方面陈爱平提出请求时,他都愿意帮助。毕竟,能帮助别人,对他来说是件有价值的事,说明他有用。钟向荣知道王海峡偷偷喜欢着陈爱平,为他升职的事也在尽力帮忙。有这种特殊关系存在,做事就得多点顾忌。人嘛,有所得有所不得。

其实钟向荣在陈爱平提出一起去吃麦当劳的时候,也矛盾过几天。说实话他也偷偷喜欢着陈爱平,这个女孩可是郑总从台湾带来的人,别说跟郑总有什么特殊关系,就这层跟老板的老乡关系,车间员工有个迟到早退等小违纪的事项发生时,都特意躲着她。

感情这东西看不透、摸不着,还是以工作为重。经济基础决定上层建筑,工作岗位好,工资收入高,谈女朋友就有了优势。经过新冠疫情考验的钟向荣，对上学时觉得最没有用处的哲学课，有了新的认识。他把生活看得更加重要，而工作是维持生活的最重要的支柱。解决了生存问题，才能谈发展。想到跟老家朋友通电话，他们说出因封城造成的各种出不来的理由和困难时，他为自己大过年跑出来的事情暗自庆幸。早出来不光早挣几个月工资，迟出来一两个月，怕连岗位都被别人抢走了。经济学家说，这几年可能是经济发展的寒冬期，GDP要下滑三到四个百分点，预计有好几百万人要失业。年前他还考虑过报考研究生的事情，现在研究生扩招了，他反而不报考了。原因很简单，扩招是为了缓冲就业压力，扩招后的研究生毕业时，又面对着新的就业冲击。到时候要是经济没复苏，花费几年的钱但就不了业，那问题更大。

钟向荣做事谨慎，喜欢做各方面的评估和分析，面对一个马上就要升职的工作和一个只是请顿饭吃的女孩，他知道如何取舍。

一提到陈爱平，王海峡显然有点儿不好意思。有一次，因为忙着给陈爱平寻找压在钢板下面的小零件，不小心被钢板压伤了脚趾头不说，当天晚上本该六点下班的他，加班到十点才完成车间主任分配的生产任务。即便忙得顾不上喝一口水，当陈爱平说谢谢的时候，他还是脸上堆满笑容。只是车间比他辈分高的人太多，班长和副班长就好几个，比他技术好的人更是一大堆。工人们闲下来就议论陈爱平，有的说她的裙子短，陈爱平上下楼梯时，别人看到了太多裙子下的隐私部位；有的说陈爱平上衣领子太低，低头拿东西时，两个白色乳罩圈起来的小兔子，有种要跳出来的感觉。

王海峡和陈爱平同时上下楼梯，他总要走在前面，他反感那些跟在女孩子后面偷窥的人。

直到后来,他晚上做梦也会梦见陈爱平,他发现自己爱上了她。

他没有表达出来,觉得人家漂亮可爱不说,关键是这些从台湾来的员工,大多跟老板有点儿亲戚关系,自己的身份配不上人家。因为自卑,连帮忙后,陈爱平请他看电影的机会都拒绝了。他的拘谨和陈爱平的大方完全相反,也弄不清为什么,他跟初恋女友林丽在一起时,不是这个样子。他甚至担心自己跟陈爱平走得近了,其他员工会给他穿小鞋。因为见义勇为的事情,公司给他奖励了一套小公寓的首付款。他深爱着这家公司,他从来没有想过更多的得到,而是时刻担心着失去。

王海峡觉得这个台湾来的女孩,说话细声细气,身上全是满满的儒家礼教气息。只是她穿的裙子短了点,或许是广东天气炎热的缘故,女孩子都喜欢这么穿。现在的年轻人喜欢穿短的、露的,甚至是破的。陈爱平的裙子短,露在外边的皮肤白净光滑。王海峡记得有一次到超市买菜,有个四十岁左右的男人,也穿了件膝盖露在外边的时髦破裤。那男人从裤子破洞处露出来的两块皮肤,黑也就罢了,肤色那是老天爷的造化,谁也没有办法改变,关键是那皮肤上厚厚的一层油光可鉴的污垢,让他一想起来就反胃。

两人谈得起劲,林城石咳嗽了一声。

"林秘书,有什么指示?这么早就来车间视察了。"钟向荣站起身向林城石问好。

"没有别的事。"林城石朝钟向荣笑了笑说:"找王海峡聊聊大西北的气候,祁连山都成国家公园了,我想到大西北去看看塞外风情。"

"这会儿忙不忙?小王。"

"不忙不忙。"王海峡站直身子回答。

在王海峡正要跟着林城石出门时,钟向荣在王海峡耳朵边嘀咕了一句:"林秘书亲自来找,你小子要升职了。"说完后赶快溜开。

"咱们一起到车间转一圈吧,看看你们车间管理最近有没有改变。"林城石跟王海峡边走边聊。

几个老员工看到林秘书跟王海峡并肩在车间巡查,相互之间做了个鬼脸,吐了吐舌头。

自从接到张大陆让他多关注钟向荣和王海峡的指示后,林城石跟两个人打交道的频次增加了。不知什么原因,他觉得跟王海峡在一起说话,非常放心。

林城石在5S学习牌前停住了脚步:"这个牌子设计得不错,是你做的吧?以前没有看到。"

"是张总让做的。可他做了副总裁后……"

林城石一看王海峡说话来了个一百八十度的转折,马上紧逼一句:"后来怎么了?对我可要说真话呀,一旦说了假话,不利于今后的考核和发展。"

王海峡两只手在脸上搓了搓说:"好吧,我就实话实说吧。吴主任说本来张总那个位子应该是属于他的,可后来张总自己做了,他说感觉张总的笑脸后包藏着太多看不透的深奥的东西。"

林城石拍了拍王海峡的肩膀:"职位晋升这些事谁都觉得自己行,但公司有公司的考核标准。不用听别人的,就你自己而言,觉得张总对你好还是吴主任对你好?张总能力强还是吴主任能力强?"

"先说能力吧,一定是张总强了,他给我们讲课的时候,公司内外的事情都知道,技术管理全熟悉。吴主任好像更注重跟人打交道,上次郑总来车间找陈爱平,他跑步冲向前迎接的时候,差点儿摔了一跤。车间员工说,他以前就比韩主任的管理水平低,现在钟向荣都差不多赶上他了。至于谁对我更好,这个问题还真不好回答。吴主任喜欢带着我去喝酒，我们同一批进来的人，张总对钟向荣更好点，毕竟人家学历高。不过，跟其他同时进厂的人相比，张总对我也不错。"

王海峡嘴里没说，心里觉得公司里对他最好的人是郑总。有员工私下问他是不是郑总家的亲戚，好像郑总在特意关照他。

"郑总和张总，谁对你更好点。"

"郑总。"王海峡回答得干脆利落。

"其实张总对人挺好的，我当初进厂是张总面试的，后来陈总离开时想高薪挖我。张总知道后对我说，陈总那边是个新公司，能否发展起来还很难说，他让我不要走，说咱们公司发展成熟了，各方面都稳定。我觉得他说得很真诚，事实上我也没有打算走。张总对你挺关心的，让我多关注你呢。只要他关注的人，提升职务是迟早的事。"

"提升职务这事还真没想过。钟向荣嫌他提升慢，可说到升职，我倒觉得自己真的能力不够，还有好多东西没有掌握。"

"咱们今天只是瞎聊聊，与提升职务无关。什么时候回老家？记着告诉我一声。其实我俩也是半个老乡，我老婆也是你们那边的人。"

"这么巧，那我们可真是老乡了。"

黄丽丽足不出户，闷在家里等鉴定结果。

张大陆只要手头的活稍微清闲点，大脑里就会跳出一个挥之不去的阴影，谁才是张建设的亲生父亲？

张大陆相信高徒吴东的刺探能力，这家伙跟个江湖混混一样，谁家的狗被人偷走了，谁家的孩子考上了什么大学，谁家的房子又搬到哪里去了，甚至车间某个女员工来了月经，某个男员工找了几次小姐，这些鸡毛蒜皮的事他都知晓。

下班后，张大陆在办公室里加了一会儿班，忙了一会儿手头的工作。说是忙，更多的是一种职业要求。台资企业的高管，下班时都有比老板迟离开工作岗位的习惯，这种从起初的抗拒，到变成固定模式般的加班磨炼，也是考验一个人能否成长为公司高管的关键一步。关电脑，伸个足够可以把身体拉长两厘米的懒腰，这是他多年来坚持下来的养生法宝。

伸展运动，记不清是从哪本书上读到的养生诀窍。村里的猫或者狗，久卧起身前，都跟老虎狮子一样，四肢蹬地，做个伸腰拉腿的动作。他深信这种来自自然的养生方式，跟吃天然食物一样，是最原始、最纯粹的养生术。不同于印度的瑜伽，拉得人有种疼痛难忍的断筋感。张大陆给吴东打了个电话，说要到吴东家喝他珍藏的好酒。

目的清楚了，开车也就不再胡思乱想。

10分钟的车程。张大陆进屋坐定，吴东马上打开酒柜，拿出三瓶米酒来。

"师父您看，玉冰烧、凤城液、九江双蒸，全是广东米酒大品牌，我知道你这'老广东人'喜欢喝红米酒，哪种口味你最喜欢？这要您发话了。"

张大陆嘿嘿笑起来，他的眼睛比嘴巴更厉害，一丝带点怀疑的目光投到酒瓶上，似乎答案跟问题已经同时出现了。"就这几样？全是米酒？没有其他的了？送货商不给你'新佛山人'送其他品牌的酒？不送，会不会说产品不合格？"

"酒这东西少饮怡情，多饮伤身，听说少喝点还能软化血管呢。有什么师父没有见过的酒全拿出来，不要放在柜子里。上次我到北京出差，有个朋友把他藏了二十多年的好酒拿出来给我喝。我问他为何突然变大方了？他说想通了，有好东西要提前分享，要是哪天医生开张单，说这不能吃了那不能喝了,多遗憾。"

张大陆总结出一套理论:现代社会的人天不怕地不怕,就怕一张体检单。只要体检单上出现几个不合格项,就跟见了阎王爷一样害怕。别看一个个开着豪车、住着别墅,一张轻飘飘的体检单,就能掀翻所有的成就感。

吴东知道张大陆为亲子鉴定书的事心烦,可谓一朝被蛇咬,十年怕井绳,对医院化验单,怀有高度警惕。不能谈化验单、鉴定书这些,这事儿现在就跟狗皮膏药一样,粘在身上很难撕扯下来,他得把话题往外引。

他用手扶了扶滑下鼻梁的眼镜架:"师父对酒的研究,我绝对佩服,我是管生产的,要是做采购或者质检就好了。要不要,采购员说了算;合不合格,质检员说了算。我这车间主任插不上手。"

张大陆继续嘿嘿笑。他不想跟吴东争论,心里明白得跟镜子一样。吴东这叫自我臭美,采购的事先不说,质量方面质检员把一关,难道你吴东不把一关!质检员根据规格型号检验,车间主任可以根据实际操作过程中的材质使用情况,直接否定材料。比方说上次供应商送来的钢板,折弯过程中出现了裂痕,车间就说采购进来了次品钢材,韧性不够。车间经常使用这家供货商送的钢材,只是那次过中秋节,钢材公司的老板没有送礼而已。同样道理,焊接车间上次也说有些角铁太脆了,一烧焊就断裂。你说焊枪点在钢材上面,究竟是往一起焊还是往断烧?只有一线做事的人清楚。不过这样一喊,公司就得换车间认为质量好的厂家。公司用钢材做些支架、框架、固定架之类的东西,不是什么高科技产品,只是起固定支撑作用的铁架子,你说对材质要求有多高?要不是钢材防火等级高过木材,绑几根竹竿都行,这里猫儿腻大着呢。张大陆有个同学在工地做监理,他说做水泥梁柱,设计用十根钢筋的,建筑单位用九根，或者设计的钢筋间距是 10 厘米的，建筑商做成 12 厘米。还有把粗钢筋偷换成细钢筋的，一个大型项目下来，建筑商要省多少钱？这种埋在水泥里的东西，只有建筑商和监理才知道。所有这些不会说话的东西，合不合格、好不好，还不是人说了算。

吴东望着张大陆警察似的一双侦察眼睛，哈哈大笑的同时，两只手抱住肚皮，唯恐不抱紧点，那肚皮会破开一道缝。

"当培训师的人就是不一样，眼睛跟探测仪一样。不过我的酒柜里真只有这些酒，要不你搜搜。"吴东把对师父的称呼由饶舌的"您"字，直接简化成"你"字了。

"不扯酒，只要想喝，这东西什么时候都不缺。问你一件事，以前在我们公司上班的女人中，最漂亮的是谁？"

"当然是师娘了，连生产部黄经理都偷偷请她吃过饭呢。"吴东平常说话总习惯诋毁别人，好事做惯了的人喜欢做好事，坏事做惯了的人，三句话离不开本性，贬手下的话，用到上司头上。

话一出口，觉得有点儿不对头，他急忙补上一句："开个玩笑，千万别当真，千万别在丽丽姐面前说这话，她来兴师问罪，我可承受不起。"

一听生产部黄经理，张大陆酒不喝，话也不说了，翻起身，一句客气点的告别语也没讲，出门下楼离开了。

张大陆觉得这个孩子长得太像生产部黄经理了。那眼神、那说话时的表情简直一模一样。这孩子一定就是生产部黄经理的种。以前黄丽丽做前台文员，生产部黄经理每天吃完饭后总要跑到前台，故意东拉西扯地和黄丽丽聊天，后来还认黄丽丽做他的干妹子呢。

想到了生产部黄经理后，张大陆不想再在外边逗留。这段时间他一直躲着这个家，别人希望下班后能够早点回家，他总拖到最晚才回。

第八章 转折

开车回家的路上，脑海里闪现出一副生产部黄经理的傲慢样子：屁股坐在一张老板椅上，跷着二郎腿，盯着一张照片晃动着身子。照片拍摄于公司前台，鎏了金的公司标志上方，"通力"二字熠熠生辉。图片上的女人正是黄丽丽，微笑着接听客户的咨询电话。老板给公司取名通力，寄予了大家用通天之力发展好公司的宏伟目标。这个龌龊的黄经理居然用通天之力给他戴了绿帽子。

平常，张大陆会把车停在地下车库的车位上，然后拐来拐去，走上五六分钟车库通道，绕到电梯口乘坐电梯上楼。这次，他冒着被交警抄牌罚款的风险，把车停在小区门口，三步并作两步穿过保安亭跨进楼门。

这段时间，他没有和黄丽丽住在同一个房间。此刻，他倒大大方方地走进卧室。张大陆关上门，打开床头灯。卧室里光线柔和，睡在席梦思床中间的黄丽丽，翻身给张大陆让出位置。张大陆把外套丢在椅子上，和着衣服躺下。

"你真的不知道每年生日给你送玫瑰花的人是谁？"

黄丽丽懒得睁开眼睛："是以前生产部的黄经理。"

张大陆一听生产部黄经理，马上从床上弹坐起来："那这些年来，你为什么一直说不知道是谁呢？他离开公司多年了，还跟你保持联系，能没问题？"他说话的声音越来越高。

黄丽丽半闭着眼睛，继续背对着张大陆，淡淡地回了一句："我怕你受到伤害一直瞒着你。但我和他之间真的没什么，他知道咱家的地址，通过快递送来的。"

"放屁，要不是吴东提醒我，这年头一旦孩子长得不像自己就要做亲子鉴定，我会被你蒙骗一辈子。"

"我结婚后只有在三个地方睡过觉，我在考虑是不是我睡着的时候被别人强奸过，因为我真的没有和别人发生过那种关系。"

"是不是对亲子鉴定结果没有信心了？孩子走路是个

91

八字脚,你看生产部黄经理以前走路就是个鸭霸样;孩子读课文的时候喜欢摇头晃脑,生产部黄经理在公司会议上讲话不就是这个样子吗。我们离婚后,你可以找他要一笔抚养费,他有钱。"

黄丽丽转过身,眼睛里射出两道光。这光在房间里如同两把利剑,刺得张大陆浑身的鸡皮疙瘩防御般冒了出来。他赶紧转过头,错开这两道有可能会穿透他身体的寒气。

"请你不要伤害我,我真的和他没有任何关系。你不看他的一双眼睛,望着女人的时候就像鬣狗看到肉一样,哪个女人会喜欢这样的男人?我之所以和他说话,是因为在公司前台上班,怕伤了和气影响工作,勉强应付而已。在公司前台我负责接待,不可能对着一个经理发火。"

黄丽丽鼓起了勇气,把她和生产部黄经理之间的过去全讲了出来。生产部黄经理追求过她,在没有追到手后,想通过金钱和黄丽丽发生关系,都被她拒绝了。生产部黄经理还说,要每年送一束玫瑰给黄丽丽,直到张大陆和黄丽丽离婚为止。

上午九点半,黄丽丽给张大陆打来电话,说要去鉴定中心拿亲子鉴定书,两个人必须一起去,免得他疑神疑鬼到时候说不清楚。

鉴定这事,让她忙得焦头烂额。以前做亲子鉴定没有太多限制,掏钱即可。做亲子鉴定的人太多了,造成诸多社会问题。政策逐渐调整,只有司法部门根据办理案件需要,才可做亲子鉴定,个人的亲子鉴定被挡在门外。黄丽丽找到张大陆的高徒吴东,找了个需要配骨髓的借口,才做了鉴定。折腾了这么长时间,居然得出的是个更加复杂的结论。

一听拿鉴定书,张大陆倒显得理直气壮。他给林城石打了个电话,让林城石开车送他们去拿。说是送,更多的是对出现失控情绪的提前预防。他对结果已经有了足够的心理承受力,两人之间更需要一个拉架或者见证的人。

林城石更觉得一个脖子上长了两个头。这鉴定书就是个烫手山芋,他这个局外人参与进去,相当于要继续夹在他俩之间。可领导让开车,他这个当秘书的不能拒绝。

林城石一边开车,一边请上天保佑。他最担心的是,夫妻俩看到鉴定书后再打起来,他一个人实在应付不了。这事牵扯到个人隐私,又不能多叫几个人去帮忙。

车在公路上越走越慢,林城石的脑袋却在嗡嗡作响。

为防止夫妻俩再起冲突,林城石终于想出了个好办法。在打开车门的瞬间,他笑着说:"咱们要先约定一下,鉴定书由我先看,你俩回到家后再看。"张大陆夫妻同意了林城石的提议。

林城石拿到鉴定书后,以秘书的专业水平,快速扫了一眼鉴定结论。专业术语他读不懂,但意思明白,那就是黄丽丽和张建设没有一点儿血缘关系。

这个结论虽然残酷,但对林城石来说是最好的结果。

"不用回到家了,结论其实跟你们两个心中的答案都不一样。"他说到这里故意停了下来,目光跟探照灯一样在张大陆和黄丽丽脸上扫来扫去。

黄丽丽从皮包里掏出张纸巾揉着眼睛说:"林秘书,这个时候你还有心思开玩笑。"

"这不是我开玩笑,是老天爷开玩笑。"

张大陆皱起眉头:"难道没有鉴定出来?"

林城石指着鉴定结论给他俩看后说:"这孩子不是你们两个的。"

张大陆张大嘴巴,半天说不出话来。黄丽丽双腿一软,瘫在地上放声大哭起来。

林城石扶起黄丽丽说:"现在结果很明确,一定是出生时在医院抱错了孩子。"

张大陆和黄丽丽之间的猜疑,一下子烟消云散了。

孩子跟夫妻两人都没有血缘关系。没有猜疑、没有矛盾的夫妻俩似乎更加空洞了。在结论出来前,至少心里有那份嫉恨,现在什么都没有了。孩子不是他们的,仇恨也消失了,两人跟被抽走了筋骨一样,软趴趴地,完全一副散了架的样子。

林城石开着车带他们去医院讨说法。

夫妻双方一前一后走进医院接待室。院办副主任一脸诚恳,让他们先填申请表,医院内部核查完后第一时间回复他们,如果是医院的责任绝不推卸。

得到院方明确答复后,张大陆留下身份证,让林城石暂且留在医院办理好相关协助查证手续。他从林城石手里要来车钥匙,说了句:"回头你打的回公司吧,我有点儿头晕,两条腿都站不稳了,先回家休息一会儿。"

夫妻两个人似乎一下子老了二十岁,弓着腰相互搀扶着走出医院大门。

张大陆低垂着头,打开车门,把腿脚酸软的黄丽丽扶上车。他觉得手指连转动车钥匙、启动马达的力气都没有,尤其是踩离合的这只脚,和落在棉花上一样,把车座位往前移了移,才算踩到合适的位置。

车在路上开得很慢,和一个几天没有吃饭的困倦病人一样。后面传来一阵"嘀嘀"的喇叭催促声,张大陆踩了下油门,车"呜"的一声,往前猛冲一段后又慢了下来。

黄丽丽责备道:"你这驾驶技术越来越差了,这不是开车,几乎是要命,猛一加油,差点儿把我的脖子给晃断了。"

张大陆带着哭腔说了句:"对不起。"

父辈那代人喜欢给孩子取名建国、建党、建军,他们用名字庆祝来之不易的新社会。他给儿子取名建设，本想着和平发展的年代让他为国家、为家庭多作贡献呢。现在别提贡献，连孩子都变成别人家的了。张大陆记得，建设出生那年正月初六，他提着红灯笼挂到家里的祖宗神像前时，心情特别激动。尽管城市里男女平等观念大家早接受了，但从小在农村长大的人，对添丁挂灯这些习俗非常重视。当年，他们第一胎就生了个男孩，让许多生了女孩的父亲羡慕不已。那天，他按照习俗给道喜的街坊送粉丝，喜庆场面不亚于结婚时的气氛。现在觉得对不住祖先，他在为别人家的孩子挂灯。

一段时间的折腾，两个人都累了。

张大陆早晨六点钟起来给张建设做早餐，悄悄推开门，看了一眼张建设，心里一酸，眼泪流了出来。这个拉扯了二十多年的孩子，居然和父母没有丝毫血缘关系。说实话，如果这个孩子是黄丽丽和别人的私生子，他无论如何接受不了，觉得自己是最大的受害者。孩子和黄丽丽没有血缘关系，他倒能接受这个孩子了。做完早饭后他快步走进房间，压低声音对黄丽丽说："千万别告诉孩子做亲子鉴定的事。"

人就是这样，当充满怀疑的时候，觉得一切因果都存在；当疑虑解除后，又觉得一切可能都没有。现在张大陆眼中的孩子，怎么看，都觉得不像生产部黄经理了。他的眼神比生产部黄经理机敏多了，长相也不像，走路的姿势更不像。黄经理和螃蟹一样横着走，这孩子脚底跟安了弹簧一样往上蹿，各个方面都比黄经理优秀。

黄丽丽没有翻日历的习惯，她对季节冷热的感觉，就是自家阳台。

天亮了，在阳台上站一会儿，就知道需要穿多厚的衣服。珠三角一年四季中，至少有三个季节是完全可以穿夏装的。许多人把冬季当秋天过，因为一年最冷的那几天，气温大多在十五度左右，十度以下的天气罕见。

她发现院子里的那片石竹，又被换栽了一次。小区被评为镇里的安全、文明双优小区，楼下的花圃里，一年四季换栽着不同种类和颜色的花。小区花草管理一分为二，院子里由小区物业管理，围墙之外的地方，由市政公司统一管理。在小区里生活了多年，她很少发现花朵枯萎，往往在花朵开得不够鲜艳的时候，会有专门的园艺公司挖走旧的栽上新的。这两周，她站在阳台上看到的是一片挖走旧苗后的土地。说实话，在城市里很少看到裸露的土地，周围要么是高楼，要么是公路和人行道。路边绿化带里的土壤，总被郁郁葱葱的绿色植物覆盖着。她曾一度觉得城市里生活的人没有根，那点种植花草的土壤也是人工运来的，只有农村那样宽阔的土地才有根。

地下车库的顶层就是小区的院子。钢筋水泥上面铺一层五六十厘米厚的土壤，树木花草全都长在根基不深的泥土里。如果不是护理员每天浇水，这绿色维持不了多久。前几天小区外围的土壤上插了个小木牌，上面写着"土壤杀菌"几个大字。这段时间，她不大在乎花草，甚至觉得光秃秃的土地中，突然冒出一株绿色的野草，更能显示出生命的力量。可小区里其他人不这么想，他们说街道办要换领导了，某个岗位的人上，某个岗位的人调走，某个岗位的人下，乃至几年一换，他们都说得非常具体。黄丽丽不关心这些，换谁做领导，她都记不住名字。不过她还是记住了一句话，小区里有些能够察觉关键信息来源的人说，新领导上任后，要选择新的市政服务公司和新的物业管理公司。镇里有钱，好多方面都由政府向社会购买的服务，新领导或许有新动作。然后又是各类假设，比方说招标如何进行、会不会有灰色交易等。小区周围插着"土壤杀菌"木牌的土壤，说不定在等新官上任呢。反正她觉得只要有人存在的地方，就有各种是非。比方说，亲生儿子在没有正式出现前，她总被包围在是非中，即便她内心深处知道自己是无辜的，说的每一句话都是对得起良心的，可谁能看到你的内心深处去。

知道孩子与黄丽丽无关后，张大陆变成了另一个人。

从以前的睡不着，变成现在的睡不醒。也不是他真的睡不醒，是不想起床，他变得懒惰起来。或许是他心累，也可能是前段时间累积的失眠日子，现在需要补回来。

门铃响了，张大陆从床上跳起来往客厅跑，跟从阳台返回客厅的黄丽丽差点儿撞在一起。门开了，夫妻两个急忙将林城石让进屋里。然后盯着他，好像两个服从意识特别好的士兵，正在等待将军下达命令。

林城石微笑着走了进来。这段时间，他是张大陆和黄丽丽唯一喜欢来家里的人。

"确实是抱错了孩子，医院提供了另一个孩子的姓名，还有孩子父母的姓名。这事重要，电话里三言两语说不清楚。你们看这个。"林城石边说边打开医院的查证证明。

黄丽丽一把抢到手："杨海峡、郑华夏、杨国安。是董事长一家，是他们抱错了我们的孩子。"

"这几天我也想到这件事，只是不能轻易下结论。二十年前，我们两家的孩子真的是在同一个医院出生的，两个孩子不光同一天出生，而且时间都是上午十点钟。可董事长的儿子杨国安我见过，一点儿也不像我们夫妻。"张大陆说。

"孩子总算有着落了。管他像不像，只要是我们的儿子就是了。谢天谢地。完全记得当时住院的情况，我跟杨老板的老婆郑华夏住在同一个房间不说，好像郑华夏的妹妹也在住院呢。我问她妹妹得了什么病，郑华夏迟疑了好半天后说是妇科病。"

张大陆嘿嘿嘿地傻笑着："感觉自己在梦境里一般。赶快去找他们把孩子换回来。"

"赶快去找他们,把孩子换回来。"黄丽丽站起身。

张大陆说:"我先给董事长打电话,把这事告诉一声不迟。如果不信,他家也做个鉴定。结果出来一比对,两家相互交换孩子就此了事。直接到他家去,恐怕他也一时难以相信。"

黄丽丽拍了把桌子说:"就这点出息,自家孩子的事还要按公司程序走。"

林城石微笑着告辞离开。张大陆拨通了杨海峡的电话。

打完电话,张大陆和黄丽丽开始忙着收拾书房,准备给即将回到身边的亲儿子住。

黄丽丽特意在床头柜上摆了一个可以装照片的水晶镜框,喷上水,擦完又擦一遍。她足足擦了五次桌椅,唯恐桌椅上沾着某种未知的病毒。

擦完桌椅,夫妻俩拿出卷尺,丈量房间的尺寸,合计着买多大的床。建设的房间等建设搬走后才能空下来,这事暂时还不能告诉他。亲儿子马上要回家,这个养了二十多年的孩子跟亲生的也没多大区别。好在四室一厅的房子,只需准备一张床,就多个睡觉的房间。

想到亲儿子要回家了,两人浑身有使不完的力气。丈量好的尺寸记录在本子上,在网上选择了十多个可作为参考用的单人床样式,然后急急忙忙又往家具店赶。

第九章 曲折

张大陆的手机短信铃声响了,杨海峡发来一张照片。

夫妻俩争着看。结果出乎他们的预料,杨海峡通过两家鉴定中心做出的鉴定结果,显示着同一个现实:张建设的确是杨家的孩子,但杨国安与张大陆夫妻没有半点血缘关系。

夫妻俩明白,过几天杨海峡会从他家接走孩子。

张大陆跟半截蔫茄子一样,蜷在沙发上:"这不是要拱手把自己养了二十多年的孩子,白白送给人家吗?"

"为何要做这个狗屁鉴定,不做鉴定糊里糊涂养着儿子,不是很好吗?建设争气,都考上北京大学了,按成绩完全可以保送读研究生。"黄丽丽抱怨道。

把养了二十多年、品学兼优的孩子双手送给人家,自己身边却什么都没有了。

记得当时孩子满月的第一件事不是招待亲友,而是一家人跑到庙里给送子观音烧了炷一米来长胳膊粗细的长香。而今,弄出这出戏,杨海峡还没领走孩子,夫妻俩觉得跟被抽走了筋骨一样,一点儿精气神都提不起来。

"你说老天爷为何这么不公平,难道人家财运好、机遇好,什么好事都往人家身上贴,咱们连个孩子都养错。"张大陆一拳砸在茶几上。

张大陆晚上做梦都喊:孩子坚决不能给他。

黄丽丽对张大陆说:"到搬家的时候了,虽然这套海景房我很喜欢,你的工作也不错,但为了孩子快刀斩乱麻。你明天就办辞工,我将房子廉价出手,趁董事长还没有行动前举家搬离,彻底切断他跟孩子的联系。"

黄丽丽说干就干,不管张大陆什么态度,点开手机网页,不到10分钟就发出了售房信息。

信息发出不到一个小时,一个电话打了进来。

打电话的人是郑华夏,说她坐车无聊,正在手机上搜寻黄丽丽家的住址地图呢。输入小区及房间号,居然跳出来一条售楼信息。这么多年了,她确实有点儿怠慢,居然没有来过张总家,罪过呀罪过。然后问黄丽丽是不是缺钱花,如果缺钱,直接说一声就是,并说了许多感谢帮她家养大了孩子之类的暖心话。

黄丽丽听不是,挂断也不是。更让黄丽丽难受的是挂断电话前,郑华夏说快到小区了,好在有林城石开车,要不然还找不到来她家的路呢。

挂断电话,黄丽丽诅咒了一番该死的网络后,夫妻俩变成了热锅上的蚂蚁。一个在沙发上坐下又站起,站起又坐下;一个满屋子转来转去,唉声叹气,就是想不出个应对郑华夏的法子来。

郑华夏与林城石走进客厅时,手里提着一大袋子金黄色的橙子。

看到礼物,张大陆马上提高警惕。记忆中,凡事颇注重等级的老板娘,从来没有给下属提过礼物。他嘴里说着客气话,心里想着如何跟郑华夏周旋。

郑华夏似乎对张大陆夫妻让座倒茶等礼貌接待丝毫没有兴趣,她一间屋子一间屋子转。

孩子不在家,郑华夏脸上布满狐疑:"你儿子,不,我儿子张建设,不,建设怎么不在家?"

"我儿子喜欢读书,去了图书馆,晚上回来。"张大陆解释说。

"以后就该称呼为我儿子了。今天来就跟你们商量接走建设的事,至于条件,你们可以提出来,能满足的我都会满足你们。"郑华夏说话直截了当,保持着公司财务总监那种居高临下的习惯。

张大陆向来以好脾气著称,可这个时候他火了,拍着桌子问:"我已经给董事长说了,我家儿子是在你家抱错后弄丢的,你家有义务帮我找回来,而且你们有能力找回来。要是找不回来,建设你们也别接走。"

黄丽丽不断地点头,对张大陆的意见表示出百分之百的支持。

林城石一看张大陆跟郑华夏扛起来了,加上两人都是他的上司,劝说任何一方都不是办法,急忙插话说:"既然是为解决问题而来的,先喝口水,慢慢想办法,董事长常说办法总比问题多,这事急不得。"

林城石打了个圆场,气氛缓解下来。谁都知道,这事靠争吵解决不了。

郑华夏坐下来,把右腿跷到左腿上,习惯性地抖抖裙子整理坐姿时,才发现刚才走得太急了,连鞋带开了都没有觉察到。

她低下头系鞋带时,一块翠绿色的玉石从衣服领子里滑了出来。

一直把郑华夏当贼一样审视着的黄丽丽冒出一句:"你这块玉石怎么跟我的一模一样?"她摸着自己脖子上的玉

石，两只眼睛里满是惊讶。

郑华夏为儿子而来，黄丽丽的话又扯到玉石上，张大陆瞪了她一眼，倒是林城石脸上露出微笑。

女人就是这样，火来得快，去得也快。说到玉石，两人有了话题。不比不知道，一比吓一跳。天哪，这两块玉不光颜色一样，样式也一样。

"说不定这玉石是一对呢，一个公的，一个母的，哈哈哈。"郑华夏开了句玩笑。

黄丽丽说："玉随有缘人，这两块玉石这么像，说明咱俩有缘分。"

张大陆心中想着儿子的事，对玉石话题不感兴趣，他说："世上相似的东西多了，你看那些特型演员，不就是长得像吗？人是这样，石头也是这样。先别谈玉石，说我儿子的事吧，这石头再好，难道里面能蹦出个孙悟空不成。"

郑华夏喝了口茶："找你儿子也不难，只需要一个过程。"

张大陆立马站起身问："不是又要鉴定吧？"

郑华夏再喝上一口茶。看来她出门时走得急，忘记了喝水。"不用鉴定，答案已经明确了。我说个人给你听听。你徒弟，一个你熟悉却不大感兴趣的人。"

张大陆瞪大了眼睛："王海峡？难道那个被我压制过两次的年轻人是我儿子？完全没有可能吧，从第一次见面，我就觉得跟他是一对克星。钟向荣？这个孩子我有好感。可按你的说法，我必须在不感兴趣的人里找才对。"

郑华夏生活讲究，每喝一口茶，都要轻轻地吧嗒下嘴，感受茶叶慢慢流过口腔的滋味。

黄丽丽催郑华夏快点说，别绕弯子了。

郑华夏朝不断抹眼泪的黄丽丽微微一笑："先别掉眼泪。你把我儿子培养得这么好，我也没有亏待你儿子。当然补充一句，我不是故意隐瞒孩子的事，是董事长拿到鉴定结果后,我才知道那孩子是你儿子。总之,你儿子就在我们公司上班,日子还过得挺滋润的。只要人健康快乐、勤奋上进,别的你们就不用担心了。"

郑华夏属于能沉住气做大事的那种人,她对黄丽丽的急切视而不见。她不喜欢按别人的指挥做事,这或许是她做公司总监的时间长了,养成了属于自己的一套处理事情的方式。

张大陆开始催促:"郑总,您不是借讲故事拖延时间吧?总之一句话,孩子你今天无论如何不能带走。"

"我可是总监呢,你多少不给点面子?"

"这不是公司的事情,纯粹是父母与自己孩子之间的事。"

郑华夏一看张大陆变得焦躁起来,立马转变了话题。她说:"我给你讲点八卦吧。咱们年龄大了,以前的人结婚传统,留下来的更多的是刻板的结婚程序,今天讲点年轻人同居的事情。反正你儿子在公司,大可放心了。我这人到嘴的话不先讲完,觉得撑肚子。一段你徒弟谈对象的精彩故事。"

张大陆说:"现在年轻人开放,第一天认识,第二天同居,第三天就分手,你说这能叫谈对象吗?我更觉得是不负责任地玩弄。而且现在对感情不负责任,就延续到今后对家庭不负责任上,最终全是转移给社会的巨大负担。"

"瞧你多官僚,徒弟的人生大事都不关心。"

郑华夏招呼林城石说说关于王海峡的故事。

林城石笑着推托:"让我来讲不大合适吧。这属于隐私。"

郑华夏一本正经:"人是你当初招进来的,你讲最合适。"

林城石半推半就地说:"这小伙子我一直挺关注的,但现在牵扯的人太多,我真不好讲。"

郑华夏的手机响了起来,她接完电话,朝林城石摇了摇手:"让他们读吧。你的文章里写得很详细。"张大陆一看林城石从皮包里往外掏资料,脸上露出一丝惊喜后,旋即又显出一点儿迟疑:"我早就说公司需要各种各样的人才,你看现在不是派上用场了。这编写剧本的人,写的文字绝对优美,可信度高吗?林秘书?你说剧本和小说有什么区别?你可是去省城参加剧本创作培训的。"

"哈哈,不敢班门弄斧,也不敢把话题扯远。我写的这些东西,主要人物和事件是真实的,属于日积月累的一些素材,便于以后创作时使用。为了写作方便,暂时用了真名,你俩就当日记看吧。没来得及加工润色,就被郑总下了行政命令,打印出来了。"林城石笑着说。

"只要人物和事件真实就好,别的我们没有那么高的文学鉴赏能力。"张大陆双眼紧盯着林城石打开随身皮包,边说边抢过来一沓打印纸。

郑华夏站起身:"看把你急得。本想一起好好分享下林秘书的大作,有位客人有急事等着处理,只能先行一步。你们自己看吧,晚上我们再过来。"

把郑华夏和林城石送出门后,张大陆和黄丽丽挤在一起,开始一页一页地读林城石的文字。

王海峡向车间主任吴东请假时,把那缕足有半尺长的头发往耳朵左侧甩了甩。他要到广东火车站去接他的女朋友了,这对车间里的其他男工人来说,是件让人眼红的事。

车床、钻床、铣床、折弯机、剪板机,全是跟钢材打交道的机器。机加工车间和冲压车间不同,开冲床冲小件,女员工也行,靠的是手快。机加工车间做的都是大件,属于重体力活,除生产部文员是个女的外,其他的都是男员工。就这个唯一的办公室女文员,也是经过生产部多次申请后才特批招聘的。公司本来打算招男工,男人力量大,遇到打包装车、搬运倒库等事情,总能发挥特长。可车间没有一个女人,那些男工人随着年龄增长,活干得越多,脾气跟手中淬了火的铁

第九章 曲折

板一样硬。吴主任请他们私下吃顿饭，也维持不了几天的好脾气，最后生产部听了老班长的建议，申请招聘了一名女文员。

这位穿着超短裙的时髦女孩，是郑华夏经过一段时间的思考，从台湾带来的。女孩名叫陈爱平，穿着大方，性格也开朗，见了车间技术工人，总是师傅长师傅短地打招呼。她入职后，到车间办公室来发火的人大大减少。几个交了辞职书的工人主动请主任吃饭，说辞职是一时冲动，对公司发展还是信心满满的，然后要回了辞职书。

陈爱平进来前，那些男人身上的火不是顺着衣领往上冒，就是顺着裤腿往下流，天天都在车间大喊小叫地乱嚷嚷。这女孩来了，他们的火气变成了丹田真气，一个个脚底生风，干劲大增。世界就这么奇怪，柔能克刚，水能克火。不光克，水火还能相生呢。现在明白了，这世间万物，不是我们看到的表象，其中的大道理往往一眼看不穿。比方说，男人和女人，缺一不可。社会要发展，必须有克才行，克不就是竞争吗？而社会要发展得好，又离不开生，生就是合作。

车间招了个女的，气氛和谐了不少。总结出经验的吴东觉得，这男工人谈女朋友的事，更要大大支持。

王海峡谈恋爱的事，暂时牵扯不到陈爱平。一来这女孩与陈爱平无关，二来他具备谈恋爱的硬性资格，还得从一套房子说起。

王海峡运气好，英雄救美，居然遇到的是老板娘。

那次，郑华夏的宝马车被几个撞车党堵在工业区里一条直通员工村的小路上。下班回员工村的王海峡，自行车一停，二话没说就拨打报警电话。没想到这群撞车党胆子小，一看有人打110，调转车头、加大油门，直接溜走了。

第二天，郑华夏送给王海峡一台七八成新的笔记本电脑，并告诉他，这个报警电话发挥了非常大的作用，这些撞车党早就引起了警察的注意，便衣警察的车本来就在附近巡逻，只是许多人遭到撞车党敲诈后，选择了沉默。警察接到报警后，三辆车堵住了三个可能逃跑的路口，三名撞车党成员调转几次车头后，发现无路可逃，乖乖地伸出手被警察铐走了。三位被抓的撞车党没有熬过一个晚上的审问，便招出了其他同伙。这可是个大型作案集团，成员有三十多人，作案范围广，作案手段熟练，敲诈了五六百万元了。

王海峡可是立了大功了。郑华夏还顺手把王海峡翻在衣服里的左衣领往好整了整，把他染了色的头发用指头拨了拨后问，是不是农村孩子进了城，搞点时髦发型才觉得自己是个城里人？下班回员工村的时候，尽量跟其他人一起走，注意安全。

郑华夏的车被碰瓷，王海峡解了围。他回到公司一说，有的员工觉得他到了升官发财的时候，有的员工问他哪来这么大的胆？撞车党可是黑社会呀，敢当面打电话报警，这不是吃了熊心豹子胆吗？王海峡说如果再遇到一次，他还会报警，如果大家都不敢坚持正义，那自己迟早是受害者。这是他老爸告诉他的，虽然老爸是农村人，可他做事做人有一套。

不过王海峡说完后再添上一句，他看到郑华夏的时候有种见到他娘的感觉。别的员工马上笑着骂他，给钱就喊娘，太势利了吧。

王海峡不在乎别人怎么评论，他确实觉得郑总身上有慈母般的感觉。

年底总结大会上，王海峡作为见义勇为员工，公司奖给他一套公寓房。虽然面积只有30平方米，但这对寸土寸金的广佛地区来说，已经是很高的奖励了。董事长杨海峡在表彰大会上说得明白，不是一套公寓房的全部款项，而是百分之三十的首付款。就这首付款，也要10多万元呀。

王海峡加班加点赚钱奋斗了一年，装修好新房子，发现屋里缺的不是家具和摆设，是人。用车间工人的话说，缺个暖被窝的女人。

他买了台智能手机，在钟向荣的帮助下学会了"摇好友"。王海峡用香皂把他双手上的老茧洗了足有十遍后，感觉自己像个城里人了。

好事来的时候，一件连着一件。

不到一个月时间，王海峡就钓上了一条"大鱼"。一位技校女生和他在微信聊了两个星期，双方确定了恋爱关系，约定11月11日见面。王海峡要结束"光棍"生活了。11月11日，这可是中国电商创造出来的又一个消费日。"光棍"本身是不吉祥的名词，在电商一系列打折促销下，几乎变成全民购物狂欢节。王海峡在上学时就叹息，一旦这钱变得无所不为，这人或许就退化到野蛮时代去了。

当同宿舍里打了半辈子单身的老黄，在网上买回来一大批暂时或者今后很长一段时间用不上的女人用品时，王海峡炫耀般搬进自己的新房子。他对老黄有点儿不不舍地说，在没有谈好对象前，只是周末去公寓玩玩，平日里还会住在集体宿舍。可老黄不这样认为，他觉得在外边有房子的人，一定有了女人，要是没有女人，搬到外边干吗。

广州火车站广场，王海峡对来来往往的人流倒没有多大感慨。

车站进站厅上方几个红色黑体大字"统一祖国"吸引了他。站在广场，选好方位，自拍了张头顶有"统一祖国"的照片后，发到朋友圈里。

广场上挤满旅客，走路的，休息的，选个不太拥挤的地方蹲下来吃方便面的。他想到一个词——"国挤"。是的，许多人都在说"国骂"，怎么没有人想到"国挤"二字，春运那是"国挤"最好的场景。广州火车站，不要说春运，平日里也是一番春运的样子。王海峡打完电话，一位穿着短裙的女孩笑着向他走来。

女的叫林丽，网上他们已经聊熟，一见面双方显得特别放松。

林丽说刚下车，空调吹得肚子有点儿痛，找个地方先坐坐，休息一会儿再走。

王海峡找了个有树荫的地方，招呼林丽坐。

林丽捂着嘴巴笑着说，真是广东的天气把大家给热怕了。是不是思维定式？晚上找个休息的地方，也找灯光下的树荫处。

王海峡抬起头，这大伞般撑开的树冠，恰好遮住路灯的光线。他嘿嘿笑了一声，换了块灯光充足且干净点的石板台阶，然后用嘴"噗噗"吹了几下，铺上一张卫生纸。

林丽屁股刚一沾到石板上，马上跳了起来：妈呀，这么晚了，地面还这么热。王海峡咧着嘴巴笑。经白天太阳晒烤的石板地面，晚上九点前跟热锅一般烫。本地人怕上火，坐热石板前，要垫个蒲扇或者木板。他忙着吹土，讲究了卫生，却忽略了石板的炙热。广东天气，外地人常开玩笑说，中午晒热的石板，直接打个鸡蛋上去，不一会儿就变成煎蛋了。林丽的一层短裙，根本起不到隔热作用。

林丽从小生活在大西北，大西北天气就跟大西北的人一样直截了当。不要说一年四季冷热分明，就是一天早中晚三个时段，气温也有很大的差别。大夏天早晚要穿件长袖，中午太阳暴晒，也有达到四十多度热得要命的高温天气。新疆更夸张，俗话说：早穿棉袄，午穿纱，围着火炉吃西瓜。陇塬气温虽然没有新疆那么变化明显，早晚主宰天气的是风，高原的风可以把一棵光秃秃的树，吹出鬼哭狼嚎般的恐怖声音来。尤其冬夜的小山村，躺在床上能清晰听见屋外山风呼啸着的巨大响动。这个时候小孩哭闹，大人往往一句：听，鬼来了，狼来了，土匪来了，哭声马上消失了。小孩会乖乖

第九章 曲折

地抱着大人的胳膊,把头蒙在被窝里。

第一次来到广东的林丽,第一感受就是个"热"字。火车上有空调,对南北天气的差异,坐在车上是体会不到的。下了车才发现,传说中的热远比不上真实感受,这里居然连风都是热的。

两个人早说好了,到了公寓房,就睡在同一张床上。可真见了面,林丽却异常害羞,晚上睡觉把被子使劲往身上裹。王海峡连续几夜想"偷袭",都没有成功。接下来的几天,王海峡忙着为她找了份工作。王海峡把林丽叫老婆,有了老婆,王海峡觉得自己有了丈夫身份,整天得忙着帮她做饭洗衣,和那群成天泡网、打游戏、买彩票、赌钱的单身汉划清了界限。

一起生活了半个月后,林丽在王海峡的当月工资里拿出1000元,说她哥在读大学,住单身宿舍,每个月的房子租金要800元。

王海峡每次接近林丽的时候,她都双手抱着肚子喊痛,小痛时用手揉一会儿就能坚持住,大痛时林丽就往嘴里喂止痛药,然后用牙齿咬紧被子。王海峡建议去医院检查,林丽说这是老病,她已经习惯了。

一个打台风的夜晚,林丽在床上来回滚动,双手捂着肚子,头发都被额头流下来的汗水打湿了。肚子痛得要命。王海峡拨通了急救电话,救护车在狂风暴雨中,将林丽送进第一人民医院。检查结果很快出来了:子宫肌瘤,需要动手术。王海峡的信用卡只有5000元的消费额,错输了四次,他双手做出个和尚拜佛的样子,朝老天爷祷告。总算输对了号,将信用消费额度提到15000元。

谢天谢地,要是再错一次就会自动锁号,最快的解锁时间也要等到天亮银行人员上班后。

刷了三天信用卡,他才发现钱到了医院就不叫钱了。人们把病魔这个词吊在嘴边是有道理的,医院里那个自动收款机,就像病魔贪婪的嘴巴,银联卡插进去,钱就跟移动的电子金币一样,钻到它的嘴巴里。购置物品,可以推迟一个月等工资。住院,没有什么可商量的余地。

林丽在病床上呻吟着,他恨不得将她身上的病,全部转到自己身上。

林丽住了一周院,王海峡请了一周假,守在她身边。

林丽说他帮了大忙,她早就有肚子痛的病,一直没钱治疗,是王海峡给她治好了病,要感谢他一辈子。

王海峡说,都夫妻了,还说这客气话。房子水管漏水都要修补,更何况是人的子宫。子宫可是孩子的房子呀,现在社会大家讨论最激烈的事就是房事和房子,给她治疗子宫病,就当作提前给孩子修房子了。王海峡说话幽默,逗得病床上的林丽咯咯地笑了起来。

王海峡还完按揭贷款后,手里没有多余的钱。他知道刷了信用卡,最迟下个月要还,林丽住院花了13000元,他的工资不够还款。他几次试想着开通手机网贷,想到学校里因还不起网贷被逼着跳楼的人,他忍住了。冒险的事情不能做,只好向家里人借钱。爸妈问他要钱干吗,他撒谎说在城里遇到了撞车党,撞车党开的是宝马车,人家这高档车撞坏了前挡板,听说修理费得上万元。就这样,王海峡把他最熟悉的城里撞车党敲诈勒索的故事,编给家里人听后,爸妈很快寄来了10000元。

林丽的病好了,待在家里调养。

王海峡加班加点挣钱,他想把从家里骗来的钱还回去。虽然为了爱情弄出了个善意谎言,对爸妈撒了谎,心里总有亏欠。只有尽快把这些钱还了,他才觉得心里多少平衡点。

晚上九点半,加完班的王海峡面对的又是个狂风大作的夜晚。

沿河路边的地面全部被洪水覆盖,要不是路灯和路边的树绕出方向,在雨夜行走,料定会迷失方向。闪电用比路灯更强的光,炫耀着它的存在。没有出租车,没有公交车,没有摩托车,所有可以借助出行的车都停运了。

王海峡把用塑料袋包裹好的皮鞋往怀里一塞,两只手撑着大雨伞,光着脚迎着扑面而来的大暴雨回家。平时半小时走完的路,他费了一个小时才走到家门口。

咚咚咚,敲了好长时间,没有人开门。

王海峡把皮鞋放在门口,掏出钥匙开门。

随着钥匙转动声,门打开了。

王海峡气呼呼地责备道,这么大的雨,居然连个门都不帮忙开,难道心里装着别的男人。

打开灯,房间里一片寂静。

打开厕所门,也没看到林丽。王海峡有种不祥感。

打电话,没人接听。

上网,他那台老板娘送的笔记本电脑也不见了。

报警。

想到报警,王海峡拿起电话后首先自己泄气了,报什么呀?警察会不会说他拐卖人口呢?

载满神话的通济桥,美丽的桂畔海,金碧辉煌的状元府清晖园,宽阔的顺峰山广场,漂亮的千灯湖公园,气派的世纪莲体育馆……武打影星李小龙故居游乐园,狮王黄飞鸿家乡西樵山,聚集了购物与消遣功能的大润发超市……他们利用周日时间,几乎走遍了周围许多有名的地方。王海峡连他和林丽吃过的风味小餐都在大脑里过了一遍,双皮奶、煲仔饭、状元及第粥、盲公饼、炒鱼嘴……

他们牵手走过的地方,都变成了伤心地。

屋外大雨滂沱……床上躺着的王海峡彻夜未眠。

天亮了,王海峡恍惚中被一条手机提示音惊醒。

手机信息表达的大概意思王海峡读得明白:偷偷离开

了，真对不起。感谢王海峡，但她更爱另一个男人。她帮男友打了几次胎后落下这个病，男友没有钱给她看病她才离开的。男友的钱全用在投资上了，但她相信男友迟早会成功。病好了，是去是留？她矛盾了半个月后，还是决定离开。她知道王海峡很想要个孩子，可医生说她以后可能不能再怀孕了，她不想耽误王海峡。电脑也是给她男友用的，就当她暂时借走了王海峡的笔记本电脑，等她男友有钱了她会还的。求求王海峡别报警。

王海峡叹了口气后骂道："骗人的网络，老子今后再不上网了。"打开门，物业管理员早已站在门口。

收费单，欠了两个月的物业管理费该缴了。

王海峡把钱包里仅有的100元掏给物业管理员，只有这些钱了，剩下的下个月发了工资一起补缴。

王海峡走到院子里时，看到两个背着书包准备去学校的小男孩，用棍子拨弄着一只肥大的蟑螂。蟑螂，这个没有给世人留下多少好感的东西，他突然产生了怜悯之心。这段时间为了林丽的病，他问过许多土法子，而蟑螂就是他心目中一味对女人有用的药。焊工老刘告诉他，蟑螂能祛寒，对肚子痛这种病有很好的治疗作用。特别是女孩肚子痛时，把蟑螂捉来，水煮或油炸，吃后肚子立马就不痛了。老刘还说，油炸的上火，水煮了更好吃。

当然他也从老刘嘴里弄明白，广东人吃蟑螂，吃的是水蟑螂，水蟑螂又叫塘虱，在池塘里生活，跟家里人人喊打的蟑螂完全是两个品种。他没有见过水蟑螂，也没有享受过老刘说话时，咽了几次口水的那种美味。面对一只不能治病的蟑螂，他突然觉得生命无价。就是一只害虫，它也是生物链中的重要一环。对人有害的，对其他物种来说，或许就是生命的关键依靠。

把林丽就当作一只蟑螂吧。想到这里，他从两个小孩子手里要来短棍，把它拨进路边的草丛中。

黄丽丽大气不敢出一声，一行一行、一字不落地读完后，没有找到满意的答案。

"林城石怎么就写了这么短？故事不完整。"她把打印纸放在茶几上说。

"怎么能写完整，这鉴定结论不是刚出来吗，他也不是神仙。有这么一大段，已经足够了解他的现状了。"

"那赶紧打电话呀，要不赶快开车去找他呀，要是孩子压力大，出点问题咋办？外边的诱惑可大了，他手里钱不够，再弄出个网贷什么的，窟窿越捅越大，到最后不好收拾了。"

"急什么呀，文章是去年写的，这些事情也发生在年前。咱们突然找到王海峡，说咱俩是他父母，他怎么相信？要给他一个缓冲的时间，而且我们也要想好一个万全的对策。世间的事情不怕一万，就怕万一。光鉴定儿子这事，折腾了这么久了，每一种可能都在咱们的预料之外，这次不能再闹乌龙。"

第十章

相认

郑华夏招待完客户后，同林城石一起回到总裁办公室。

"这几天你多注意下王海峡的事情，也从中间给他们一家人见面做些必要的调和。都这么长时间了，估计他们一下子适应不了，慢慢过渡吧。其实张大陆他们的鉴定结果出来后，我已经知道王海峡是他们的孩子了，但不能说破，因为这件事我也瞒了老板。三个先后两次抱错的孩子。"郑华夏边说边拿起一支笔。

林城石赶快在传真机边，拿了张打印纸铺到桌面上。

郑华夏画好人物关系图，还没来得及给林城石介绍几个孩子抱错后的去向，随着"嘭嘭"的两下敲门声，张大陆和黄丽丽走了进来。

夫妻两人不等郑华夏招呼，在门口的一张三人沙发上坐了下来。

黄丽丽屁股一落到沙发上，张口就问："郑总，我现在想再次确认下，王海峡究竟是不是我儿子？林秘书的文章里只看到故事，没有说他是不是我儿子。你让我们夫妻看关于他的文章，说明应该是。现在不是应不应该的事，要的是你亲口说出来的一定。"

黄丽丽心里着急。确定好了，她立马要跟王海峡谈谈，或者最迟，利用明天上班的时候，以找张大陆为名，见见孩子。鉴定这事大家搞了这么长时间，鉴定来鉴定去，结果离她越来越远。现在就剩他们夫妻跟王海峡之间没有做鉴定，她心里怕了，只要郑华夏一句话，不想再做鉴定了。

"林秘书倒杯茶。"郑华夏站起身。

"我只想确认一遍，你生完孩子后，谁在你手里抱过孩子？"

郑华夏把桌子上的一张和蜘蛛网一样的人物关系图，递给黄丽丽："我要说的全在这张纸上，你们夫妻自己看吧。"

早上八点钟，刚打开电脑的林城石，被张大陆一个电话叫进办公室。

"林秘书，等一会儿你去把王海峡找来，我想跟他谈谈。"

林城石只说了一个"好"字后，快步下楼，骑着辆共享单车朝车间赶去。

当林城石把王海峡领进张大陆办公室时，沙发上坐着眼睛红肿的黄丽丽。

黄丽丽看到王海峡后，马上从沙发上弹了起来，林城石赶紧干咳一声，使了个眼神后，她又坐回沙发。

黄丽丽在口袋里掏出一叠卫生纸，擦着眼角的泪水。

王海峡喊了声"师父"后坐了下来。他没有见过黄丽丽，不知道怎样称呼，看到她落泪，更不好意思主动打招呼。

林城石给每人倒了一杯茶说："喝点茶，今天天气真好，一丝云都没有，这种艳阳天最适合喝茶了。王海峡看起来面露红光，按相面先生的话来说，最近一定会有喜事出现。"

"林秘书，别说喜事了，这几天不知怎么了，所有烦心的事情几乎都跟我有关。昨天指挥员工擦玻璃，你说那员工笨不笨，居然在一根拇指粗细的钢管上绑了个抹布，擦车间行车轨道外墙边的挡风玻璃。结果手一晃，力度没拿捏好，玻璃被他一钢管捣破了。问题是晚上下雨了，早上一开门，半个车间都是水。我差点儿被主任炒鱿鱼了。刚才还在想，是不是要到庙里去拜拜神，祛一祛晦气。"

"水可是聚财的象征呀。你看今天这天气，阳光金灿灿的，到了你转运的时候了。张总，今天有客人来，我出去洗下车。"林城石觉得自己该回避一下了，找个借口脱身。

"好吧，你去忙。"张大陆指了下门，示意林城石顺便关上门。

王海峡坐在张大陆对面的凳子上，觉得跟平常谈话的氛围有点儿不大相同。

张大陆抽出一支"红双喜"香烟插进嘴里，然后倒上一杯葡萄酒一饮而尽。王海峡知道张大陆平常很少喝酒，就算是一个喜欢喝酒的人，也不应该一上班就喝上一口。

张大陆合上嘴，因嘴角用力过大，脸颊的肌肉凸了起来。似乎有好多到嘴的话要喷出来，他又咕咚一声和着唾液咽了回去。他看了一眼王海峡，又喝了一口酒后说："今天把咱们两个从见面开始到现在，所有能记得起的事回忆一遍。"

张大陆闭上眼睛，眼前闪现出两年多来，他和王海峡打交道的场景。

张大陆穿着双拖鞋走进培训室，重复着他不知说过多少次的开班第一句话："各位兄弟来到这里，是你们的光荣，也是公司的荣幸，今后这里就是你们的家。在这里走出去的人，有的做了厂长，有的在其他企业做了经理，有的成为公司的新任生产部老大。"

每次说一样的话，每次说到这里他就傻傻地笑笑，笑到脸上的表情渐渐有些僵化时又补充一句："各位兄弟不要学我，学我就永远待在这个培训室里了。"

这是他的幽默之处，不管男女学员，一律喊兄弟，一副江湖腔。

他在台上，唾沫飞溅地讲着公司的发展历史和企业文化。一个头发染成黄白相间的年轻人，举手提问："老师，您的这双拖鞋很有历史了吧？后面缺了半截呀。"

张大陆不看他的拖鞋，笑着回一句："'90后'。我一听你的话闭着眼睛都能猜到你是个'90后'，而且属于接近'00后'年代的'90后'。在咱们公司上班，最老的是'60后'，'60后'只干不说，'70后'干后才说，'80后'边干边说，'90后'不干只说。我这里讲的'说'字不是说话的意思，专指提意见。不要嫌弃我的拖鞋，时间长了，你会发现没有改变有时候比改变得过快更有道理。或许有一天，你会觉得我的这双拖鞋，代表着一种文化。不过我记住了你的名字，你叫王海峡。如果我没预测错，不出三年，你至少混个车间主任。"

王海峡马上坐回凳子，张大陆已经预言，不到五年他就是车间主任了，还去难为他，这不是否定自己的前程吗？果然培训室里的其他员工，向王海峡投去羡慕的眼光，王海峡却低下了头。

张大陆不喜欢把头发染成黄色，他觉得中国人就应该是黑头发，就应该说中文。眼前这些年轻人，喜欢穿件半截膝盖露在外边的洞洞裤。张大陆喜欢完整，不喜欢这些把好生生的衣服弄成破烂的"洞"文化。这跟他的破拖鞋不同，他的拖鞋，代表他敝帚自珍的生活习惯。

越是从偏远地区来的孩子，越喜欢这些他看不惯的潮流。好像这些男孩子染个怪发型，耳朵上打个洞，穿件膝盖处露出半截腿的破牛仔服就算时尚了。这跟某些中国人想方设法拿张美国绿卡就发朋友圈炫耀一样，是一种心里空虚和极度不自信的表现。

张大陆不光观察男青年,还研究过公司里的未婚女文员。她们把头发染成金色倒也罢了,关键是那身香水味,那些跟着模特不断更换的新潮服装,还有化妆的费用,一个月的工资几乎全花完了。

他为她们心疼钱的时候,徒弟吴东比他通晓世故,一句话扫除了他的心理障碍。吴东说,这些女孩哪怕三年的收入全消耗在打扮上,消耗在化妆、穿衣上,一旦被某个有钱人看中,就值了。你说男人看女人,哪个不先看脸?她们脸上花的工夫,那也叫投资。她们等的就是那个潜在的目标,等到个"钻石王老五",比辛辛苦苦打一辈子工都值。

吴东还说,房价这么高,她们不靠脸赚,靠什么买房子?别看房子只与土地、建材、家装市场有关,其实房地产间接绑架了社会百分之六七十的资金。以前,工厂用机器设备抵押贷款,现在到银行贷款,最直接的融资渠道就是抵押土地、厂房。你说你的设备再高级,人家不懂也不理。这高价房一旦变成老百姓眼中的投资,就会越炒越高。年轻人一听高房价,再跟自己的收入一比较,一辈子的人生一眼看到头了。怎么办?要么敬而远之,要么变相入场。

那些靠打扮博眼球的女孩子,不是花自己的钱不心痛,是在找另一条路走。这路走不走得通,走得对还是错,最终问题都丢给社会。尤其是年轻人的价值观和人生观,一旦偏离,那是用一个人一辈子赚的钱都买不回来的。

吴东的话让张大陆对"新青年"有了新看法。

这之后,他觉得王海峡穿的那种破洞裤,说不定就是跟他年龄相仿的女孩子们喜欢的穿着呢。改革开放初期,穿喇叭裤时代的年轻人,曾用"解放"裤口来表达社会开放。老山战役时,戴军帽,曾一度成为那个年代的青年人对最可爱的人的最好追慕方式。青年人身上,不管衣着、生活习惯，还是兴趣爱好等，都能看出某个时代的关键特征。

张大陆从吴东的话中明白了许多他看不惯的东西，可又弄不清楚这种"洞"文化究竟体现着什么。似乎还不仅是他理解的所谓文化不自信等元素，或许还有更多"开放"的诉求在里面。

只有跳出眼前这个生活圈，才能看得更周全。

张大陆在回忆，王海峡也在回忆。

两人的记忆中有重叠交叉的部分，也有各自不为别人知晓的部分。

张大陆很想问问王海峡，吴东对年轻人的研究是否在理？王海峡的那种时髦，是不是跟他年龄相仿的女孩子也喜欢？他觉得上了年纪的人，对这个世界越来越陌生，越来越不自信了。

张大陆再喝上一口酒，问："回忆完了？"

王海峡说："完了。"

张大陆再问："觉得我最对不起你的是什么地方？"

王海峡吸了一口气，脸上露出带着疑惑，又有点儿惊讶的表情说："没有，你这么委婉，又问这么多，是不是想辞退我？今天一大早老板娘就批评了我，说我工作还不够努力，没有达到她想要的结果。如果真被辞退，我的房子按揭款都交不起了。这个月的物业管理费还没交，这段时间发的工资都寄回老家去了。因'新冠疫情'影响，我老爸出不了门，家里还有两个上学的弟弟和妹妹。"

张大陆一听他拖欠着物业管理费，马上做出个摸钱包的动作。很快，他又将摸到钱包的手抽了出来。

"以后你的物业管理费我来交？"

"不要，不要。师父，怎能让您破费，我的事我自己搞定。"

119

"先说一句对不起，你做见习班长，本来我能推荐的，我却没有推荐，不过吴主任还是选了你；后来老板娘推荐你做培训副主管，也被我挡下来了，我推荐了钟向荣。我觉得你人不错，总在什么地方有种我说不出来的不满意。现在我终于找到了答案，我们两个人太像，同质性太强。我讨厌自己的缺点时，也顺便讨厌了所有跟我性格相似的人。这是我的不对。"

"本来我能力不及人家，坐上这个位子恐怕也做不好。我觉得你的决定是正确的。"

张大陆再喝上一口酒，摇摇头。

他说，王海峡太像他了，什么事总让着别人。可在这个竞争的社会里，别人都在跟你竞争着，都把你当成了竞争对手，你的谦让有时候会把自己推向死角。

张大陆说自己算运气好，等到了这样一个位子。陈总离开公司后，这个副总裁的人选，董事长不知比较过多少人，先后招聘了五六个人，要么自己辞职走了，要么被公司辞退了。后来董事长找他谈话，让他推荐人选。他推荐了韩主任、吴主任这些后生，他们年轻且有上进心，结果董事长摇着头说他们资历浅，不够。

车间主任至少要先升到生产部经理，然后做到生产副总，才有可能提升到副总裁。就算越级提拔，也不能一次越几级，况且越级要有足够说服大家的理由，一个工作上没有突出表现或者卓越成绩的人，千万不能越级提拔。要不然破坏了体制，管理层心目中的梯度晋升机制就会被打破，今后更不好选拔干部，更难管理了。

杨海峡是军人家庭出身的，注重论功行赏，按贡献提拔。他跟张大陆谈了几次话，目的是试探他是否喜欢这个位子。看他一再推荐别人，杨海峡说坐大位需要心里坦荡的人，这个位子给张大陆坐最合适。太在乎位子的人，会因保自己的位子而嫉贤妒能。杨海峡对人研究的透彻度，完全超乎张大陆的想象，并说张大陆从培训主管直接升为副总裁，不属于越级提拔，叫补偿。原因很简单：他多次晋升的机会都主动让给了别人，要不，早做到副总裁了。杨海峡非常忌讳越级提拔，一旦开了越级这个先例，公司的管理层就会动歪脑筋，就会琢磨晋升的捷径，反而松懈了踏实做事的思想，这是不利于管理的持续性和稳定性的。基层员工，越级提拔没有多大问题，高层管理者要考虑合纵连横的能力，要不然会制约企业发展的。

王海峡望着张大陆，想到吴主任说过的那些话，突然觉得张总比吴主任高的不只是一个台阶，而是很多级别。吴主任说的要么是自己没有得到某种东西的抱怨，要么是自己又得到了什么的夸耀，从来不会谈到某件事对公司、对社会、对他人的意义和价值。张总不管说话还是做事，明显站在一个普通员工触摸不到的高度上。

张大陆对王海峡说："强者不是跟雪豹一样打败对手或者占据什么，我认为在苛刻的自然法则中，找到适合自己的生存方式就是强者。尽管它不是肉食动物，不在食物链顶端，胆小谨慎，却从不伤害人类，它们进化出了最强大的生命力，你我都具有这种品格。"

张大陆还有几句关键话要说，张了几次口又忍住了，最后叹了口气，摇了摇头，换了个口气道："晚上去我家，不，去家里吃饭吧，我有非常重要的话要对你说。"

王海峡不好意思地笑了笑说："我不知道你家住哪里。"

张大陆苦笑了一声："晚上你坐我的车去，今天你就不要去车间了，坐在我办公室里，陪我聊聊天。"

王海峡还没来得及开口，门口挤进一个穿短裙的女孩子来。

"陈爱平，你来这里干什么？"王海峡问。

"我调到厂办做实习助理,以后一起在办公楼共事了。这是董事长刚签发的任命书,行政部见习副主任。"陈爱平转身出门前,又向张大陆深鞠一躬:"张总,太激动了,刚才忘记敲门了,以后我一定会改正。"

王海峡的手机铃声响了,是钟向荣发来的一条短信:我告诉了陈爱平,说你喜欢她。

陈爱平转身出去后,黄丽丽从包里掏出一个信封递给王海峡。

一张用红黄绿三种颜色画出的线条,跟着王海峡、张建设、杨国安三个人的名字绕来绕去,最后连向张大陆、杨海峡、郑华夏妹妹三个人。这是她花费了一个晚上的时间画出来的:王海峡和张建设出生后,因在医院抱错调换,王海峡抱到了杨海峡家,张建设抱去张大陆家。那时候流行奶粉喂养,正值事业上升期的郑华夏,把孩子交由她妹妹照看。妹妹的私生子比王海峡晚出生两天,两个孩子长得有点像,放在一起如同双胞胎。孩子两个月大,郑华夏妹妹在台湾谈了个对象,在离开大陆回台湾前,她决定把私生的孩子送人。把她的孩子送给厂里的司机王师傅收养时,再次抱错孩子,结果把王海峡送了人,她的儿子却留给了郑华夏,这个留下的孩子就是杨国安。就这样,三个孩子在养父母家生活了二十多年。

信的末尾署名为:王海峡的亲生母亲——黄丽丽。

王海峡看完信,两只手抱住头,手指不停地抓着头发。

"本以为自己长大了能解决所有问题,现在才明白,长大才预示着所有问题的真正开始。我,我,我今晚先不跟你们一起吃饭了。心里好乱。我想静一下。况且一张关系图,证明一种复杂的亲属关系似乎也缺少证据。"

张大陆点了点头:"好吧,吃饭的事情那就暂定到明天了。证据吗?我知道不是这张图就能说清的,如果你不相

第十章 相认

信,其实可以做个亲子鉴定。但现在政府有规定,除非审判需要或者公检法部门委托,对个人私自提交的鉴定申请一律不予接受。其实不用鉴定了,你看看我跟你的长相,再问问你西北老爸,答案一目了然。昨晚我还想过,是否在全国拐卖妇女儿童网站登记下,然后咱们做亲子鉴定,也完全排除了你的顾虑。可这样对你西北老爸又不太公平,本来送养的孩子,为鉴定血亲弄成人贩子一样,只能让伤害进一步扩大化。整个过程的关键人物是郑总,你看了这张关系图后就能明白一切,她也是出于善意,结果自己也蒙在鼓里。她告诉我真相的那一刻我很诧异、很矛盾,昨夜我反复琢磨你我之间的长相和行为模式,难道你不觉得是一个模子里刻出来的吗?"

张大陆给林城石发了条信息,让他晚上跟王海峡一起吃个便饭,再帮着稳定一下情绪。

林城石立即给王海峡发了条短信:请到办公楼一楼会议室,有事商量。

王海峡走进会议室,林城石正在忙着整理桌子上的一堆照片。

"以前你在车间做事,现在突然调到办公楼了,要尽快适应。来,先帮我整理这些照片,按我这个表上的次序摆放。"林城石知道这个时候忙着给王海峡解释他家的复杂关系,远没有给他找点活干有意义。干着活,心上的事情就会暂时放开,只要思想放松了,情绪就会稳定下来。

人冷静下来了,什么事都会考虑得比较周到,根本不用别人开导,你能想到他也能想到,你懂的他也懂,你能明白的他也糊涂不到哪里去。

"这是'工业百里行'时咱们拍的照片,林秘书整理这些有什么用?是不是要办个宣传专栏?"王海峡边整理边问。

"你只说对了一半,另一半更重要。上次我到市里参

123

加全市文艺丛书出版首发式,副市长说,在庆祝改革开放四十周年时,才发现市里可供展出的文字性东西太少。以前只顾着发展经济赚大钱,对文化关注不够,没有逐年整理出版本地文学艺术类丛书,到了要用的时候,才发现缺这少那。物质发达了,武装精神的文化艺术没跟上,这迟早会出问题。"

林城石对副市长的观点感同身受。见证过改革开放起步阶段的老作家、老艺术家现在都老了,许多人有心无力,人老眼花,根本写不出来作品。年轻作家又没有当初的经历和记忆,写出来的都是道听途说的,真实感有所欠缺。今天的人写昨天的东西,时代完全不一样。

许多时候如同盲人摸象,摸到哪里算哪里。这个时代的人想的问题,其他时代的人其实完全理解不了。要是从改革开放开始,每年都有一本文学艺术类丛书,留下那个时代的文字、照片、书画、演艺等活动记录,该是多么生动鲜活的史料呀。

今天出生的小孩,睁眼看到的是高楼大厦,张口吃的是山珍海味,他们觉得生活原本是这样,甚至稍稍遇到点困难,还会抱怨别人没有做好。要是用艺术的形式留住老一辈的足迹,留下有价值的文字,通过看得见、读得到的方式,把当地发展的历史呈现出来,教育感化作用就完全不同了。

不要说多远,就林城石家来说,爷爷小时候夏天摇蒲扇,爸爸那个年代已经有风扇吹,自己天热时已经离不开空调。比较三代人上学时吃什么、穿什么,是一本很好的家庭教育教材。口头说长辈的艰难,估计今天的孩子都会摇头说不相信。如果有爷爷留下的照片、衣物或者文章,那说服力就不一样了。作为改革开放先行阵地,没有留下书写风风火火改革大潮的文字,多遗憾。市里作出了决定,往后十年每年出版一套文艺丛书，内容包括文学、书法、美术、摄影等。只要和文艺有关的，与时代呼应的，都要出。等到庆祝改革开放五十周年、六十周年的时候，不光有经济上的成绩单，还有文化上的支撑力量。

林城石觉得企业也应该有自己的历史档案，公司也要有自己的文化积累，赚钱多少是个变量，只有文化力量始终是正向增长的。

"政府领导都很重视文化建设，文联主席、作协主席都期待我们市里、区里有文化上的作为，一个万亿产值的大市，出不了几个文艺大家，也是件很别扭的事情。我每次整理活动资料的时候，也在构思着如何通过文学的方式，表达自己对这个时代的感触呢。你们也要想着多写点东西出来，写下来，即便不发表留着自己看，也比玩游戏消遣有价值。当然不是说不能玩游戏，而是要有时间上的分配。说实话，结婚后我才觉得时间不够用了，动笔写作时，最羡慕你们这些单身贵族的充足时间。"

王海峡心里装满佩服，听林秘书说话，觉得自己的水平一下子提高了不少。上次"工业百里行"回来，他跟钟向荣谈到占据大半个镇的科龙公司时，满脸都是诧异。领队的老员工说，下一站就去美的公司。那座办公大楼，跟螺丝一样旋转耸起。

公司的创始人喜欢打高尔夫球，这个向右旋转而上的设计灵感，就来自他扬杆打球的动作。领队说这话时，嘴角翘起，那份因羡慕而堆砌出来的笑容，在他脑海里挥之不去。

"林秘书，我升职了也有你的功劳，今晚我请你喝酒，你不会谢绝吧。"

"今天刚拿到一笔稿费，我请客。把钟向荣也叫上。"

"还是我请客吧。来公司这么长时间，一直没敢请您，这次就给个机会吧。"

"哈哈,那到时候再说吧。其实我很少参加员工请客送礼类的活动,怕别人嚼舌头。你应该听说过陈总吧,他离开的关键原因我觉得是思想松懈,经常跟下属吃吃喝喝,职位越高,问题越大。"

"听吴主任说陈总爱吃喝也算了,还贪污,搞婚外情。他离开时,在公司里挖走了一批技术骨干,现在他儿子又酒后撞车了,听说换了个大脑,这是不是遭报应了。"

"这个吴东,真是个八婆,什么事情都是他说出去的,唯恐天下不乱。在公司里,最害怕的就是这些在后面煽风点火的人。好了,不谈这些了,以免影响喝酒。你给钟向荣打个电话,让他先别吃饭,直接来会议室。等下公司行政楼的人都走得差不多了,咱们再出去,免得人多嘴杂。"

林城石和王海峡边整理照片,边闲聊。从吃饭的话题,谈到赚钱和发工资的事情上来。这么多年来林城石总结出一个不成文的结论,老板的成就感有两个:一是会赚钱,二是会花钱。

从董事长亲自发奖金的事情上最能体现出来。税收上缴的钱,因某些需要捐出的钱,乃至请客送礼等支出,大多是被动的,很难获得成就感。这类事,他全交给财务部或者秘书去处理。杨海峡喜欢把现金发到工人手里,喜欢工人拿着一沓现金,其乐融融的画面。常说他的第一份工资就是现金,拿在手里能够摸出感觉的钱,才能体现出劳动的价值。

公司有规定,日常工资财务部发,基层人员的奖金由部门负责人发,经理层和技术骨干的奖金,杨海峡亲自发。杨海峡忙于公司日常经营,很难抽出时间同基层管理人员和技术人员一个一个单独见面。发奖金的时间,是他和关键员工间的最佳交流时间。

即便相互间只说上几句话，一句"辛苦了"的问候，跟体温计一样测试着员工的心理温度。机灵些的员工会说为公司为老板做事是应该的，犯过错的员工会说以后会继续努力，老实点的员工只会说谢谢两个字。简短几分钟的交流，给了他一次发现员工特长的机会。

林城石也想从王海峡和钟向荣身上，学学董事长的处世哲学。

第十一章 商议

　　林城石正在给王海峡分享董事长发工资的诀窍,钟向荣敲门走进了会议室。
　　"晚上我请客,一起去放松下神经。"
　　"我请,我请。林秘书平日里忙,很少跟我们一起吃饭,今天有时间去,一定是我们请才对。"钟向荣说完后朝王海峡使了个眼色。
　　按照以往惯例,王海峡会马上附和着钟向荣,重复几句他俩请客的必要性。可这次,王海峡只是"嘿嘿"地笑着,对钟向荣的示意没有半点儿配合。
　　钟向荣走到王海峡身后,在他屁股上拧了一把,压低声音说:"你怎么当木头人,机会到了装哑巴。"
　　林城石看到两个人搞小动作,笑着说:"你俩这么亲密,见面的一瞬间也有悄悄话说。晚上怎么去?喝点小酒开车不大方便。"
　　"我叫个滴滴吧。"钟向荣掏出手机准备下单。
　　"还是骑共享单车吧,咱们顺便兜兜风。"王海峡说。
　　"好,绿色出行。咱们沿着河边骑,顺便看看周围的风景。这城区变化可大了，稍不留意，旁边就竖起一座高楼。"林城石支持骑共享单车。

三人走出公司大门，人行道边摆满绿、橙、蓝三种不同颜色的共享单车。

"以前门口全停着白色的，后来是红色的。现在白色的和红色的不见了，变成绿、橙、蓝三色了。变戏法一般。"王海峡说。

"哪种颜色的共享单车不见了，就预示着哪家公司退场了。竞争结果呀。许多退市的单车，没骑多长时间，真浪费。"钟向荣言语中，多有不舍。

两人正发表高见，身边一对年轻男女，打开一辆橙色的共享单车。男的立稳车，女的屁股一拧，坐到车把前的杂物筐上。由于车辆失衡，男的车头一晃，车子差点儿跌到地上。吓得林城石"哎哟"一声。

这对年轻男女稳住车身后，说笑着骑车扬长而去。

"这不是咱们公司的员工吧？"林城石问。

"不是从咱公司大门出来的，估计是旁边工厂的。"钟向荣分析道。

"安全教育没有到位。人家设计杂物筐，为方便放个小包或者放点蔬菜等小物品。你看这些人，把杂物筐当车座，一个女人屁股一扭，坐在车把前的筐子里。既不安全，也不雅观。你俩和女朋友约会，千万别这样。"林城石叹了口气。

钟向荣说："我也反对这种坐法，要是筐断了，女的重重地摔在地上弄伤腰，他们一定又会在网络上操作成共享单车的设计问题或者质量问题。跟客户投诉咱们的产品，一个样子。"

王海峡补充一句："这还没有完，然后朋友圈里会不断发筹款信息，说这女的如何悲催，打工收入少，男朋友因她受伤分手了，等等。自己不注意安全，受了伤，就会想方设法让全社会买单呢。"

林城石笑了笑："出发。你们两个年龄不大，对社会了解得还不浅呢。"

三人骑了20分钟，在凤城酒楼前停了下来。林城石喜欢吃粤菜，他要了个包间以便说话。

三人落座后，林城石问："生产部是全公司奖金最多的部门。听说你们每个月发了工资都要在外边吃一顿。"

"听老员工说，这几年车间换了三次老大。发了工资后，消费奖金或者津贴的老规矩没有改变过。如果说有变化，改变了的只是花钱的方式。普通员工把消费看作自己对自己的犒劳。车间主任和班组长，更把一次吃饭，看成是维系和稳固各种关系的大好时机。"

"钟向荣善于分析问题的本质。由此看来，这花钱吃饭也是必要生活内容之一了。"

钟向荣觉得自己说得太直接了，马上改口说："不不，是我表达有误。我觉得偶尔吃顿也好，经常吃，支出太大了。"

"觉得是吃饭的频次太高了是吗？"

钟向荣和王海峡一起说："是。"

在王海峡的印象中，发工资后，那些班组长完全把吃饭当成一种炫耀。

老员工除工资外，每月每人有100元的固定奖金，还有100元的全勤奖、100元的质量奖、100元的任务完成奖等。做点官的，比方说班组长、车间主任或者主管级别的，另外还有300元到800元不等的岗位津贴。新员工只有工资，奖金要等到转正后才有。工资到手，老员工喜欢在食堂吃饭时，嘴上叼支烟，坐在办公室人员面前显摆下。嘴里没有说出口，心里想着：瞧，我工作没有你蹲办公室的舒服，口袋里的工资可比你多得多。工人有这样的做法，班组长、车间主任、主管们在工人面前也有这种炫耀,他们会选择几个人出去吃饭、喝酒,有时候还会打打牌、逛舞场,干些其他方面的时髦事。

用奖励拉动员工干活,远比通过处罚逼着员工前进有意义。杨海峡划分不同奖金的初衷是鼓励员工积极工作,这些好政策执行了一段时间后,被基层管理人员变相搞成了吃饭开销。比方说犯了错误要处罚300元的,车间手下一软,一个从轻处理变成了50元,那占了便宜的人还不请主任吃饭?同样道理,绩效考核评分时,评个70分跟90分,那差距大了,得了90分的自然乐意请客。外国科学家给几只圈养的猴子做过测试,一旦某只公猴掌握了分发香蕉的绝对权力,它就会借机给某只母猴多发香蕉,从而达到优先交配的目的,这种情况类似于人类的腐败。不光人类社会有这种天生的腐败行为,动物世界也屡见不鲜。

钟向荣说:"每次遇到发工资这天,张总最尴尬。那时候他还是主管,连一个请吃饭的人都没有。哪像车间主任,请吃饭的人排着长队呢。"

谈到张大陆,林城石赶快移开嘴边的酒杯。

他提醒钟向荣,只谈公司车间的事情,不谈公司领导。况且张总也不喜欢请客吃饭这些事,他面对那些等待培训的新员工的笑脸,比对着让人神经变红的酒精更有意义。他是公司经验最丰富的技术骨干,有好几项专利发明呢,肩负着培训员工的大任。老板称他为年轻的老干部,员工尊称他为技术上的老前辈。张总是老板手下的创业元老,不过做到培训主管的位子就卡住了,好几年一直没有原地踏步。好事多磨,最后还是升上去了。所以只要把时间拉得足够长,老天爷对大家都是公平的。

林城石想了解中层员工动态,故意卖个关子说下面员工告诉他,吴主任挺会关心员工的。

钟向荣一听吴东，指指王海峡说："吴主任的红人，一个月的培训结束后，王海峡做了见习班长。我们这个班里，技校生、高职生多，本科生就我一个。当时大家说，我是见习班长不二人选，可公布出来却是王海峡。我一度认为当初负责培训的张领导给我的评语不好。后来王海峡告诉我，是吴东建议用他的。"

林城石笑了起来："你们车间故事不少呀，一个小小的见习班长也成大事了。"

钟向荣赶紧解释："别看车间都是男人，其实比女人都小气。宿舍里月底核算电费的时候，多超出两度电，大家都要争论好半天。有的说你用电脑费电，有的说你用两部手机充电，各有各的理由，就是不想掏那多出的几元电费。宿舍多出的用电量，公司按一度电 1 元钱收费。可就这 2 元钱的分摊，摊给谁都觉得不公平。"

林城石能听得出，钟向荣对吴东没有任命他做见习班长心里有意见，嘴角露出一丝微笑，抿了口酒说："好，大家就当是兄弟，酒后吐真言。什么话都可以谈谈，免得装在肚子里难受。"

王海峡有点儿不好意思："其实那时真应该任命钟向荣，他是本科生，水平高。我这大专生当班长，管本科生都有点儿不好意思。"

林城石笑着说："吴主任估计是想多磨炼下钟向荣吧。因为一线工作辛苦，许多本科生不想到一线工作。有的开头说得很好听，说自己能吃苦耐劳，真正到岗位上，干不了几天就嫌脏怕累跑掉了。"

钟向荣反驳说："不是。你让王海峡说。"

王海峡说："吴主任是高中毕业的，后来慢慢混到现在这个位置。可钟向荣是本科生，比他的学历要高好多。他一来怕自己管不住，二来也怕钟向荣变成潜在的竞争对手，所以就没有选他。"

"你看这个吴东，自己的那点小算盘，天天打得叮当响，哪有时间考虑大局。"林城石放下酒杯，转向王海峡："你觉得吴主任有这么小气？"

在王海峡眼里，吴主任还真是个小气人。他上次跟焊工刘铮打乒乓球，刘铮说他以前跟吴主任住同一个宿舍，那时候吴主任还是一名普通技术工人。吴主任在二手店买了一台十四英寸的老式电视机。刘铮每个月的工资全部交给老婆不说，省吃俭用的他，舍不得花钱买一台小电视看。宿舍里有一张桌子，刘铮想着吴主任会把电视放到桌子上，这样吴主任看的时候他也能瞄一眼。让刘铮一辈子都忘记不了的是，吴主任居然买来个足有三米长的插线板，将电源接到他的床头，电视机放在床上看。刘铮担心这个二手电视机要是短路发热点燃床铺什么的，弄出个火灾会烧到自己，多次协商不成，最后申请搬了宿舍。刘铮想不明白，一张床就两米长，吴主任起码有一米八。那么高的人，床头放着一台电视机，腿都伸不直，不知道晚上他睡得是否舒服？而且，不是现在的液晶电视，老式电视差不多有40厘米的厚度。你说这么一个大物件，放在床头多占地方。他俩的床连在一起，本来他头对头睡的，自从有了这个电视，他们就变成了脚对脚睡。吴东这样操作的目的，就是不让刘铮看电视。

王海峡简略说完刘铮关于搬宿舍的事，钟向荣笑起来："吴主任真有招数，他把电视机放在床头不说，还故意让电视背对着老刘，这不是明摆着欺负人吗？老刘只能听声音却不能看。要是我，干脆断电，让他也看不成。"

林城石笑了起来："还有一种可能，那就是刘铮睡觉打呼噜，而且呼噜声特别大，弄得吴主任睡不着，想了这样一个赶人走的方式。"

钟向荣说:"不是故意赶人走,是吝啬。觉得自己掏钱买来的东西,免费给别人看吃大亏了。标准的'葛朗台'。"

林城石觉得刘铮跟吴主任一样小气。上次焊接件出了质量问题,公司还没有提罚款的事,刘铮就说一旦罚款就立马走人。他不反对把钱看得重的人,毕竟商业社会,走一步路都离不开钱。可如果只拿钱,不承担工作责任,也就有问题了。公司焊接车间配置了机器人,标准件、多批次重复生产的部件,编好程序后交给机器人完成,效率提高了不少。当初安装焊接机器人时,意见最大的人就是刘铮,他说这些"黑武器"迟早要抢他们的饭碗,动员焊工罢工。好几个被他怂恿起来的工人,躺在宿舍里不起床,以在公司焊接多年,眼睛有了职业病为由同公司叫板时,刘铮却偷偷溜进车间干活去了。

刘铮信息灵通,机加工车间的数控机床安装到位后,一台从美国进口的冲床,一分钟冲压的频次居然是四百次,"黑武器"确实抢了不少老工人的饭碗。不过有了新式"武器",老"武器"不是一点儿用处也没有。有些机器无用武之地的工作,偏偏需要手工打造。此处不留爷,自有留爷处,有技术不怕没饭吃。不等公司人力资源部门找诸多减少劳动补偿的借口来谈判,多数老车工写个辞职信潇洒离开了。最后留下的两个,还是林城石这个总裁办大秘书,做思想工作后将辞职书收回作废的。林城石挽留车工的事情,最先被刘铮知道了,他心里一合计,自己技术不错,如果焊接车间也留两个老焊工,他是完全有可能留下的。既然这样,更要好好表现。他不是怕离开不好找工作,而是在一个地方干的时间长了,有了归属感,不想离开。没想到最后公司不是留两个,而是根据产品需要,留了一半。这留下来的焊工,因为闹过事,多少有了职业污点,但他们心里跟明镜一样,处处把刘铮当成了仇恨发泄的对象。

刘铮没有想到的是，数控车床作业跟焊接机器人作业原理不同，数控车床同电火花、等离子切割、激光切割、水切割等设备一样，更多的是个切削或者分割的过程，把整料分割成小块或小部件；焊接恰好是个熔合的过程，通过加工把分散的部件焊接成一个整体。分切只要图纸准确，基本上很少出差错。焊接首先要制作个五金模具，把琐碎的零部件固定在五金模具上，机器人才能按照设计要求进行焊接。说透了，焊接机器人只管焊，比方说要焊接个铁板凳、板凳面、板凳腿这些组合件，需要一道模具固定程序。焊接机器人，说它是更精细化的社会分工执行者也好，说它是人类的助手也罢，总之它能替代人的某些劳动，但不能替代人。至于以后机器人会发展到何种程度，无法预料。至少目前来看，机器人还是个机器。

刘铮的位子保住了，可他始终仇恨机器人。他觉得这些东西，就是抢工人饭碗的妖孽。要是自己再年轻十岁，报个培训班学习下新技术，还能跟上时代步伐。五十多岁的人了，混几年就退休了，学不学都很纠结。年龄大了，手慢、视力不好，学新技术远不及年轻人。不去学新东西，又被人家甩得更远。他一度找到林城石，叹息自己活到老终于活明白了，西方社会为什么总闹经济危机，说透了就是机械化太发达，产品生产太快太多，来不及消费的缘故。

想到这里，林城石对刘铮有了更多宽容感。技术进步，产业升级，有些老工人跟不上时代是一种客观存在，很难说谁错谁对。他只是一个为保自己饭碗而担惊受怕的人，除此之外，也没有太多缺点。人无完人嘛，为何要对别人提那么高的要求呢？

王海峡说："刘铮还说，有一次他帮吴主任买了双4.2元钱的袜子，吴主任给了他4元钱后，剩下的2毛钱就不给了。他在我们面前称呼吴主任为'二毛'。要是当初刘铮给吴主任每天2毛钱的电视观看费,吴主任会不会就同意他看?"

林城石说:"这个就不分析了吧。哎,多问一句,你们每次出去吃饭都是大家拿奖金吃是吗?"

钟向荣说:"是。没有奖金的新员工和老员工有明显区别,老员工发了工资的当天消费的是奖金,奖金是意外所得,花掉它远没有花工资那么心疼。新员工看着老员工花奖金,心里别提有多羡慕。"

王海峡喝了口酒,话更多了。开始讲吃饭的事,讲他眼中的吴主任。

对外出吃饭,车间员工起了个好听的名字叫小规模聚会,不是谁想去就能跟着吴主任去的。王海峡记得入职的第一个月,看到他们去聚会,心里痒得厉害。吴主任拍了下他的肩膀说,等下个月拿到奖金再一起去消费。吴主任贪吃,可有个饭桌上的原则,就是只吃有奖金的人,没有领奖金的新员工,他从来不会带到餐桌上去。王海峡做了见习班长,大家都觉得是张总的功劳。张总那时还是培训主管,负责培训,对培训完的员工要做考核评定,比方说谁有什么特长,谁适合做什么工作等。生产部经理、主任虽然直接有权对员工进行筛选和任命,可在刚来的新员工中要选一个储备干部的苗子,培训建议尤其关键。张总是元老,职位没有上去,工资没有上去,能力是大家认可的。

王海峡做见习班长的第三天恰好是中秋节,放假是个期盼已久的放松机会。一大早,吴东带着他一起骑自行车出去游玩。

路边,割草机刚割过的草坪,飘着青草味,王海峡很喜欢这种带着点乡土气息的空气。他们在河边的石凳上坐下来,用鼻子使劲享受着凉风吹来的桂花香气。吴东提醒钟向荣是他的潜在竞争对手,要提防抢位子。王海峡说安排工作时，钟向荣很听话，从来没有反对过，看起来不像要抢见习班长的样子。吴东说王海峡看到的只是表层，钟向荣一下班就看书，一看就是有企图心的人。这种表面上什么都不说的人，说不定心里窝着火呢。还说一个本科大学生，凭什么要接受一个大专生的管理？自从经过吴东的开导后，他看钟向荣就越来越不顺眼，越是希望钟向荣干不好，希望钟向荣偷懒或者堕落，可钟向荣不但样样事干得好，而且从不迟到。到后来他才明白，吴东怕钟向荣有一天会抢他的主任位子，而不是王海峡的班长位子。

林城石突然觉得张大陆很幸运，有这么一个诚实的儿子，今后不用担心后事。按他的家庭背景，不怕一个老实吃苦的人，就怕一个不务正业的人。王海峡没有钟向荣那么圆滑，从他的谈话中能够看得出他的坦荡，这或许是钟向荣喜欢跟他交朋友的最主要原因。两人在工作上有竞争，在感情交流上是无障碍的。

王海峡喝着酒又谈到酒，说吴东有一次喝多了，讲出了心里话。也是自那之后，他对吴东的那种崇拜变少了。不过他还是感谢他，毕竟吴东给了他学习提高的机会。吴东的话大多与张大陆有关，因为在他眼中，这位没有上位的师父，阻碍了他上位的机会。吴东眼中张大陆太老实，三次错过了升迁的机会。要是机会抓得好，不要说生产副总，早都做到集团公司副总裁了。现在的生产副总是他的徒弟，有次公司提干，预备人选两名，正是张大陆和他的这位学生。这学生拍着桌子翻眼，一句当老师的不给学生机会，还要抢学生的位子，以后有何颜面见人？最后张大陆主动退了下来，学生做了生产副总。后来，集团想调张大陆管机加工车间，这个车间属于公司核心车间，一些精密部件，都在这里生产。车间单独围起，一般员工禁止参观。虽然听起来是个车间主任，但工资收入跟生产部经理不分上下。经人力资源部考核，张大陆和吴东又成为机加工车间主任预选人员，选上的做车间主任，选不上的做培训主管。吴主任知道仅考核工资这一项，到了年底，车间主任比培训主管要多好几万元。况且他做培训主管没有前途，是个养老的闲职。吴东请张大陆吃饭时，装醉哭了一场，说自己没妻子、没房子、没车子、没孩子，是大家眼中的"四没"新人。主任这个位子收入高，对他来说是事关身家性命的大事。张大陆听后，真主动让位了。吴东说他比拍桌子的那个文雅多了。其实公司也多次给张大陆升迁机会，他总是让给别人。培训主管是个没有竞争的岗位，也适合他干。一个位子干的时间长了，确实有点儿乏味。可公司实行的是竞争上岗选聘干部的方式，他是培训主管，要竞争的基本上全是他的学生，也很难为他。

　　张大陆脾气好这点，王海峡完全认同，他私下和钟向荣喊他"佛系主管"。张大陆很重视师徒关系，钟向荣能上位全是他的功劳。钟向荣被任命为班长前，恰好遇到公司发工资，机加工车间班长们请吴东去吃饭，吴东自然知道钟向荣要做班长的事，通知钟向荣一起去。钟向荣不但没有去，还特意请了张大陆去。钟向荣回来后，王海峡说他胆子大，问他跟着没有一点儿杀伤力的张大陆去吃饭，缺席吴东的晚宴不怕被报复？钟向荣是个有个性的人，说要的就是这种效果，要跟吴东硬杠。

　　林城石吃这顿饭是有目的的，只要谈到与张大陆有关的话题，他都故意避开。

　　林城石引开话题，告诉两人，吴主任最爱说别人家的事情，他家的事情口风可紧了，连他老婆在哪里上班，问了多少次都没有说具体。只说在一家化工厂做物料管理，别的半个字都不提。物料管理多大的概念呀，仓库是物料管理，资财科也是物料管理，感觉云里雾里的，跟没有说一个样。直到全球性新冠病毒发生后,才知道他老婆在澳洲。吴东开心的时候,习惯把脖子上那条捆紧的领带往松拉一拉,然后是几句大家都能背诵下来的口头禅:这个世界,不是人人都能做主角,生活需要配角。太聪明的人不能用,他会超越你;太笨的人也不能用,他会扯你的后腿。要打交道的就是能做事但竞争性弱的人,这叫用人安全学。公司天天抓安全、讲安全,其实最不安全的就是人。人人都有两只手,跟人打交道却要留一手。

王海峡笑起来:"吴主任多一只手,这不成三只手了。"

钟向荣补充一句,吴东喝完酒后经常重复一句话:大家要多聚会多交流,不吃饭不喝酒,没点儿实际东西,跟开会一样只动动嘴皮子,能叫交流吗?

说话投机,时间过得也快。聊了快三个小时了,三个人举起酒盅碰了碰,给晚餐画上了句号。

林城石说:"今天咱们就先喝到这里,有时间了再在一起聚。考你们一个问题,要是我现在需要去医院,你们谁第一个开车送我呀?"

钟向荣说:"吴主任说陈总的儿子因酒后驾车撞了墙,换了个塑料脑瓜盖,我一想起来就觉得心里发麻。我会打的士去,不会开车去。"

王海峡说:"叫滴滴或者出租车了,总之酒后不开车。"

林城石笑笑说:"不错,好员工。通过酒后考核。你们两个看来对酒后驾车这事早有防备。吴主任买来新车请大家喝酒,我离开前还多次强调酒后不要驾车,结果他把我们一个个送出饭店后,觉得自己头脑清醒,开车没多大问题,况且吃饭的地方距离他家也就半里路,心想看到交警立马停车走人,不给交警任何逮住的机会。你们想想然后怎么样了?"

王海峡抢着说:"然后一定被抓了。"

139

林城石说:"然后他给我打了电话,让我去缴罚款。"

钟向荣问:"为什么叫你缴罚款?"

林城石说:"他不敢告诉他老婆,就让我去代他缴了。那时候刚开始查酒驾,警察罚完款后只拘留了三天。你们猜猜他是在哪里被抓的?"

"交警抓,一定在路上。"两人异口同声地说。

林城石说:"错。他是在他家小区门口。大家知道小区最紧张的就是停车位,他没有买停车位,想把车开进小区,保安死活不同意。结果他把车堵在小区门口,不让其他车辆进出。保安也是个犟脾气,直接报了警。一看警车来了,这家伙头脑可机灵了,既然跑不掉,他干脆从车上拿出半瓶喝剩的酒,提高嗓子边骂保安,边往嘴里灌酒。警察拉开两人,保安说他酒驾,他说他是跟保安吵架的时候火气来了才喝酒壮胆的,停车前没喝酒。然后他话题一转,给警察诉苦说,保安欺负他,保安激怒他喝酒为的是让警察抓他。"

王海峡笑着问:"那警察难道不调查清楚?"

林城石说:"警察心里明白着呢,只要车没有在公路上行驶,一般都不查。就是吴主任装腔作势,堵住别人出行通道的这个闹腾劲儿,惹火了警察,才把他给拘留了。"

王海峡说:"好像有个老员工跟他吵起来的时候提及过,说他喝酒开车被警察抓了,消失了三天,回来后还骗车间员工说他爷爷离世了,回家办丧事去了。"

林城石叹口气:"这家伙真不是个东西,就我知道他爷爷已经死过三次了,不知道真死还是假死。"

第十二章

猜疑

林城石结清饭钱，三个人说笑着走出饭店，看着面前的场景，全都皱紧了眉头。

他们骑来的绿、橙、蓝三辆共享单车，以三种不同的状态摆在面前。绿色的单车被一辆过路车压扁了后车轮，橙色的单车被谁推倒在垃圾桶边，蓝色的单车倒在路边不说，他们从厂里出发时谈论的杂物筐问题在这里得到验证，断成了两截。林城石摇了摇头："只享受利益，不维护利益，一切都是空的。共享经济要是没有人爱惜，一切发展都不叫发展。"

林城石开始普及有关单车发展的历史。镇里有条以云命名的路，本来是一个很好听的路名，自从路边变成二手单车交易地后，这个地方就成了贼窝的代名词。说二手单车交易听起来没有什么特别，要是说这里是二手单车黑窝点，小偷盗窃来的单车都在这里交易，人心里就会咯噔一下。二手单车交易猖獗，屡禁不止的原因就是以盗养盗。那时没有共享单车，公交系统也没有现在这么完善，更不要提地铁、高铁什么的了。二手单车便宜，买来骑上几天被偷后，心里没有那么难受。二手单车从 20 元到 100 多元，各种价位的都有。

每天下午四点到七点，那片地方全是买卖二手单车的人。结果不言自明，市场决定买卖，买二手单车的人越多，盗窃单车的现象越严重。最后形成了集盗窃、买卖于一体的产业链。一些团伙专门租住在这里，不干别的事，靠盗窃和倒卖单车生活。这种现象持续了多年，警察抓也抓不完，就算抓住也关不了几天。盗窃团伙有一套应对策略，抓住的时候只招供盗偷来的最后一辆单车。一辆单车，你总不能定罪吧。罚款、拘留，出来继续重操旧业。林城石有一次到邮局给杂志社寄稿件，信封上的地址早写好了，就是买张邮票粘贴一下的工夫，等走出邮局，单车已经不见了。创建全国文明城市时，市、区、镇三级实行了美城联动，这一美美得彻底，公园重新修整，单车盗窃团伙消失了。

"你一定很恨小偷吧？"王海峡听完后问了一句。

"恨能怎样，爱又能怎样。我的单车被盗后，还是买了辆二手的继续骑。现实问题是口袋里钱不多，也怕再次被盗。那时，我领过最高的稿费，你们猜猜多少钱？"

钟向荣抢着说："最高不好猜，最少也有几百元吧。"

林城石笑了笑："要是有几百元，我就不惦记那辆二手单车了。20元，20元算多的。有位朋友第一次投稿，挣了5元钱的稿费，为庆祝成功还请大伙儿喝了一顿酒呢。写作这行，纯粹属于思想表达、精神收获，跟钱关系不大。"

把王海峡和钟向荣送到住处后，林城石让司机把他送到办公楼下。喝了点酒，大脑不但没有糊涂，反而更清醒了。坐在电脑前，将喝酒时得到的信息粗略记录后，他才骑了辆共享单车回家。在小区门口下了车，他特意找了个平稳点的地方，把共享单车立稳。真想朝这辆为他服务过的单车深鞠一躬，说不定明天这车又被一些不知珍惜的人作为发泄对象弄坏了呢。这些发泄者或者情绪冲动者，为什么对给他们自己提供服务的对象，总要抱有仇恨呢。

林城石打开门锁，为减少响声，尽量放慢换鞋的节奏。脱完衣服，轻轻躺在床上。刚闭上眼睛，他又翻起身，猫一样踮着脚掌，走到客厅。一条是发给郑总的：报告郑总，从核实情况来看，您的判断十分准确，吴东工作生活上的一些问题在员工中引起不良评价。另一条是发给张总的：报告张总，孩子自我调节能力很强，情绪稳定，不必担心。简单的几句话，费了他至少10分钟时间。发给领导的信息，怕有差错，写好后反复看过几遍，又逐字逐句小声读了两遍才点击发送。他长叹一口气，蹑手蹑脚走进卧室。

早上起床，林城石正在洗漱，欧阳巧玉拿着叮叮当当响着的手机，快步走了过来。

林城石摇了摇头，示意欧阳巧玉他正在刷牙，不能说话，需要等一等。然后加快刷牙的节奏，嘴里的牙膏泡沫像棉花糖一样，从嘴角处膨胀起来。

"来电显示为郑总郑华夏。"

听到郑华夏三个字，林城石急忙放下牙刷，来不及拿毛巾擦嘴，拇指和食指合成的天然"V"字形手掌，捋了一把牙膏泡沫后，接过电话。

"郑总您好。"

"董事长不小心划伤了腿，你送他去医院吧。我装好了他爱吃的苹果，记着带把水果刀，等包扎好后，给他削个苹果吃，他有早餐后吃苹果的习惯。"

"好，我马上出发。"

欧阳巧玉在他的脸上拧了一把说："你这大秘书，大半夜回来，天还没有亮就往外跑，再这样下去，小心我把你给休了。"

林城石喝了口欧阳巧玉递过来的温开水，提起手提包边出门，边回了一句："还有房贷没还清，等还清房贷再休不迟。"然后小跑着出了房门。

143

"回来。"

"还有事？"

欧阳巧玉拿着把水果刀跑了出来："水果刀。"

"微型的、高端的，包里早装好了。哈哈。"

林城石搀着杨海峡进到收费大厅，挂了个急症号后才叹了口气。

董事长有专职英文秘书，还有办公室主任处理日常琐事。他这个中文秘书和董事长的专职英文秘书，还是有点儿亲疏远近的。正常情况下，董事长的私事一般由英文秘书或者办公室主任处理。公司综合事务，以及郑总、张总等领导交办的事项，由他处理。虽然没有明确分工，但大家一直这样默认并遵守着。为什么郑总要让他处理董事长的事呢？林城石揣摩着。

杨海峡朝林城石笑了笑："听郑总说你是张总的远房亲戚？"

林城石心里一惊，他是张总远房侄子的事，全公司只有他和张总两个人知道，就连张总的亲密徒弟吴东都不知道。吴东谈到张总时称作师父，谈到张总妻子黄丽丽的时候，总是称作黄姐，可他经常称呼为张总太太。吴东多次提醒林城石，把黄丽丽称作黄姐更亲切。他不但不这样称呼，反而戏谑吴东搞乱了辈分。师父的妻子称呼师娘才对，怎么能称作姐？吴东批评他不懂交际诀窍，说现在的女人最喜欢别人说她年轻漂亮，黄丽丽和张大陆之间的夫妻关系这是客观存在的，挑他们最喜欢的称呼交往，这是公关门道。林城石和张大陆之间的辈分关系，不允许他对一位长辈乱称呼。他们是台资企业，制度早定好规则，有亲属关系的公司高层，在任职前要主动申报，且不能在同一个职能部门上班。他进公司，走的是人事部招聘流程，不是凭关系进来的。而且那时张总是培训主管，算不上公司高层，不需要申报。可现在，他是秘书，张总是集团副总裁，属于同一个部门。符合申报条件了，这事，董事长怎么知道的？

隐瞒不了，那就实话实说。

"听我奶奶说，张总爷爷跟着他外太公家姓了，他外太公跟我一个姓，别的都不大清楚。不过，我们村里的林氏大祠堂，他从来没去过。"

"你给张总打个电话，让他来医院商量点工作上的事情。让他马上来。"

杨海峡的企业，许多方面按照大陆企业运作模式运作。比方说其他台资企业惯用的拉长、课长、部长什么的称谓，通力公司很少使用，多数岗位按班长、主任、主管、经理等称呼。用员工私底下的话来说，称呼与时俱进了，老板思维，还是带有浓厚的资本家特色。在医院里处理点皮肤小伤，做点工作指示，却要高层管理者亲自来趟医院。

林城石打完电话，走进洗手间，还没有来得及解开裤带，手机叮咚一声传来一条短信。信息是郑华夏发的，林城石读完信息，额头上渐渐露出了汗滴。

郑总安排的这件工作不但非常重要，而且难度不低。他深吸一口气，自我鼓励一句：只能成功不能失败。

张大陆走到病床前，林城石搬过来一张椅子。

躺在病床上的杨海峡，翻起身说："请坐。"

林城石问："董事长，要不要转个院？到市第一医院或者到广州找个专家看看。"

杨海峡说："不用不用，一点儿小事，只是皮外伤。我都没打120，让你开车送过来，说明没有什么大问题。等护士做了皮试，打个破伤风就能回去了。最近睡眠不好，顺便让打瓶能量液。放心不下工业园改造升级的事，才让你把张总叫来。"

等张大陆一到，杨海峡就开始谈工作。

昨晚跟一个客户谈到拆迁补偿的事。通力公司属于厂房升级，不属于拆迁征地，理应不在补偿范围之中。杨海峡觉得，不做怎么知道不行，有点儿希望就得去做。做到什么程度就到什么程度，总不能自我画个叉，先否定掉。尤其像政府的各类扶持、补贴，要不来，没有什么损失；要到了，那可是真金白银呀。

　　张大陆心中有数，只要多找几次政府，就算这方面没有得到，说不定会在别的地方得到一些新信息。

　　俗话说，会哭的孩子有奶吃。竞争社会，所谓捷径，就是要想尽一切办法，把自身资源最大化。有位诺贝尔经济学奖得主的研究表明：许多富人之所以富，最关键一点是最先掌握到信息。周围投资的、买股票的，要不是掌握到一手信息，发展壮大也是句空话。他对这位诺贝尔经济学奖得主的观点赞赏有加，改革开放初期，第一批富起来的人靠的是吃苦耐劳，胆子大，敢拼才能赢；到了富二代、富三代，一则有了父辈砌好的台阶，更容易往高处爬，关键是资源，他们有各种渠道，能第一时间获取投资信息。远的不说，身边那几个投资墓地的，掌握零散坟墓要归入公墓的一手信息后，提前弄了几座山头建坟场，变成了另类房地产大亨。

　　林城石对张大陆满口答应，对去找政府要补贴的事感到佩服。杨海峡最喜欢这种，把可能当能去做事的人。要是他回答，一定会说改建工厂，政府怎么会给补贴？放开让建厂已经不错了，大街上的房子租金多贵？一层变成多层，自己公司用不完，还可以出租赚钱。自家工厂扩建，省去了复杂的规划、审批手续，已经是高度优惠了，还想着白拿补贴。

　　一想到房租，他大脑里马上闪出抱怨涨租影响生意的洗车店老板娘小胖。是呀，这段时间忙，都让司机去洗车。过两天有空了，要亲自开车去洗洗。说不定小胖又有新鲜事，会告诉他呢。

"林城石,你给我削个苹果吧。有点儿口渴。"

林城石从皮包里拿出刀,削好苹果后递给杨海峡。

杨海峡咬了一口:"味道很好,给张总也削一个吧。"

"我不用了。要马上出去办事呢。"

"削一个吧,挺好吃的。"杨海峡拿起苹果递给林城石。

"那好,我自己削。"

"还是我削得好,这刀我用着习惯。"张大陆和林城石相互谦让。林城石手一抖,刀掉在了张大陆的脚面上。

张大陆"妈呀"一声,赶快捂住脚。

"对不起,不小心从手里滑掉了。"

张大陆脱下袜子一看,刀尖扎出一个3毫米大小的伤口,一粒豌豆大小的血珠滚了出来。

杨海峡伸手用纸巾沾了一下,又换上一张纸巾让张大陆按住,然后他从口袋里掏出一个创可贴说:"赶快贴上止血。我用剩的,恰好给你用。林城石,赶快叫护士帮忙处理。"

林城石小跑着离开床位,不到一分钟时间,护士推着换药车走了过来。

"一点儿小伤,不用紧张。用手指按住,等止住血就没问题了。"护士用镊子夹着药棉擦了擦说。

张大陆坐在凳子上,低着头按住伤口。林城石额头上滚着汗珠。

杨海峡咬了口苹果说:"难道这刀伤也会复制?早上是我,现在轮到了张总。"

林城石回到办公室,屁股还没坐稳,王海峡就来找他。

王海峡用眼光示意了下门外。林城石跟着王海峡来到旁边的小会客室。

"什么事这么神秘?"

"自从知道我是张总的儿子后,心里非常纠结。我有两个父母,两个家,今后该如何处理家庭关系?尤其是大西北的老爸，小时候我是坐在他的肩膀上长大的。可现在，我又要跨进这个二十多年来，没有喊过一声爹的亲爸家里去。尤其是亲妈，每天在我下班前一个电话，问我什么时候回家？想吃什么东西？这些关心，跟西北老妈一个月打一个电话，各种嘘寒问暖，形成两种不同的风格。我按揭房子时，西北爸妈把所有的存款都给了我。虽然只有3万元，但比亲爹一次把按揭款付清的那份感动还要大。毕竟他们在偏远的大西北，没有多余的钱，家里还有弟妹要照顾。认了亲爹妈的事，不敢告诉他们，怕他们伤心。不能一直瞒着他们吧，总有一天得告诉他们。你说怎么办？"

　　林城石思索了一会儿说："这个先不急，在没有想好答案前，保持冷静比什么都重要。我听郑总说，你西北老妈好几年没有生孩子，按照村里的习惯领养一个，就能引来孩子，于是你西北老爸就收养了你。说也巧，收养你的第二年，你西北老妈就怀孕了。他俩果断辞职回家，养育孩子去了。当然也怕别人再要走你。"

　　王海峡一脸愧疚："西北爸妈也真不容易。你知道大西北的冬天，街道上的行人，少得就和旷野中的电线杆一样。我西北老妈说，他们就是在这样一个天气结婚的。"

　　林城石问："西北爸妈，把他们结婚的事也给你说了？"

　　王海峡点点头。他在老家时，每当冬天有闲余时间，一家人坐在热炕上或者围着个火炉子，听爸妈谈过去的事情。西北老爸说，他们结婚的喜庆将寒冷冲淡了许多，一声鞭炮过后，大院子门口站满了接亲的人。那时候接亲不像现在用小车，村民也不用毛驴了，老妈是被一辆"红旗"牌自行车推进家的。爷爷高兴得脸颊通红。奶奶的眼角挂着泪水，笑着流眼泪。老爸每次提到这事，老妈就催他说详细点，想多找回点美好的记忆。当说到辛苦生活的时候，老爸本想多说几句，老妈却阻止不让他说。或许这就是男人和女人的区别，男人喜欢忆苦思甜，多谈过去的不容易，为的是表现自己征服生活的能力；女人恰好相反，女人不愿提及过多的苦痛。老爸不是作家，可是他有天生的文艺天赋，能在睡觉前的个把小时，将生活的乐趣做短暂的总结，能把多年生活的精彩瞬间，短时间内呈现给一家人。他经常乐此不疲地表现自己的闪光点，往往他讲得得意之时，老妈用呼噜呼噜的鼾声告诉我们，她已经睡着了。这个时候老爸总会骂一句：猪一样，就多瞌睡。

林城石拿出笔，对王海峡说的西北老家的事，赶紧记录下来。

"真是一家好人。你现在有两个家，两个家都叫爸妈不好区别，加个西北、广东这样的地域名也很烦琐。这样吧，西北老家的就叫爹和娘，广东这边的就叫爸和妈，区分开来咱们聊天我也不会混淆。"

王海峡说："好吧。"

"听你以前说过，爹娘都是家里的老大。对，兄弟姐妹中，老大先经历过的，变成弟弟妹妹的经验。所以老大在农村是个铁定的重要角色，这与伦理纲常无关，关键是他在兄弟姐妹中大多担任了一个先行者的角色。当然，老大往往也是一个家庭中吃苦最多的。"

林城石是独生子女，他是老大也是老小，心想着有个哥哥或者姐姐，说不定他会更成功，他们的经历就是他的教材。

王海峡说："我也是老大。"

"你在西北老家是，但现在不是了。在西北老家，你有几个兄弟姐妹，在这里，你就成独生子女了。既是老大也是老小。"

"但还是别扭，我到现在还没有叫张总一声爸呢，叫不出口。"

"慢慢适应吧。"

"想到我娘小时候没钱看病，留下了冬天就干咳的哮喘病。我却给那个网上认识的女孩林丽花了一万多元治病，而且还是骗我爹娘掏的钱。我骗了我爹娘，那女的又骗了我，我欠爹娘的越来越多。"

"年轻人嘛，最大的特点就是敢冲敢干，过了这个年龄就变得稳重了。"

"更让我摸不着头脑的是，杨董事长直接把我叫到身边，让我跟秘书一样跟着他。天呐，董事长身边的那些秘书都是讲外语的，我一个大专生，真有些不配。还不明白的一点是，你说郑总对我好，是因为她一直把我当成她妹妹的私生子了。可董事长突然对我好，有点儿说不来。你是秘书，别人说你是老板肚子里的蛔虫，至少能猜到老板百分之七十的想法。他为什么突然对我好？我来公司这么长时间，他跟我都没有单独说过一次话呀。"

听到王海峡问董事长的事，林城石再想想郑总让他故意用水果刀扎伤张总的脚，提取血液的举动，觉得这里面还有更复杂的事情存在。

他大脑里闪过一个念头，比方说张总跟郑总有什么关系？董事长怀疑他儿子的事情？或者张总跟董事长之间……

林城石摇了摇头："关于领导的事情，咱们不要揣测了，总而言之，能得到领导重视就是好事。好好干吧，工作上有什么弄不清楚的地方就来问我。至于英文翻译这些事情也不太难，你上过学有些基础，咱国内的通信技术非常发达。下载个翻译软件，这玩意能把汉语翻译成英语，也能把英语翻译成汉语。不会写没关系，打开手机软件，直接对着手机话筒说就行了，软件会自动翻译出来。遇到老外不好交流的时候，随时点开手机翻译软件，立马化解眼前的危机。"

第十三章 往事

林城石抱着烤箱走进厨房，欧阳巧玉早已准备好了一堆红薯。

烤红薯，这是北方人冬天大街上最常见的风味小吃。老远看到一个大铁桶改造成的大炉子，就能闻到一股让人吧唧着嘴、咽口水的香味。带着红薯皮焦香的味道，只有吃过的人才能说得出来。

"小时候物资匮乏，我爸买给我最好吃的东西就是烤红薯。冬天双手捂着一个烫手的红薯，全身都变得暖和起来。昨晚梦见我爸了，想回家看看。"

欧阳巧玉出生时，计划生育抓得紧。农村人如果第一个孩子是男孩，就不允许生二胎了。第一个是女孩，就有生二胎的机会。可那时的农村人，最担心的就是第一胎是个女娃。在物资匮乏的年代，农村人不生个男娃，遇到邻里之间发生矛盾，总有点儿力量薄弱的感觉。

欧阳巧玉的出生，让老爸欧阳山增加了不少紧张情绪。他把生儿子的希望，全寄托在老家的那座神庙里。每月初一和十五，欧阳山都会到祖孙娘娘庙烧香、祈祷。他担心二

151

胎又是个女的，可一连几年妻子都怀不上胎。

等欧阳巧玉长到五岁，欧阳山从起初迫切想生个儿子，到只希望再多一个孩子，让女儿有个伴儿。思想转变后，龙龙出生了。从那时起，有儿有女的欧阳山，农活再累，脸上始终挂着满足的笑容。这笑容挂了二十多年，直到欧阳巧玉出嫁那天才收起来。

"爸会看风水。"

欧阳巧玉摇起了头。

林城石凑近欧阳巧玉："爸的能耐是经过验证的，要不这个'卦王'的名字怎会加到他头上。不管人还是动物，厉害的都带着个王字。虎王、狮王、牛王、羊王、猫王、狼王，只要与王有关的，都是厉害角色。姓王的，别人总会从鼻子里哼出几个字：不会是'隔壁老王'吧。不知谁演化出了个'隔壁老王'，好事者总喜欢给所有姓王的人往头上套。爸不同，别人喊他'卦王'。虽然有个'王'字，这'王'字是后缀，不是'隔壁老王'那意思。"

欧阳巧玉拧住林城石的耳朵："你欠揍呀，拿你岳父大人开玩笑，是不是不想混了。是不是还想说我爸头发的事？"

欧阳巧玉提到她爸欧阳山的头发，这事林城石不敢搭话。

欧阳山小时候得过一种叫"秃疮"的病，说是秃子吧，也不完全是，头上有的地方有头发，有的地方没有，像一块贫瘠土地上长势不好的庄稼，也像一个技术很差的割草工人，割出一块时有时无的草皮。头发成了欧阳山的短处，一直戴着帽子的他，最忌讳别人谈论帽子，他觉得说帽子就在隐射他的头发。他也想过买假发，每当家里用钱的时候，这个美好愿望就放到了后面。就这长相，他也娶了个媳妇。村里光棍嫉妒他，说他命好，是祖宗的坟埋到了风水好的地方。

欧阳山有个习惯，说话的时候会将头顶的帽子拍一下，唯恐房间里突然刮起一股风，将他的帽子刮下来，让他的"花头"露馅儿似的。

林城石开始讲岳父大人的英雄往事。1978年前，村里人还害怕割资本主义尾巴这些事，可欧阳山提前解放了自己的思想。欧阳山是靠一篮子鸡蛋成名的。为赚点外快，有一天他偷偷提了二十个鸡蛋，为多卖几分钱，舍近求远地走了40多里山路，去邻镇赶大集。管理市场的人员一看见他明目张胆地兜售鸡蛋，立即追了过来。没收，当时不允许私人买卖，买卖商品是资本家行为。市场管理员一把提起欧阳山放在地上的篮子就走，欧阳山急得跳了起来。他临机应变地回了一句：台湾也是允许卖鸡蛋的呀！管理员问，台湾？你还知道台湾。欧阳山赶快接过话题大声说，难道你不承认台湾是中国的？那个年代政治挂帅，一句话说错，闹不好要坐牢的。吃公粮的人呀，闹不好会丢饭碗的。管理员急忙环顾四周，发现没有人注意他们两个谈话，赶快将鸡蛋篮子塞给欧阳山后，转身到别的地方去检查。

欧阳山因为一句话，巧妙地逃脱了一次没收，这是他一生中引以为豪的事。常说那年代，一个鸡蛋5分钱，全得交到收购社去，农民不能私自买卖。他的二十个鸡蛋拿到市场上卖，每个能多赚一分钱，总共收入虽然只有1.2元钱，也够买一斤晚上点灯照明的煤油了。一斤煤油一家人节省点，能用两三个月。

计划经济体制下，鸡蛋、生猪只能卖到收购社，私人是不能随便买卖的。私人买卖，一旦被发现，一律按投机倒把处置。投机倒把，那可是刑法上的一条大罪。改革开放后，这条阻碍市场的法条被取消了。

林城石一看，欧阳巧玉对岳父大人的丰功伟绩不够熟悉，马上来了精神："爸还有好多功绩你知道吗？"

153

"不知道，爸从来不告诉我这些。你是从哪里听来的？你不能说我爸的坏话。"

"全是以前回老家跟爸爸聊天时，他自己告诉我的。"

"其实，老爸不会掐也不会算，敢提着篮子偷偷卖鸡蛋，是听了收音机上的领导讲话。大概意思是搞大锅饭不适合发展，要解放思想，所以他就提着鸡蛋去卖了。只能说，他的思想，走在了村里其他人的前头。"

"爸这辈子最不开心的事情就是他的头发。年龄大了，那些让他羡慕的长着一头乌黑头发的人，不是变成满头白发，就是和他一样成了秃顶。他对自己的那些缺点从掩饰转变为正视，也算是思想的另类解放，我一度担心他会得抑郁症呢。不过，当我每次剪完发，胡乱扔掉头发时，他眼睛里总会飘过一丝怜惜。"

"你遗传了爸的逻辑思维和分析能力，你业务做得那么好，多半是分析透了客户心理。"

"乖乖，是不是有事相求？今天总给我戴高帽。你的反向逻辑思维能力更强呀，不会摆迷宫，不会把控读者情绪，不会塑造引人入胜的情节，谁看你的作品？你可是能把剧本搬上舞台的艺术人士呀。"

"好，就算咱们两个都有超强的逻辑思维吧。有件事想跟你说说，也想求你帮忙。公司的事，又是别人的私事，但这件事我成了主角。"

欧阳巧玉盯着林城石的眼睛，这是测试一个男人心理倾向的最好方式："别人的私事，你成了主角？是不是跟陈总一样出轨了？他可是研究生呀，那么高学历的人出轨，我得出的一个结论，就是所有男人都可能管不好自己的下半身。"

"瞧，又说错了。人家说裤腰带，你说成下半身。多俗气。陈总与我无关。只是这事郑总让我去办，我想请你帮忙。"

"什么事？"

"他们家族的事，从郑总的分析来看，张总极有可能跟董事长是兄弟关系。"

"可能吗？你不是说张总跟你也是一家人吗？为什么人家不进你们林氏大祠堂？"

"我们是张总家的外亲，这点已确认。其他的奶奶没有多说，我也没有多问。"

"你想通过什么办法确定？继续做DNA鉴定？"

"已经采集好了血液。"

"你能抽到张总的血？"

"还记得那天，郑总让我陪董事长去医院包扎的事吗？就是用我随身带的那把手术刀扎了张总的脚，弄到了几滴血液。"

"我的天。这当老板的人，全玩的是套路。直截了当说多好，间谍一样多可怕。结果出来了没有？"

"结果简单。我经常去洗车的那个老板娘，有个表姐在医院上班，她可以帮忙。"

"从来没有听说你包里装着把刀？这可是凶器，不要带在身上。"

"洗车店的老板娘给的。说她家的猫走丢了好几只，最后想出个办法把猫给阉割了。人在朝里好做官，她表姐在医院上班，她阉割猫也不用去动物医院，她表姐找个实习的学生就搞定了。她看到人家的手术刀锋利，顺便要了两把。一把她在用，一把夸耀完后送给了我。你看，有个熟人，办事多方便。"

"这女的，不知道夸耀什么好。连这点鸡毛蒜皮的事也夸耀。郑总为什么要你调查这些？"

"我觉得这是一个关系到家族的大事。我把断断续续从他们口中获得的信息,全写了下来。当然,有些材料缺失,是我加入了想象力,才构建完整的。你先读读,看看我的推理是否合理。当然只写了一部分,剩下的咱们一起分析。我觉得帮家族理顺关系,是一件有意义的事情。"

"以前你说王海峡解过郑总的围,郑总把她的笔记本电脑奖励给他不算,年终还给他奖励了一座小公寓房的首期款。我那时就觉得有点儿蹊跷,现在明白了吗?其实老板娘一直都在跟王海峡的养父暗中联系着呢。王海峡来公司上班,说不定都是郑总的主意,只是你不知道而已。"

林城石递给欧阳巧玉一沓打印纸说:"做个交易,你读我的想象力,我去做菜。今天在抖音上学会了一道红烧肥肠,把洗净的肥肠切成段后,在开水里过一遍,然后放上切好的青辣椒和红辣椒,再放几片蒜瓣,加上酱油、醋、盐和糖,一道美味的红烧肥肠就这么简单。"

"好好好,我完全相信你的手艺,嘿嘿,快去吧,人家是写文章发表作品赚钱,你这是以做饭换别人读你的文章,赔本生意。好了,赶快去做饭,我开始读了。"

1949年,是国军大溃退的最后一年。

撤退人员从党政大员、先烈遗孀、外国大使馆员、教科文人士、实业家到特邀人士,覆盖了各行各业的代表性人物。

杨遇春是一家缫丝厂的老板,他的企业有一百多名员工,在当地算有名气的企业。说起杨家缫丝厂的来历,还有一段传奇故事呢。杨遇春老爹收养了一对因逃避战乱从广东逃难到上海的母女。女孩名叫林阿蝉,她娘被大家呼为林嫂,不幸的是林嫂到上海才一个月就染上了疟疾。临死前,她拉着杨遇春的手说,如果答应娶她的女儿,她就会把所有的家产作为嫁妆送给他。杨遇春觉得好笑,一对逃难的母女还有什么家产？最大的家产不就是这个黄花大闺女吗？不过这岭南女孩长得水灵，杨遇春说不上喜欢，但也找不到讨厌的理由，于是就同意了这门亲事。林嫂递给杨遇春的不光是一大把银票，还有一本染丝秘籍。这就是后来他成为缫丝厂老板的起因。

作为缫丝厂老板的杨遇春自然属于跟随国军撤退的对象。警察局局长在电话里说得清楚，按照国军撤退的优待条件，他可以带家属上船，提前撤退到台湾，请他务必在七天内打理好企业，做好撤退准备。

杨遇春犹豫不决，这么大的家业怎么办？他带着家属到了台湾，可这机器、丝绸产业带不走，他们兄弟两家住在一起的大宅院也带不走呀。

七天时间一过，警察局局长直接上门来催。表面上说是按照上级指示，特殊优待工商业人士，但离开前还是把杨遇春的工厂贴了封条。原因很简单，工厂现在匆忙生产的东西一来卖不掉，二来撤退台湾的船只连人都装不下，哪能带走这么多细软。况且卖不掉就意味着国军撤退后，会方便对手补给。警察局局长再留给他三天时间，并在离开时留下一名胖警察作为警卫，贴身保护杨遇春。杨遇春心里清楚，这就是监督。

妻子林阿蝉带着一帮伙计去外地收购生丝，国共两军交战，找个捎口信的人都难。倒是弟媳妇赛蝴蝶通情达理，每天按时温上一杯花雕酒，供他解愁。

三天时间到了，妻子没有回来，自己也没有拿好主意，倒是这名服侍他的胖警察出了个好主意：他们和赛蝴蝶三人喝酒，然后在他装酒醉的时候，杨遇春和赛蝴蝶一起逃跑掉，这样杨遇春不会被强行撤退到台湾，胖警察也好给上司复命。战争年代，抓来的壮丁今天在，明天逃的也经常发生，更何况是个商人，逃掉了也没有多大责任。等国军撤完后，照样可以开厂赚钱。"

杨遇春感激万分，当场赏给他十个银圆。三人喝了半日，等杨遇春醒来才发现问题闹大了，他和赛蝴蝶光着身子躺在一起，而那个陪着喝酒的胖警察早不见了踪影。

赛蝴蝶哭得跟泪人似的，杨遇春知道胖警察设局下了迷药，双手抱着头，只一个劲儿地说对不起。

在国军当大兵的弟弟杨逢春染上吸毒的毛病，许多大户人家的女子根本看不上他，为了保证有个传宗接代的人，杨遇春帮他买来了这个长相俊俏的苏州女子。杨逢春在赛蝴蝶生了儿子后，不但强行改掉了抽大烟的习惯不说，而且由于表现优秀，直接从见习排长提升为营长。作为兄长，怎能跟当兵在外的弟弟的女人鬼混呢。

警察局局长安排胖警察设下此局，为的是拿捏杨遇春，逼他就范。胖警察消失了，局长却站到了眼前。但好话说尽后，杨遇春依旧不发言，局长转向赛蝴蝶。

赛蝴蝶说："我愿意为大哥去死。"

杨遇春马上回一句："住嘴。你还没有醒酒？我们做了对不起我弟弟的事情。"

赛蝴蝶双膝跪下说："我被你买进杨家大院的那一刻，就觉得是你的人了。你让我嫁给杨逢春，我就嫁给杨逢春；你让我嫁给街头的乞丐，我就嫁给街头的乞丐。总之，只要是你说的，我都绝对听从。可我心里只有你一个人。每天晚上我听到你回家了，才会安心睡觉；要是你没回，整个晚上我都在床上翻来覆去，根本睡不好觉。到了这个地步，我再不说，这一辈子都没有机会说了。"

警察局局长再留下两名警察协助撤退，离开前他笑着说："今晚登船的人非常多，赶快收拾好能带走的东西。逃离的时候，不要贪恋太多。"

杨遇春在屋子里来回踱步，一直踱到天快黑的时候才停下脚步。他卷起袖子，从笔架上取下一支狼毫毛笔。赛蝴蝶赶紧铺开一张纸，在砚台里滴上几滴清水，拿起墨条开始磨墨。杨遇春蘸满墨的笔尖落在纸上，唰唰几笔写好一份家产转移书，把他名下的财产全部转到妻子林阿蝉手上。为防止他走后出现财产管理上的纠纷，杨遇春打电话叫来两家报社记者，他拿着财产转移书让记者拍完照后才放下心来。

在供桌上点上三炷香，跪地磕了三下后，把一本家谱从供桌上的木盒子里拿了出来，先包上一层丝绸，再包上一层红纸，最后用油纸裹好后放在箱底。杨遇春站起身，望着屋顶叹息道："战乱年代，只能带着祖先一起逃难了。"之后转过身，对赛蝴蝶说："赶紧收拾东西，要不赶不上轮船了。"

杨遇春在袖筒里取出钥匙，将柜子里的银票、金银条等能带走应急的东西塞进皮箱。他环顾屋子，八仙桌、父亲的画像、吊钟、书柜……这间他朝夕相处的院落今后再也见不到了，他的眼角湿润了。

"走吧，我只挑了两件合适的衣服和一些常戴的首饰。"赛蝴蝶打了个转身，返回堂屋。

"你只带这点东西？怕重？"

"只要能跟在你身边就足够了。人在万物在，逃难时刻，别的都不重要。"赛蝴蝶语气坚定，似乎其他东西瞬间变得一文不值了。

杨遇春塞满一箱钱物后，还想换身新衣服。他刚拿起一件长衫，门口就传来一阵争吵声。听得出来是林阿蝉回来后跟守在门口的警察理论。这关头，最好的方式是一走了之，赛蝴蝶拉着杨遇春的手，让一名进来通报的警察扛起箱子，三人从后门逃走。

赶到码头，杨遇春靠着身强力壮的优势，扛着皮箱很快挤上了船。但就在他放稳箱子的片刻,一个大海浪扑过来,船身一晃,木头舢板断了。他听到"杨遇春""哥哥"两个不同嗓门发出的喊叫声。他朝发出声音的地方挤过去,船摇动的瞬间,几个手没有抓牢的人掉进了水里。杨遇春没有想到林阿蝉不但追上了他,还跟赛蝴蝶同时被人群挤了下去,好在她们都抓住了船舷,正挣扎着呼救。盯着两个同时呼救的女人,他将手伸向了离他最近的赛蝴蝶。等拉上赛蝴蝶,他再伸手拉林阿蝉时,林阿蝉流着眼泪说了句"我恨你"后松开了手,掉进海水里。

一声汽笛,船离岸了。杨遇春拉着赛蝴蝶找了个稍微安全点的位置,抱头痛哭。军舰、民船,甚至打鱼的大木船都派上了用场。整个码头人山人海,号称一百万人的大撤退,许多人因爬不上船掉在水里,都被活活淹死。

火车、汽车、马车、牛车,甚至人力车都拉着撤退人员往海边赶。

发船没有具体时间,维持秩序的人员也控制不了挤着上船人的那股冲劲。杨遇春属于撤退的人士中级别较低的那类,他不第一时间上船,就没有机会上船了。海浪如同一条无边的毯子,铺平船尾卷起的浪花。船上和岸边传来的哭声,被夜色吞没。

杨逢春也属于可以撤退到台湾的军官,他被安排撤退的时间比杨遇春晚一天。他是军人,一切得听从指挥。比方说撤退时必须严格执行撤退命令并且不能告诉家人,撤退时不能贪恋财物,撤退时要保持军人的礼仪等。杨逢春在船边脱下帽子,朝家乡方向行了个注目礼。他知道,这次离开就是永久离开,那么多部队都打了败仗,撤退到台湾那么小的地方去,又有大海隔离着,反攻远比现在打仗的难度大好多倍。

傍晚,吃了点随身带的干粮后,杨逢春坐在一块石头上，望着海水出神。一个浪打过来，一道黑影出现在岸边。又一个死去的人。他在心里念叨一句。杨逢春明白，这是又一个被冲上海滩的死人，这情形他这两天见多了。黑影离他有十步远，他觉得至少得向这个被海浪冲上来的人敬个军礼，作为军人没有保护好人民，也是自身的罪过。他朝人影走去。

距离这人有三步远的时候，杨逢春站直身子，行了个军礼，他能做的只有这些。正当他要转身离开的时候，人影动了一下。这人还活着。杨逢春走过去，还没有来得及去搀扶，这人自己翻起身来。这是位富家女人，那一身暗红色的绸缎裙子透露出她的身份。等这人甩开长发，杨逢春赶紧冲上前去：是嫂子林阿蝉。

林阿蝉看到杨逢春，抱住头大哭起来。

林阿蝉告诉杨逢春，他哥哥走的时候只带走了赛蝴蝶，儿子和女儿都没有带走不说，赛蝴蝶自己生的孩子也丢在家里。她是哭喊着追到船边的，她希望他们能够带走孩子，兵荒马乱的，这么多孩子她一个人没办法照顾呀。可她的一切努力都没有用，他们狠心地抛弃了她。她希望一死算了，可是老天爷不收她……

参加过抗日战争后，又面对国内战争败退的国军，杨逢春早已经厌倦了战场。

起初听到嫂子的诉苦，杨逢春也有一肚子的火，但小家的事在战争纷飞的年代，一切都显得渺小，他唯愿留在大陆的家人一切安好。经过一夜的思考，他脱下军装，混进逃难的人群。

杨逢春考虑到国军军官身份会给今后生活带来麻烦，从了母亲姓氏，改名张逢春，然后和嫂子林阿蝉一起带着三个孩子离开上海，回到广东生活。

欧阳巧玉说："你的文章写得已经非常清楚了，张大陆本姓杨，他大爷爷带着那个赛蝴蝶跑到台湾去了，他二爷爷拉扯大他们一家人。

"张大陆大爷爷可是个狠角色呀，丢下自己的老婆和孩子跑了。不过在人群涌上船的那一刻，一次只能拉上去一个女人时，可以想象得到他也很为难。大撤退就是大逃难，众人在海边等船，等到后抢着上船的那种激烈场面可以想象得到。这是历史灾难演绎了个人沉浮。如果放到今天，我们遇到这样的特殊环境，也是束手无策的。许多网民抱怨贫富差距大，说政府不作为。我觉得就国家安定这一条，都要好好感谢政府。张大陆家的历史，是对那个年代的最好见证，他们家还算幸运的，至少人都活下来了。"

林城石完全认同欧阳巧玉的观点。

欧阳巧玉说："我分析，你写的杨海峡奶奶，就是你们林家的女儿。几乎成了家庭侦探，你哪里来的这么强大的想象力？"

林城石只笑不说。

村里有老人议论，国军大撤退时，有弟兄俩换了妻子的故事，也提到有个去台湾的人抛弃了妻子，带了个漂亮女人跑了。在他的记忆中，奶奶和爷爷晚上聊天时只提过一次这事。在旁边写作业的他，对大人们的谈话产生了浓厚的兴趣，想多打听几句，他们却不搭理他了。这些听来的故事让他产生了创作欲望，想写一部跨越百年的家族发展小说，通过历史事件来反映社会发展变迁，来反映家庭的沉沦与一个时代的重大关系。让后人们记住国家的兴衰史，珍惜来之不易的发展成果。

欧阳巧玉眨巴眨巴眼睛，有了见解。刚解放，张大陆爷爷作为国民党军官是要被审判的，只能隐姓埋名了。后来又有了"文化大革命"，今天批斗这个，明天批斗那个，渐渐让他们觉得不说话比多说话更安全。就跟儿童拼图游戏一样，林城石已经拼得差不多了。张总跟董事长的关系理顺了，林、杨、张三家之间都是亲属关系，等的只是一张检验报告来确认。

林城石说："感觉一切都合理，就是缺乏科学证据。"

欧阳巧玉说："科学个头。这就跟有人讨论中医和西医谁更科学一样，其实学好了都是科学，学不好都不科学。举个简单的例子，我剖腹生小孩，全身麻醉，麻醉师在腰部找穴位，打麻药。麻药最早是中国发明的，三国的华佗都在用。这麻醉技术归中医还是算西医？大家都在用，就归整个医学了。穴位呢？中医更重视。同理，只要所有证据都完整了，没有那张检查报告，其实关系不大。董事长知道张总是他本家，那不是更亲近了一层？我看过你们董事长的照片，觉得你俩长得像表兄弟，不，表叔侄，哈哈，搞错了辈分。"

第十四章 唐突

郑华夏扫了一眼《换热器的质量问题分析报告》，批了"从轻处理"几个字后，让陈爱平拿给林城石。印度客户的这批质量问题产品，早已经给客户维修好了。之所以要这个分析报告，更在于落实公司的管理责任。从工人到质检，从车间主任到分管领导，以及仓储、运输等各个环节，该负的责任必须得有人负。

她的注意力集中在工业园改造升级的事情上。

前两年，因为公司扩产，她跑了不少冤枉路。每次向镇里申请土地，都被别人提前抢走了指标。这次等到机遇了，绝对不能错过。上面允许企业原地改造加层扩建，这样一来，不但省下了大把买地的钱不说，报建手续还都给开了绿灯。一切进行得太顺利，郑华夏觉得有点儿超乎想象。

遇到大喜事进庙拜神，是郑华夏保持多年的习惯，除了专职司机，郑华夏选择王海峡和陈爱平随行。

一天的长途跋涉，脖子、腰腿都有些酸胀。沿途跟公司厂房不一样的乡间风景，让郑华夏精神放松了不少。休息一晚，天亮洗漱完毕，四人朝半山腰的庙宇走去。

第十四章 唐突

阳光照射下，山间水汽升腾，云雾磅礴。那些跟着山势起伏的树木，用青翠的枝叶，赶走了他们登山的疲惫。寺庙修建在半山腰一块较为平坦的地面上，门口"兴隆寺"三个鎏金大字闪着亮光。

一位穿着红袈裟的小和尚迎了过来。大家相互寒暄一番后，小和尚指着"兴隆寺"三个大字，开始讲庙的来历。他说庙的名字是乾隆皇帝下江南的时候起的，乾隆爷两天没有吃饭，正饿着肚子，恰好碰到游学和尚永兴法师，永兴法师把他布袋里的一个大红薯分给乾隆爷一半。正饿着肚子的乾隆爷，觉得这半个红薯比皇宫里的满汉全席都好吃。吃后，他问永兴法师有什么要求，只要不牵扯到江山社稷，其他的都可以满足。永兴法师说他是个游方和尚，自从师父圆寂后，一个人四海为家，看到这座山上紫气缭绕，想来一定是个普度众生的好道场。他没有太大的愿望，作为出家人，只希望施主能在这里建一座小庙，庙里能供奉一尊菩萨，有个祈祷国泰民安的地方就感激不尽了。今后在这里弘扬佛法，也算一件功德。乾隆爷满口答应，回到皇宫后颁下圣旨，在永兴法师分吃红薯的地方建了这座庙宇。

几个人听得意犹未尽。

小和尚指着"兴隆寺"三个大字说："这三个字是乾隆爷御笔亲题的，当年乾隆皇帝安排大太监督导修建好这座庙宇后，大太监不知道给庙起个什么名字才合适，向永兴法师征询意见。永兴法师说，天官赐福，必兴我乾隆朝。大太监觉得有道理，就奏请乾隆皇帝赐庙名为兴隆寺。"

一个人有一个人的经历，一座庙必有一座庙的传说。

俗话说，四十不惑，五十知天命。人年龄大了，经历的事情多了，年轻时的那些自负心态会渐渐消失。尤其郑华夏这种事业有成的人，听了小和尚的一番庙宇传奇，心中更多了份敬仰。这寺庙不仅有菩萨，还有皇帝的故事，看来是求神许愿最好的地方。当老板的人，最大的信仰就是财运。自己的努力加上机遇，就叫天人合一，到庙里拜神，说透了就是求个好运气。

郑华夏问小和尚："师傅，请问烧香有什么讲究？"

小和尚深作一揖说："施主随我来，我们庙有专门的导客，和旅游公司的导游有点儿相似。不过导客是我们庙推出来的品牌服务，其他庙没有。导客会告诉你如何点香、如何三叩九拜、如何许愿、如何还愿。总之，凡与宗教相关的活动，导客都会为你指点。而且如果客户对一个导客不满意，可以换人服务。"

王海峡赶紧插一句："郑总我们自己看吧，烧香要的是心诚，与有没有导客关系不大。"

"是呀，我们自己烧香更自由点。"陈爱平补充一句。

郑华夏有个特点，征求意见时，希望别人畅所欲言；不需要征求意见时，排斥别人左右她的思维。眼前这两个年轻人第一次跟她出来，对总监的思维方式还有个磨合过程。她使了个眼色，让他俩闭嘴。

她生平第一次听说庙里有导客，还提供专门的烧香许愿服务，很想见识下小和尚嘴里与时俱进的烧香服务。"赶快请一个导客来，去年我在公司请了位关帝老爷，负责烧香的保安忘记了灭蜡烛，差点儿把神龛给烧了，需要学习下专业烧香拜佛的事，回去好给公司保安培训。"

小和尚拿出手机，一个电话过去，不一会儿，一辆黑色摩托车开到了庙门前。车上下来个双手搂着大肚子的胖和尚，每走一步，都要停下脚舒口气。那个大肚子圆滚滚的，足以把小和尚装进去。

"只有导客才有开摩托车上山的特权，游客是不允许开车上山的。方便导客，是为了给游客提供快捷服务。五星级服务。"小和尚边说边叉开五个手指,手指叉开,跟他合掌念阿弥陀佛的样子完全属于两个人。

胖和尚话不多,只一句:"施主请随我来。"便带着郑华夏四人开始进入烧香程序。

"院里的香炉是用来敬天的,上三根长香。"

"菩萨前要三叩九拜,上三根长香,点两支蜡烛,烧一盘纸钱,做到香火旺盛、光明常在。"

"门口的土地神前上三炷香,土地财神,保佑钱财。"

"还有四面八方招客香、五路财神迎财香……"

香烧完求符。

符求完抽签。

签抽完算卦。

……

郑华夏在四五间房子大小的庙里,转出来又转进去,走进去又走出来。她感到有点儿头晕了,直到胖和尚骑着摩托车离开,小和尚端上来一杯野茶树泡的清茶,她才感到放松了神经。

小和尚问:"老板,对导客服务满意吗?"

郑华夏怕说不满意,小和尚换个导客,再来引导一遍烧香拜佛的事,点点头说:"满意。"

小和尚把账单往郑华夏面前一放说:"老板,您的香火钱总共是1888元。"

郑华夏一惊,喝到嘴里的茶水差点儿喷了出来:"这么贵?"

"老板,您享受的是五星级服务,今天推出优惠套餐,打五折,您是第一个享受的人,您太幸运了。"

郑华夏朝王海峡和陈爱平使了个眼神说:"我身上只有一两百元,没有多余的现金。"

"老板,你身边的这几位掏钱也一样呀。都是敬佛,不分你我他。"

王海峡说:"我出门从不带现金。网络支付时代,带现金的人越来越少。"

陈爱平说:"对呀,上庙烧香谁带那么多钱。"

"老板,有两百就先给两百吧,剩下的可以刷卡。网上支付也行。"

郑华夏眼睛转了转,暗示王海峡和陈爱平不用说话:"我忘记带卡了。卡在酒店皮箱里。"

"老板,您回去后转账过来,这里有账号。我们庙微信、支付宝都支持。"小和尚边说,边递上一张印好账号和支付码的纸条。

郑华夏笑着说:"我这人脑子不够用,回去忘记转了,师傅可要包容点。"

"老板,欠香火钱,那神灵不保佑了不说,还要索账呢。这跟做生意的人,欠债还钱是一个道理。"

郑华夏走出庙门,小和尚没有远送,他又忙着和另一位前来烧香的香客搭讪。郑华夏用手摸了摸庙门前的柱子,冰凉冰凉的,用手一敲,一点儿木头的响声也没有,分明是水泥柱子。

郑华夏又转身朝庙门口望了一眼,三个连落款都没有的简体字。乾隆皇帝那个年代,用的可是繁体字呀。

她笑着问:"我们这算被宰了吗?"

王海峡和陈爱平相互对望了一眼,不知道该不该回答。倒是司机反应快:"一两百元不算宰,要是再转账那就真叫宰了。"

郑华夏从口袋里掏出小和尚留给他转账的纸条,手一松。被一阵山风吹起的纸条,绕着他们四个人转了一圈后飞走了。

"这纸条好像特有灵性,知道跟我们道别。"她回头问王海峡和陈爱平:"你俩有什么感想?"

王海峡笑了笑:"听说过假烟假酒,第一次见到假庙。"

郑华夏皱起眉头,眼中透露出那种惩罚严重违纪员工才有的杀气:"治理假庙只有一个办法,就是所有庙宇都不得有偿经营。我去过的许多大一点儿的庙宇,都收门票。你说收上个二三十元也好,免得有些闲杂人员把庙当成个休闲场所。乱宰香客必须严惩,搞得人连基本信仰都没有了,不是好事。我每次进庙,都拜的是内心深处的那种平静,这种平静只有在庙里才能找得到。可今天这一拜,拜得心里反而不平静了。"

王海峡问:"郑总,这次上当了,以后还进庙烧香吗?"

"我带你们来,就是想让你们多见识下社会的复杂面。我又不是第一次遇到职业和尚。要知道,和尚是假的,庙不假,信仰也没有真假之分。只要有庙在,信仰就在。至于这些职业和尚,只是过客,在发展大潮中如同假冒伪劣产品,不是主流。"

陈爱平说:"郑总的话里全是禅意,我回去要好好领悟。"

"结婚后三年没有生孩子,婆婆动员我求神拜菩萨,后来学着信佛了。"

郑华夏有个胃胀病,天气转凉,胃就不舒服。结婚后,她只要觉得胃胀,双手捂住肚子,婆婆就显得异常激动。半文盲的婆婆,偷偷准备了一盒专门测尿的试纸条,只要她从厕所里出来,婆婆就跟条件反射一样,马上钻进去,把测尿的试纸条插到马桶里去,看测试纸是否有颜色变化。她盼望着试纸上的一道短横线能显示红色。郑华夏的公公发现她婆婆的这个异常举措后告诉她,人家医生测的是尿,你测的是人家冲过尿的水,这不是闹乌龙吗?她那时晚上睡不好觉,白天梳头,头发大把大把往下掉。为什么总怀不上?医院检查结果一切正常。要是拖到年龄变大,跨入高龄产妇行列,怎么办？整天都在想这事，无聊时就在办公桌上抛硬币，每抛一次，做一次记录，硬币的字面朝上就代表怀孕了，背面朝上就代表又怀不上了。生完儿子后，她把记录本翻开，这抛硬币的次数，密密麻麻记了几十页。

陈爱平问："为什么那么急着怀孕呢？"

郑华夏嘴里不说，心里发毛。杨海峡最先开的是个电池厂，大家都知道电池厂有污染。有人夸张地说女人接触电池后，就无法怀孕了，她怕呀。怀上孕也怕，还怕自己生出个畸形的孩子。后来孩子出生后一切正常，她心里好激动。那时想到的第一件事，不是给爸妈报喜，而是烧香，在家里摆了张桌子烧香。他们开厂那时，大家环保意识差，人人都是污染受害者。不过话说回来，她和杨海峡从来没有主动去污染过环境，跟那些往下水道、地下水里偷偷排放化工污染物的黑心商人不同。她觉得，一个真正的企业家，是遵循商业规则且有社会责任感的人，不能总把企业家理解成为钱什么都可以做的人。当然也有为了钱，什么都做的人。

"有些问题，随着年龄增长，慢慢会有答案。要多出来走走，多接触社会。见识多了，人的视野不但会变得开阔，心胸也会变宽广。相信一条，社会总在往前走，往好的方向发展。"

郑华夏不在公司，林城石自由多了。

欧阳巧玉发来一条信息：好几天没有洗车了，中午没有休息，提了桶水在公司自己洗，好累。

一说到洗车，林城石马上想到了小胖。他不敢讲太多小胖的事，就连小胖这两个字，在欧阳巧玉面前也很少提及。女人天生敏感，本来什么都没有发生过，要是让她有了某种错觉，那不是没事找事吗？

想到小胖，林城石离开办公桌，拿起车钥匙朝车库走去。董事长的专车，也该洗了。

第十四章 唐突

小胖看到林城石，马上放下手里的活，招呼他到休息室喝茶。只要小胖招呼他喝茶，就说明老板不在店里，林城石明白小胖独特的招待方式。

"你们那个陈飞陈总，真让人头大。"

"怎么了？"

"我可被他害惨了。以前觉得你们是集团公司，他是老总，想着你们公司车都放在我这里修，也多个大客户。可他不但没有带来客户，还欠了我几千元。每次来说一大堆空话大话，说什么你们公司的张总的老婆，跟他老婆是表姐妹，说什么你们老板把他当作了左右膀，这人只吹牛，不办正事。"

"陈总的事咱们不说了吧，他早已离职，我也对他的近况不熟悉。"

林城石不想跟小胖谈公司领导，怕话多是非多。

住在同一座城里的人，熟悉和陌生是一对双胞胎，你很难说清谁是熟人，谁对你了解多少。比方说小区门口那家炒粉店，开了多年了，炒粉店的老板和他见了面都相互打招呼，就是不知道各自的姓名，见面都相互喊声老板。眼前这个小胖，他也非常熟悉，可也从来没有问过她姓什么。小胖也从来不问他的名字，只记住他的车牌号。每次洗完车写收据时，能熟练写出车牌号来。城市里的人大多这样，楼上楼下住了十多年，不知道对方叫什么名字，也懒得打听。同一座楼，比农村人住得近多了，可心上有很远很远的距离。跟邻居相比，他跟小胖算熟悉了，可他又不知道小胖姓甚名谁，就这么矛盾地存在着。

小胖的表情有点儿像秋天的树叶，缺少了精气神。小胖说她不喜欢跟老公阿水一起逛街，这男人，没飞起来的时候装龟孙子，你骂他，他装聋作哑；翅膀硬了，对你爱理不理，这个家已经圈不住他了。

171

小胖心里没有隐私这个词，话到嘴边就跟点燃的鞭炮一般，噼里啪啦一阵猛炸。小胖说刚结婚那时，晚上在被窝里亲热时，一个大男人不懂女人想什么。小胖那时赌气，要等他妈死了再生孩子。每次听到抱怨，他就像浇了盆凉水，瞬间蔫到被窝里了。他们办结婚证时，小胖妈妈提出要彩礼钱。她是独生女，爸爸去世得早，妈妈要彩礼的目的，是害怕将来婚姻出现问题，小胖没有个兄弟姐妹帮衬，要点钱存下来，以防万一。婆婆一口拒绝了彩礼，原因是她家有两套房子，农村一套，城里一套。她儿子是独生子，将来所有的财产都是儿子儿媳妇的，难道两套房子不及几万元的彩礼钱。

小胖妈妈没有能力为女儿在城里买房，婆家有房子，会少奋斗半辈子。小胖妈妈妥协了，小胖心上却结了个大疙瘩。两套房子的房产证上都写着婆婆的名字，对普通人来说，房子就是家。假设有一天老公变心，她被婆家扫地出门，一个人带着孩子连个住的地方都没有，多可怜。小胖想着，等婆婆去世后再生孩子，那时财产继承给了老公，就算两个人过不下去，离婚时不至于空手出门吧。女人的辛苦在于，祖宗留下来的传宗接代的大事落在她们肩上。生孩子与年龄关系密切，就如同种庄稼，过了季，有些东西没办法就没办法。男人混到五十岁，只要有钱，找个年轻女孩生孩子不是难事。可女人不行，女人过了四十岁，生孩子都变成大难题。

小胖苦思冥想后找到一个妥协方案，什么时候婆婆过户一套房子给她，什么时候就生孩子。精明的婆婆眼睛珠子转了转，一口拒绝了小胖的要求，她说小胖嫁给她儿子是为了骗她家的房子。婆婆的拒绝，变成小胖的心病，婆婆防范小胖，小胖也就更加防范婆婆。

小胖看起来笑眯眯的，其实是个硬茬子人。三年呀，三年没有生孩子。后来公公开始问婆婆,这女人会骗婚吗?婆婆说,对她儿子倒是挺好的,就是对婆婆不好。公公让婆婆过户一套房子给儿子。房子过户那晚,小胖说当晚就怀孕了。阿水钻进被窝前,问她睡前不吃胃药?他哪里知道,小胖吃的哪是胃药,是避孕药。

"不是你们结婚后,卖了家里的一棵大荔枝树后就开了修洗车一体的店铺了吗?怎么又扯到过户房子才生孩子的事情?你们不是有自己的收入吗?"

"你个傻瓜。"小胖说完后马上觉得说错了话,吐了吐舌头,脸和红苹果一样泛着红润。"钱哪有多余的,况且这不是钱不钱的问题,是信任的问题。我都张口要房子了,他们不给,这不是明摆着不把我当回事嘛。也正是他家的钱全投到房子上了,不想待在他家看着他妈生气。加上他又有修车手艺,我才出主意卖荔枝树开的店。开店达到一箭双雕的目的,一是离开了他妈,二是赚来的钱我们自己支配。男人嘛,不离开他爸妈,怎么长大?"

林城石望着房间的天花板说:"看来房事,就是房子的事!"

小胖反驳一句:"你不给他点硬的,让他觉得你那么容易得到,那他想扔的时候,也就随手扔掉了。不说他了,闹心。哎,你们张总好久不见了。"

"张总你也认识?"

"张总和你一样是个好人。昨天陈总来我这儿洗车,说他现在在湘西做房地产,在村里承包了个旧庙,翻新后增盖了几间,请了个会写点文章的人编了个故事,改成了禅文化旅游景点什么的,说赚钱可容易了。"

"你知道得这么详细。"

"我怎么能不知道。陈总是张总的亲戚,上次陈总说要开公司,让张总担保贷款,张总说他老婆不同意,后来陈总出了个坏点子，解决了问题。嘿嘿，你不知道多搞笑，说出来会笑死人的。我只对你一个人说，千万别告诉别人。"小胖捂着嘴巴笑了起来。

林城石突然觉得，小胖对公司人际关系的了解，比他还清楚。

小胖眼中的陈总和张总简直是一对天生的活宝。

张总偷偷带上家里的房产证，还有他老婆的身份证，小胖假装成张总老婆，一起去银行贷了款。银行贷款是需要抵押的，张总用房子做抵押，需要房产证上的夫妻双方一起签字。小胖装作什么都不懂，半眯着眼睛，在铅笔圈出签名的地方，写上黄丽丽几个字，张总家的房子在她的笔尖落下后，顺利抵押给了陈总。

男人要骗女人多容易，一个几十万元的担保抵押贷款，就这样搞了个地下游戏完成了。银行办房贷的人和陈总熟悉，也或许小胖跟张总的老婆长得有点儿像，反正他们收走身份证复印件后，让签字按指纹，小胖就半糊涂半清醒地签了字。

"唉，你说这不会犯法吧？要是犯法那我就亏大了。不过也不怕，如果警察找来，我就说陈总请我做担保证明人我就签字了，别的没仔细看到。做证明人不会有错吧？"

林城石听到张总帮陈总贷款的事，心里咯噔了一下。

张总为人讲信誉，陈总属于把所有人当作钉子，钉在他棺材上一起带进墓坑的那种人。他儿子又因酒驾出了车祸，要是还不清款，张总怎么给家里人交代。好不容易才把亲生儿子接回家，再因为这抵押贷款的事闹出别扭，一家人之间短暂的和睦，可能又要出问题。

"你知道担保了多少钱？"

"钱不是很多，开始陈总想借，张总说家里的钱都控制在他老婆手里。后来，陈总想出了这个担保贷款的办法。贷款总共三十万元。"

小胖人长得粗壮，似乎性格跟长相一样，也有点儿毛躁，说话逻辑性不强，想到哪里说到哪里。千言万语，有一点非常清楚，就是提醒林城石不要上陈飞的当。

"托你表姐做鉴定的事怎样了？"

林城石不想多谈了，他想赶快结束两个人之间的闲聊。小胖把陈飞说得越恐怖，他心里越紧张，他要赶快去找张总。

"我正要跟你说这事呢。现在政府管得严，我家的猫躲在车底下睡觉，不小心被车轮压死了。新买来只小猫，让她找个实习生做阉割。表姐说别提阉猫，医院里连只猫都不让进。"

"你估计陈总什么时候回他的新公司？"

"最多再待上两三天就会走。说他的禅文化旅游景点那边的人都是雇来的，拿的工资比当地公务员都高，不看紧点，出点乱子，投资的钱就全打水漂了。"

小胖再沏壶茶，还要请教关于她老公阿水的事。

林城石急忙站起身挥挥手，厂里有急事等着他回去办理，下次有机会再慢慢谈。

小胖留下一句不咸不淡的话："人家常来洗车的人，说一个月多洗几次车是为了来多看我一眼，你好像总忙得脚不沾地一般，每次话没说完就离开了。"

林城石赶到张总办公室，恰好碰到跟着郑华夏烧香回来的王海峡，他还带给张大陆一包高山茶叶。看到林城石走进来，王海峡吐了吐舌头，不好意思地笑了笑，然后快速溜了出去。

林城石没有拐弯抹角："张总，你给陈总担保贷款了？"

"你听谁说的？"

"洗车店老板娘小胖。"

"是担保了,他天天跟在屁股后嚷,没办法推脱,我就偷偷拿了家里一套小公寓房的房产证,做了抵押担保。他说只贷一年,我觉得一年时间短,风险没有那么大,就同意了。"

"你还是趁这几天他在家赶快要回来,我觉得他这个人近年运气不好,不发展实业,搞些神神鬼鬼的事,瞎忽悠,不务实,总在空中飞。"

"我自从做了抵押后,心里也一直不踏实。"

"那就赶快要回来,趁早要,目前他的窟窿比较小,那点贷款还可以还得上。要是迟了,让他折腾得填不满窟窿了,估计你催也白搭。就说家里人知道了,闹着要离婚,逼他赶紧还。小胖说估计再有两三天就回他新投资的什么禅文化公司了,赶紧去找,免得夜长梦多。"

"好,你马上开车,咱们一起去他家。"

张大陆敲响陈飞家的不锈钢大铁门。

陈飞先不开门,隔着门玻璃,晃着一张大肥脸往门外望。见是张大陆,才赶紧打开门,赔着笑脸让座。

张大陆和林城石屁股一落到沙发上,陈飞就开始谈他的生意。

"从公司出去后换了两三家公司,都觉得不顺心,就自己干了。在湖南、广西、福建投资了三家禅文化开发公司,目前靠收门票、算命问卦等赚钱,下一步就是养生、静修等课程。修心才是最好的休养方式,一个人心不能休息,还修个屁。我这两年总算悟透了什么才是真正的修养。修者,休息;养者,养护。而休息是关键,休息中修心最上。你看现在许多晚饭后散步快走的人,手里拿着个手机边看边走,弄不好一个趔趄摔一跤,头都磕破住院了,还何谈休养。所以在这个忙碌的年代,找个安静的处所,让人慢下来、静下来,才是最好的放松。这就是所谓的矛盾论的现实体现吧。"

张大陆习惯了陈飞咋咋呼呼的性格,对他一张口就冒粗的习惯也有免疫力。他不问陈飞儿子受伤的事,怕扯远了,不好谈还钱的事。

"黄丽丽要贷款弄点钱开个凉茶店,我一看瞒不住,就把偷偷帮你做抵押贷款的事给说了。她在家发疯般地闹腾,说我欺骗了她,她这辈子最恨的就是欺骗她的人。还问我是不是偷偷养小三了,给情人转了多少奖金?这抵押的事三天内不解决,就不跟我过了,要离婚。这不都闹到公司了,你看林秘书也插手协助了。我真无奈,希望你能找个别人做担保,这事我真扛不住了。总不能为了朋友,搞到自己真离婚吧。"

林城石没有想到他眼中从来不撒谎的张大陆,一旦说起谎话,讲得绘声绘色。这节骨眼儿上只能顺水推舟了,他附和道:"她这次火可大了,发疯了一般,进办公室手里提着一把菜刀,我差点儿被甩出来的菜刀砍到脚脖子。"

林城石说完后朝张大陆望了一眼。张大陆装得更像,眉头拧成疙瘩不说,右手的大拇指和中指分别按着左右太阳穴,一副头痛得支撑不住的样子。

陈飞点了支烟,看看张大陆,又瞧瞧林城石,眼光足足在他俩身上游弋了一分钟。

他站起身,走到柜子边,拿出皮包,取出一叠证件,丢到林城石眼前,说:"你看看,我有这么多房产证,就知道有多少钱。现在谈论一个人有多富,不是身家百万元、千万元,而是手里有几套房。政府控制房价,炒居住楼房的人,每天心里发慌。我这是以禅文化开发公司的名义买的地,有这几本土地证做抵押,手头的钱周转得开。不瞒你俩,能借到的朋友我都借了,不过催还款的人张总还是第一个。走吧,马上去银行还款,我晚上还要赶飞机回公司，签一家大企业50万元的禅修合同呢，他们要对企业高层，组织一次深度静修。听一个朋友测算，要是把我的这些房产证包装下，搞个P2P，资产证券化什么的，能翻五六倍。这一个本子，就是一个多元多极的增长点。有时候感觉还真不公平，人家爷爷当县长，爸爸是富翁，姑舅表亲什么的，都有点儿可用关系。各种资源主动往人家身上靠，投资什么成功什么不说，还装出一副白手起家的样子，显摆自己的超能力。我请一位老板吃饭，他带着刚毕业的儿子一起赴宴，只为让孩子多参加社会活动。席间才知道，他儿子当月通过他叔的关系，接了个上千万元的项目，正在找合适的人分包。你说咱们的孩子学校毕业坐着公交车跑销售，人家的儿子开着大奔转手往外兜售项目，这不是拉开了天大的距离吗？咱们跟人家一起竞争开公司创业，叫公平？咱爸靠不住，爷爷不中用，手里没钱，祖坟也埋不到风水宝地上，所以只能剑走偏锋、出奇制胜。我发财只相信这个玩意儿。"陈飞拍打着茶几，唾沫四溅地大嚷一番后，用指头指了指自己的脑门儿。

离下班不到一个小时，按照张大陆的吩咐，林城石开车去接小胖。

还贷款这事简单，由于陈飞有熟人，从填写还款申请到办理解除抵押手续，总共用了不到半个小时时间。

出了营业厅大门，陈飞挥手告别："我要赶飞机，先走一步。以后手头紧，直接找我借。"

盯着陈飞那副肥胖的身子挤进车门，张大陆打了个响指："到收工时间了，在外边吃个便饭再回家，今天我请客。"

林城石笑着说："好悬，我看陈总银行账户里的钱恰好就30万元。不知道他买飞机票的钱哪里来的？"

小胖拍了一把林城石的肩膀："皇上不急太监急，他那辆车抵押出去，一张机票的钱也够了吧。咱们去吃饭，要不吃完去唱歌或者看个电影什么的。"小胖说话时,眼睛盯着林城石,似乎在她眼里张大陆突然消失了一样。

林城石笑笑说:"我晚上还要辅导小孩写作业,吃完饭就得赶回家。"

"让你老婆辅导。"小胖似乎对这顿饭期待已久。

林城石说:"老婆耐心没我好。"

"要个没耐心的老婆干吗?离了算了。"

小胖说完后吐了吐舌头做了个鬼脸,接着又补上一句:"你真是好男人。我家的是个蔫萝卜,老人说蔫萝卜切菜多,越是看起来不出众的蔫男人,内心深处越闷骚。"

第十五章 交错

　　林城石一走进家门,欧阳巧玉迎头问了一句:"今晚跟哪个女人一起吃饭呢?"

　　林城石笑着打圆场说:"难道你是神仙,我跟谁吃了饭都能算出来?"

　　"这还要问吗?你给我发短信,告知在外边吃饭时,特意加了几个字,'陪公司男上司'吃饭。平常发短信或者打电话,一般都是说晚上在外吃饭,让我少做点。今晚特意加了'男上司'几个字,说明有鬼。谁都知道你大秘书不是陪客人就是陪领导,跟公司男女员工一起吃饭,也无须特别强调。你强调了,说明不正常。说吧,今晚跟哪个女人一起吃饭呢?"

　　林城石给欧阳巧玉一个大大的拥抱后说:"和张总还有小胖一起吃饭。"

　　"小胖?很亲切的称呼呀,以前没有听你提及过小胖。"

　　"就是那个洗车店的老板娘,只不过晚上吃饭张总叫她,我也就这样称呼了。"林城石反应快,赶紧补上一句。

　　"说那么顺口,好像不是刚学的吧?凭女人的第六感觉,你跟这个小胖不是一般的关系。"

欧阳巧玉塞给林城石一截香蕉,林城石问:"半截?"

"瞧你,接香蕉的时候两个手指一夹,还兰花指呢,不要像个撒娇的女人,挑三拣四。"

林城石发狠般地在半截香蕉上咬了一大口。

他忌讳别人说他像个女人,事实上他真像个女人,那么注重细节,那么爱面子,那么多小脾气。

"脾气不小了呀,有了丰乳肥臀的小胖,是不是看不上我这瘦小身材了?"

林城石转身进了厨房,打开冰箱,拿出瓶矿泉水喝了一口说:"今天上午我带着两个车间主任去了一家做代工产品的厂家,返回公司的路上发生了些不愉快。吴主任嫌客户吃的饭不好,骂人家小气,连点礼品都不送。韩主任说最近要过的可是清明节,清明节让人家送什么?这不是个送礼物的节日。送了他也不会拿。后来两个人吵起来,我劝了几句,他们不听。尤其那个吴主任,口口声声说人家的产品包装不精美,说客户舍不得钱请包装设计师,听得人都厌烦了。我踩大了油门,车发疯一样跑了几十公里。车跑得快,人也颠累了。"

"然后下午就去洗车了是吗?"

"是。"

"是个毛。累了不休息为何去洗车?分明找个借口去找小胖了是吗?一有空就去她那里洗车是吗?别把心也给洗变色了。"

"没有没有,只是今天跑了外边,明天又有客人来,公司小车司机都有任务,车脏了不好。加上她的洗车店离公司最近,才去她那里洗车。"林城石觉得对女人多点善意的谎言,比什么大实话都说给她听,更能稳定情绪。

"以后别在她那儿洗了。"

林城石把张总和陈总间抵押贷款的事情给欧阳巧玉讲了一遍，总算冲淡了关于小胖的话题。

林城石知道，这个时候只有把欧阳巧玉的思维空隙填满，才能化解眼前的危机。一旦有思考空间，她会继续追问小胖的事。讲完张总和陈总，他又开始讲张总和董事长之间关于亲子鉴定的事。

"你说现在郑总要的结论没了，该怎么办？"

林城石想让欧阳巧玉给他点意见，他觉得妻子的逻辑思辨能力比他强多了，就他一条短信，也能揣摩得这么准确，让她分析张总和董事长这层关系，那是最好不过的人选。

"你想想还有什么线索？"

"上次我陪郑总去张总家，好像郑总跟张总老婆有块玉石很像。"

欧阳巧玉说："你的文字中不是假设过了吗，既然董事长跟张总的爷爷是亲兄弟，那他家的传家宝就有一对。这一对玉石传给她们的婆婆，婆婆再传给她们，这不就完全吻合了。你明天找郑总，要上她的那块玉石，然后再找张总老婆要上她的那块，咱们去冰玉堂。"

"去冰玉堂干吗？那里全是自梳女呀。"

许多人把自梳女理解成清末民初，当地兴起工业春天后，解放女人的结果。蚕丝业发达，缫丝女工收入可观，这些经济独立的女性，不愿过在婆家受气、受人束缚的生活，选定良辰吉日梳起头发，过起终身不嫁的生活。许多介绍上都这样写，写得过于主观，欧阳巧玉觉得客观上应该还有更多原因。

冰玉堂，其实是一家华侨姐妹建的安老院，算是为一些从国外回来的姑婆，提供了个安身养老的住处。文化主管单位挂了个自梳女博物馆的牌子，专门研究自梳女文化，旅游公司借此发展旅游业。

第十五章 交错

"我要说的是，在国外从事各种工作的姑婆都有，上次我们去冰玉堂参观时，见到过一位从东南亚回来的九十多岁的老人。她说，自己在新加坡一家翡翠厂工作了一辈子，让她看看这两块玉石是不是同一块石头上割下来的。如果是，那就没多大问题了。"

"你说她们会不会把玉石交给我？那可是传家宝呀！"

"有什么不给的，就说是为了辨别两家人之间的亲缘关系。要是放心不下，她们一起去就是了。这事首先是郑总想到的，她一定会支持。至于张总夫妻俩，我想你说明白了缘由，他们也没有拒绝的理由。"

"好，经你这么一分析，我已经看到结果了。孩子作业写得怎样了？"

"别提你的宝贝女儿了，她今天晚上睡觉前告诉我，上学期期末，在测验考试前老师发了一张表，让每个同学定个考试目标，说透点就是定个考试预期分数。你宝贝女儿科科定了满分，老师问她为什么要定这么高，对自己太过于自信了吧？老师也知道她是个中间学生，不可能科科考满分，自家孩子成绩怎样咱们也知道。你猜你女儿怎么回答的？"

"不外乎说了一大串，我要积极上进等，表决心的话呗。"

"错，你女儿回答可简短了。她说她想科科考高分，是为了让老师多拿工资和奖金。"

林城石笑得双手按着肚皮："差点儿笑破了肚子，现在这孩子什么都知道，什么也敢说。"

"记得那次你跟我发脾气的事吗？那几天你看什么都不顺眼，晚上下班回来，关门声吵得邻居都睡不好觉。我给你洗的衣服，晾干后整整齐齐叠好放在衣柜中，你要么说没有折出个样式来，要么将挂好的衬衫拿下来，凑在鼻子跟前跟警犬一样闻一闻，说汗味没有洗干净或者洗衣粉味太重。我都赔着笑脸，唯恐你弄个摔碟子砸碗的大事出来。孩子明明刚学着写一二三，你看到一横没有写直，就说做人要横平竖直、棱角分明，从写字做起，不能有半点儿马虎。这种指桑骂槐的伎俩，不也是让孩子给修理了一顿。孩子一句不就是因为奶奶给妈妈买了一个假镯子吗？本来是假的，还不让人说实话。难道把假的当成真的，才正确。你孝敬你母亲，我女儿要孝敬我。你看孩子认识能力和表达能力多强，你不是也无话可说了。"

林城石："那不是故意生气，是真生气。"

欧阳巧玉第一次到林城石家去，婆婆送给她一对银镯子，她觉得样式太土，在柜子里锁了好几年。看到几个朋友拿着自己的银货去打新样式，她也想显摆下，拿到银匠铺子里准备打个新款的戴戴。哪里知道银匠放在火上一烤，说银镯子是假的。原来的镯子熔成了一坨铁泥，新的没有打出来，旧的也弄坏了。欧阳巧玉回家后，本来想对林城石发一通大火。结果林城石的脾气更大，说农村老太太买银镯子，怎么辨识真假？她买的只是一份心意。经常戴金戴银的人都上当受骗，为何要归罪于她。林城石说，欧阳巧玉将那镯子弄坏就是对他母亲的不敬。

要是现在，她婆婆送她一个，如果不喜欢样式，就直接放在柜子里算了。那时候手里没钱，想着一个旧款的打成个新款的，旧物再利用，多一次功能提升机会，没有看不起婆婆的意思。林城石觉得欧阳巧玉把他母亲的一片好心当成驴肝肺了，一时火冒三丈。孩子说得有道理，虽然损坏信物是不应该的，但假的就是假的。

"情谊是情谊，产品是产品，生意是生意，这要分清楚。我在公司上班，不能因为朋友间有生意往来，就不辨别产品质量。"

听到欧阳巧玉又抖出这句话来，林城石伸了伸舌头，做了个鬼脸，不想旧事重提。

以前的人，家里老人去世后，留下来的东西不管是真是假，也不管价高价低，都当成纪念物。现在的人留的，都是能变卖钱的东西。否则，全当垃圾清理掉了，留着还嫌占地方。他上次回村里，堂嫂子把她外婆的照片全扔到垃圾桶里。那照片在伯母活着的时候，经常放在供桌上。伯母去世了，外婆的照片变成了多余。堂嫂还说，一个死去的人的相片，放在那里看到后闹心。他能想象得到，堂嫂往垃圾桶扔那些照片的时候，一定是一副极度嫌弃的样子，一定会在心里埋怨，不留下些黄金白银也就算了，至少留下些可以变卖的古董也好。

老人能给我们创造多大价值？我们能给小孩创造多大价值？能把小孩拉扯成人，已经很好了，还要什么呀。

"等到清明节了，咱们回我老家扫一次墓。好几年都没有回老家了。现在混得不错，要感激下祖先。没有祖先，哪来的我。"欧阳巧玉说。

"好吧。我们这周末先去冰玉堂找姑婆，把郑总交办的工作先落实下。"

周六一早，林城石带着欧阳巧玉和女儿圆圆先后去了郑总和黄丽丽家，说明来由，正如欧阳巧玉推测的那样，提及调查玉石，两个女人都很积极，就这样林城石顺利拿到了两块玉石。而后，林城石一家三口来到冰玉堂门口，一块省级非物质文化遗产的牌子立在这座岭南水乡建筑的大门口。这里已经变成新的文化景点了，不时看到参观拍照的人出出进进。

林城石问欧阳巧玉："依你的推测，姑婆还在吗？"

欧阳巧玉点了点头。她觉得自梳女这个概念从历史中来，也必将会走进历史。为什么定位省级文化遗产？原因很简单，就是少。许多烈士纪念馆都够不上省级两个字。自梳女是随着清末工业经济的发展而产生的，追求独立的女子，身体的解放跟精神的束缚形成一种新矛盾。比方说梳头，梳起头发后就不能嫁娶了，不能回爸妈家住了，这有什么讲究？有的不嫁，又要自己掏钱认个名义上的丈夫，只为去世后有个进人家祖坟的身份。这种事不会再发生了，早没了自梳女这种历史土壤。嫁不嫁是女人自己的事，与梳不梳毫无关系。说不定他们见到的是最后一个自梳女呢。

姑婆们也不容易，旧社会她们年龄大了没有地方养老，建成这样一个去处，也算是有个归宿。现在国家对困难群众有一套救济政策，不至于没吃没喝没得住。这地方虽然敬奉着神像和自梳女的牌位，但由于不像庙宇一样有宗教传承关系，更没有祠堂的家族传承功能，政府趁早从文化角度挖掘保护是对的，要不然会逐渐消失掉。毕竟在工业发展历史上，自梳女是当地一个独特的人文现象。它的存在有点儿神秘，保留下来，慢慢研究，也是一种对历史文化的莫大尊重。

一位斜躺在轮椅上的姑婆，望着墙上的一张照片出神。

林城石寒暄了几句，这位就是他们要找的人。

姑婆虽然腿脚不灵，但思维敏捷，听了林城石有关请她鉴定玉石的请求后说："许多人都问我对自梳女这种现象的认识，其实也谈不上认识，当时有那么多人做自梳女，我也就做了，一种自己选择的生活方式而已，没有什么高大的理论。你们倒好，是来问技术的，来咨询我的手艺的，这个话题我感兴趣。不过谈我的手艺，也要从我的经历谈起。"

姑婆的声音细长且清脆，如河里静静流淌着的水。或许这个院子里平常来的人只为参观，很少有人静下心来听她讲一段家事的缘故，她的眼里溢满了激动、信任和喜悦。

姑婆的大姐嫁给当地一个经营蚕丝的商人后，家人曾一度觉得光荣。学历史的人都知道，清朝晚期资本主义兴起，西樵简村堡人陈启源开办了继昌隆缫丝厂，那可是国内第一家蒸汽缫丝厂，他是第一位采用机器缫丝法的大知识分子。那时候街坊听到机器缫丝新法，比现在听到宇宙飞船登月球都觉得神秘，纯粹把陈启源当魔法师看。手工缫丝，一个工人一天大概缫丝四斤；机器缫丝，一个工人一天可缫丝四五十斤，速度快了十多倍。姑婆从她大姐口中还知道了广州辉煌的西关十三行，知道国人不但做海外生意，还有出国赚大钱的新鲜事。

好景不长，日本军队占领广州，姑婆大姐一家的好日子没过多长时间就结束了。所有的战争都是为了利益，没有利益谁会打仗？日军进城后，首先需要的是金钱和物资。作为缫丝行业重镇，毗邻广州的凤城被称作广东银行，这富庶之地自然不会逃脱日本人的眼睛。日军搜刮完凤城，掠夺财产的范围扩大到几乎所有富裕的乡镇。她大姐家因为配合不到位，全家被杀光。上到七十多岁的白胡须老人，下到她两岁不到的小外甥，无一人幸免。她当初下决心去国外，要学好技术，回来报效国家，要为驱逐侵略者作贡献，后来就去了南洋。姑婆心目中有位大英雄，他就是国内第一个飞机制造家和飞行师冯如。冯如在美国学会了制造飞机，后来带着他制造的飞机和技术回国。冯如心目中有个报效国家的大计划，希望祖国有翱翔蓝天的飞机，这对维护国家领土有着非常重要的意义。但不幸的是，冯如回国仅一年半时间，就因飞机失事而离开了尘世。人走了，他的精神照样存在。姐姐一家的死，给姑婆的心灵造成了非常大的创伤。国家这个大家不保了，小家何存？

不是任何人都能活得那么伟大，有的人老天注定让你活得不是那么精彩。

姑婆到南洋后并没有学到高深技术，后来几经折腾，在一家制造玉器的工厂做了工人，再后来还给老板家当了保姆。直到年老退休后才回到自己的国家。姑婆回来的时候，跟她年龄相仿的人差不多都去世了。她没有什么亲戚，还是坚持回来，必须回到自己的国家，这是她多年的心愿。在年轻人心里，出国是件威风且荣幸的事。姑婆用自身经历，证明了国外有好坏高低之分，出国的人有各自不同的思考。

姑婆叹息着她的微小贡献，可她心中一直有个坚定的信念存在，她是中国人。大半辈子生活在国外，汉语说得不流利，这不影响她的中国人身份。她离开时，日军已经占领了广州。坐船出海最怕的不是台风，不是翻船，而是怕呼啸而过的日军的子弹。她祈祷妈祖保佑她不被子弹打中。

在马来西亚站稳脚跟后，她参加了支持马共的活动。许多华人每月都会在工资里挤出点钱出来，偷偷捐助给马共。马来西亚原来是英国的殖民地，自日本人打进马来西亚后，英国军队改变了殖民策略，联合马共一起抗日。打败日军后，英军马上开始抓捕马共人士，只要支持过马共的人都受到了牵连。她只好跟着避难的华人去了新加坡，这一晃，一辈子就完了。

姑婆简短回忆完她的一生。

"我是坐飞机回来的。飞机落下来的那刻，我真想大吼一声。我觉得这么多年了，我终于找到了一个可以大吼一声的地方，那是一种压抑了一辈子，才找到的释放感呀。"

姑婆停下来，用毛巾擦了擦眼泪，林城石和欧阳巧玉相互望了一眼后，发现身后蹲着几个小孩子，小孩子们比他俩听得还入神。

姑婆说："在国外，我给他们谈关帝巡游，谈锣鼓柜，谈活人龙，谈观音开库，谈添丁挂灯，谈行通济，他们都听不懂。我说佛山有五个文状元、两个武状元，是广东出状元最多的地方，他们也听不懂。可你能听懂，这就是文化，是深入骨髓的。以前我说这些，很少有小孩听得这么认真，这是第一次。不说了吧，都是历史，我说的你们在书本上都能读到，甚至那些作者写的比我说的还要生动。我羡慕你们生活在一个和平稳定的环境里，珍惜吧，学会好好珍惜。"

姑婆征求林城石的意见，如果信得过，她就把玉石放在她这里，等仔细鉴定后再还回。她眼力不好，鉴别玉石时光线很重要，有人说"灯下不看玉"，一天不同时段看出来的结果也不一样，她要仔细点看。能给年轻人做点事是光荣的，她能带来的价值或许就这点，她要努力做好。

话说多了，姑婆有点儿累，闭上眼睛短暂休息。

林城石说："姑婆，这个不急，你慢慢鉴定。我们先离开一步，过几天我来拿。"

走出大门，林城石叹息道："姑婆这么大年纪了，能回来真不是件容易的事情。"

欧阳巧玉说："这就是国人的根文化，也是国家信仰。人还是要有信仰，姑婆的话简短，跳跃式说完了她的一生。她越是说得简单，越能突出重点。"

林城石和欧阳巧玉还在谈论，女儿圆圆总算有了个说话的机会。这段时间，她一直在静静地看、静静地听。

圆圆问："姑婆回来是为给我们讲故事，是吗？"

林城石说："姑婆用一辈子，活出了这个久久难忘的故事。"

圆圆又问："外国人知道李小龙吗？"

欧阳巧玉说："知道。只要外国人知道'中国'两个字，其他的都会知道。"

林城石和欧阳巧玉停下脚步，对女儿的问题感到惊讶。小孩希望外国人能了解中国。他俩相互对望了一眼，牵着女儿的手慢慢离开。

这次短暂的拜访，欧阳巧玉感受到文化对孩子熏陶的重要性。

上了车，她开始有意给女儿普及文化知识："广东近代真出了好多人才呀,梁启超、康有为、孙中山等,现在又是全国经济第一大省,你说这地方为何有这么大的能量?"

林城石说:"我们小学课本上有名的张家口人字形铁路设计师詹天佑,是南海人呢。以前上学觉得那些伟大的人距离自己很远,现在发现他们就在我们身边,只是我们没有足够关注而已。"

"你是业余文艺界人士,把这些历史人物写好,也是一件功德事。"

"不光是件功德事,还有巨大的经济效益呢。你说美国给全世界人,影响最深刻的、感觉最好且最有吸引力的地方是什么?"

欧阳巧玉抓着耳朵想了想说:"这个问题太大,不好回答。如果让我顺口说的话,会是好莱坞。"

"是好莱坞。这就是文化的感召力。好莱坞成了美国最大的文化输出窗口不说,还赚了大把大把的钱。印度也搞了个宝莱坞,出口电影赚了不少外汇。"

"我觉得许多地方影视城,作为一个旅游景点的功能发挥出来了,对文化的挖掘力还不够。要是佛山整合出个黄飞鸿、李小龙等文化元素,搞个武术电影节或者世界功夫电影城,把全国或者全世界武打片吸引到这里拍摄。加上凤城美食,可是一张世界级名片。有游,有玩,有吃,回头客一定络绎不绝,这对宣传中国文化意义巨大。"

"爸爸像个小孩子一样,真无聊。你自己怎么没有成为那些有名的人呢?"

"别笑我了,咱们只是嘴上的功夫,没有真功夫。"

"别谦虚,说不定我们也会成为政协委员或者人大代表呢。"

"爸爸妈妈又开始发挥天马行空的想象力了。"

林城石看似乱弹琴的话,无形中也在给女儿做思维铺垫。他不怕圆圆说自己不行，而是通过对当地一些文化艺术方面信息的传播，让孩子形成正确的价值观。对孩子的教育，讲许多大道理，那是过眼烟云的事，慢慢潜移默化才是大道。有人说文艺是弱者的精神寄居地，也有人说文艺是强者的思想战场。文学艺术有介于强者和弱者之间的跻身地带，更有游弋于黑白之间的灰色本领。任何时代，都是一场精彩的大戏、一部好看的作品，会让历史传承得更加精彩。如果没有《三国演义》，那段历史分合，很快就会被翻过去。没有姑婆出国回国的挫折，那段她经历过的历史，也会缺少另一个感人的镜头。

　　林城石想着，有一天，他的作品能拍成电影该多好，能流芳百世多好。

第十六章

纠纷

  全球经济不景气,负责公司销售工作的欧阳巧玉业绩下滑明显,越是订单不佳,越是心里烦躁。

  人一路顺溜着,似乎只在为自己的前程打拼;烦躁时,就会更想家里的亲人。一年一度的清明节到了,有个平稳期,得抓紧时间回趟老家。她从小喜欢热闹喜庆的节日,不大爱过这个节,但把探望父母和回家祭祖结合在一起,她第一次觉得清明回老家,有了更特别的意义。

  长途奔波的疲倦,被村里那股她从娘胎里就熟悉的风吹散了。

  父母先是责备他们没有选个放长假的时间,将外孙女圆圆带回家看看,担心孩子留给爷爷奶奶,会不会哭闹;然后就忙着翻箱倒柜,找葵花籽、大枣、核桃,把过年时买的年货,全拿给他俩;接着把一堆晒干的地软菜泡开,拿出精选的猪腿肉,做饺子吃。

  这次回家,重点分明。一切按照事先排定好的时间进行,说是回家,时间排得太紧,又有点儿像另类上班。

  扫完墓,欧阳巧玉跟林城石还想在山上转悠一会儿,欧阳山先返回家，躺在炕上休息。

只要天生你是个忙人，那就永远没有个闲下来的工夫。

欧阳山躺了不到10分钟，手机响了。一接通电话，那边传来一阵阵女孩哭声。欧阳山心头一紧，急忙翻起身，心里骂句，这兔崽子不知道清明节回家给祖先扫墓不说，跟他女朋友丽丽又闹起来了。

欧阳山这几天为女儿的事高兴。女儿给他争了口气，大老远从广东跑回家上坟不说，有房有车，又在发达城市工作。现在接到儿子女朋友哭哭啼啼的电话，他的心仿佛被人拴了根绳子后，又猛拉了一把，感到一阵剧烈的绞痛。

"娃他妈，你赶快来接电话。丽丽的电话。"欧阳山朝媳妇大声喊。

别看欧阳山是个大男人，感情尤其脆弱。听到别人的哭声，总会第一个流下眼泪。儿子女朋友打来电话，他更不知道该如何应对。

王兰有她处理复杂事情的一套办法。她先是对着丽丽的电话，一把鼻涕一把泪，把儿子骂成个千刀万剐的蠢货。然后又是句句珍惜，多么好的儿媳妇呀，这是老祖先积了八辈子的功德造就的姻缘。等丽丽不哭了，她又开始聊家常。她在电话里说了足有一个小时，欧阳山的心也提了一个小时。他一会儿凑到跟前听，一会儿独自在房间里踱步。

等打完电话，欧阳山盯着媳妇的脸看。他知道王兰和他一样，是个藏不住事的人，有什么喜忧，全会摊在脸上。看到王兰表情正常，他长出了口气，蹲在门槛上，卷了支旱烟，"吧嗒"一口，稍微放松了一下自己。

"两个娃怎么了？"

"龙龙把手里的钱买了车，租来的房子简单装修完后，连买张新床的钱都没有了。"

"买车花了多少钱？就咱们给的那点钱够买车？"

"龙龙向他姨妈借了1万多元,说买的是一辆小排量的两厢小车,总共3万多元。"

欧阳山的心总算放下来了。为买车的事吵架,不算太严重的问题,只是花钱的意见不同而已。他很少支配钱,对花钱的感觉不太灵敏。

"买了就买了吧,钱花了还可以继续挣。车买来也是个大物件,丽丽照样能享受,只要不干赌博、吸毒这些违法乱纪的事,就不怕。"

"你懂个屁。女的怀上孩子了,没有一分钱,怎么生?怀孕要吃好点孩子才能发育正常。这个龙龙没头脑,只知道显摆自己,根本不顾人家女孩的死活。"

听到没有过门的儿媳妇有了喜,欧阳山觉得媳妇的话有道理。怀孕要吃好、住好、休息好。钱全部买了车,还借他姨妈一万多块,这没娶进门的儿媳真的是要受罪了。

"丽丽还说,车的什么证上写的是龙龙的名字,要是有一天龙龙开着车走了,相当于她什么都没有了。"

"龙龙是农村出生的娃,应该没有太多心机才对。听丽丽这么一说,我觉得他也不是盏省油的灯呀。"

"我估计他学坏了,知道的坏点子不少。"

王兰上次去邻居家聊天,看到邻居家上初中的小男孩,拿着手机看那些光着屁股的老妇女,扭来扭去表演呢。她看了一眼都脸红,那孩子看得入神,居然连她走到身边转了一圈都没有发现。这样的事情,她也不敢告诉小男孩爸妈。现在自家的也成浪荡鬼了,还上过大学呢,真不知道学了些啥。做人没学好,有什么文凭都白搭。

王兰坐在炕沿上继续唠叨。丽丽说她哭着闹了几天,想分手算了,但还是忍住了,她已经怀上了孩子,对自己的折磨是次要的,对孩子可是大事。龙龙的所作所为让她难过,可她还是爱着他。丽丽多懂事呀,要是真娶进门,那可是老祖宗在天上保佑的结果。不知造了什么孽，生了个这样的儿子。

"车子有了，如果孩子顺利出生，我这辈子就心满意足了。你给丽丽打个电话，就说车主是谁都不重要，这兔崽子要是敢对丽丽不好，我就打折他的腿。肚子里的孩子才是最重要的，为这车的事费头脑，倒不如不去想它。好好怀孩子，咱们会管好这兔崽子的。"

在欧阳山的心中，如果爱情破产了，房子、车子都成了身外之物，稳定住婚姻才是重要的。

王兰说："你这么能说，为啥把电话塞给我？村里人都说你料事如神，把你当半仙对待，怎么一听到丽丽电话就跟缩头乌龟一样。丽丽说龙龙每天要擦上好几遍车，还要打蜡，还买来许多小挂件挂在车里。问题是龙龙对车的重视，完全超过了对人家的关照。女的让他洗一件衣服，他就算勉强洗了，也要唠叨几句。至于车，看到一点儿灰尘，他都要凑上来，用嘴去吹。"

"这本来没有错，一个人好不容易得到自己所渴望的东西，不是简单地用高兴、喜悦这样的词语来形容的，这是发自内心的兴奋。我跟你刚结婚的时候，就有过这样的感觉。家里穷，我娶上媳妇后，许多人说欧阳山都能娶上媳妇，村里就没有打光棍的人了。可现在，村里打光棍的一大堆。"

"你没有开过车，别装蒜。好像你也在帮儿子洗车、擦玻璃一样。"

欧阳山安慰王兰："爱呀情呀的，是靠吃饭来维持的，没有饭吃算个球。车子、房子是要时髦的，怎么说也比不上吃饭重要。给女的寄点钱，让人家觉得咱们对她重视，他俩的矛盾也就少了，然后赶快领个结婚证，免得夜长梦多。"

都说车是男人的小三，欧阳山没有感受过小二小三是什么滋味，他觉得这车，是儿子有史以来最爱的东西。

晚上睡觉时，王兰把龙龙和丽丽的事说给欧阳巧玉听："以前的人都要生个男孩，觉得有了传宗接代的。生个不争气的，倒成了我的心病。要是只生了你一个，就没这么麻烦了。生的孩子好了，越多越好；生个不争气的，多操心。"

"我明天去看望下龙龙和丽丽，弄清楚前因后果，咱们再作决定。我给丽丽买了件衣服，本想着让你代我转送，现在也好，我去趟她那里亲手给她，也好拉近感情。"

一听欧阳巧玉说要去看龙龙，王兰马上翻起身。

"这么晚起来干吗？"

"我做些麻花你顺便带过去，让他们吃好点，保养好身子。"

"行了，我去的时候顺路买几斤给她，这么晚别做了。"

"不，一定要做，人家知道咱亲手做的，心里的感受会不一样。还有我和你爸准备的点结婚钱，全给他们。这钱，早花比迟花好。"

天一亮，欧阳巧玉让林城石在手机上修改乘车日期，说要坐车去看望下弟弟。回趟家不容易，既然来了，多待一天也好，免得他俩怀了二胎，又三四年回不了家。

坐长途车无聊，欧阳巧玉无话找话："你对爱情怎么看？"

"孩子都三年级了，老夫老妻了，还谈论爱情，太无聊了吧？"

"必须谈，这牵扯到我对今天问题的处理，因为龙龙跟他怀孕了的女朋友丽丽产生了矛盾，这个问题解决得好，是一个新家庭的出现，解决不好就是一对冤家的产生，你的答案于我有参考价值。"

"那好吧。我总结下再告诉你。"

林城石心中，把婚姻定义为三个阶段：第一个阶段是追求阶段或者说热恋阶段，这个阶段是男人付出最多的时候，男人会将女人当作神仙一样侍奉着，用漂亮的语言、感人的行动来证明自己是个可以托付终身的人。第二个阶段是结婚的阶段，到结婚的时候，女人几乎已经对感情没有什么戒心，想的是如何办得更体面些。虚荣心告诉女人，结婚的形式似乎比内容更重要。男人在这个阶段更多的是一种炫耀，告诉别人自己结婚了，完成了一件终身大事，如同升了官或者发了财一样，有种成就感。第三个阶段是过日子的阶段，所谓的山盟海誓，往往经不起因买一瓶酱油而产生的争论考验。

"现在龙龙把所有的钱买了车，假如你是丽丽，会怎么办？"

"已经买了，总不能退回去吧。这车子不像房子，从全民炒股到全民炒房，房子变成了热门投资对象，一转手就能卖个好价钱。车只要一到手再出手，就得打折，赔钱不说，关键是很难卖出去。"

"女人挺着个大肚子，家里一分钱没有，龙龙还有心思开车显摆，我真为他担心。"

"要是他俩有造化就成了，要是没有造化，那就完了。就龙龙这个浪荡样子，错过这个村怕没有这个店了，我觉得稳住丽丽才是最关键的。换了别人，谁还为他怀孩子，早拍屁股走了。她给家里人打电话，求助家里人管龙龙，说明这事还能挽回。"

欧阳巧玉听林城石这么一说，觉得事情没有想象中的那么糟糕。

"就要你这句话，当局者迷旁观者清。我糊涂的时候，有你这个军师出谋划策，心里踏实多了。"

丽丽和龙龙的关系有存续的可能，才能把包里的3万元留下来。要是一点儿可能都没有，留钱也就没有意义了。她心里一直这样想。

欧阳巧玉觉得龙龙有林城石一半就好了。她担心龙龙手头紧了，在网上弄个高利贷什么的，会更加麻烦。她对不断冒出来的新名词高度敏感，比方说互联网金融，这个词刚冒出来，觉得非常新鲜高大。可某些投机商一忽悠，变相成为网络高利贷，麻烦就大了。

出了高铁站，坐了10分钟的出租车，到了龙龙的出租屋。

进屋，落座。相互客气一番后，龙龙已经察觉姐姐和姐夫俩的来意，扯着坐车累不累等闲话，化解尴尬。肚子轻微隆起的丽丽，不好意思地坐在一个小板凳上，盯着自己的鞋尖看。

欧阳巧玉和林城石比他俩表现得自然多了。按照夫妻俩事先筹划好的方案，落座半小时后，林城石以给单位买点土特产的名义，带着龙龙出去溜达。欧阳巧玉借给丽丽试穿新衣，扯开话题。

时间过去了一个小时。林城石和龙龙散步聊天时，早选好了一家离出租房不远的牛肉面馆。

戴着小白帽的回民老板，天生有经商头脑。客人进门先付钱开好小票，小票从厨房窗口递进去，师傅们按小票做饭菜。既能按顺序做饭菜，也不会发生吃饭后忘记付钱的事情。一个小小的付钱吃饭过程，显示出当地回民成熟的经营方式。

点好炒面、凉拌牛肉、大盘鸡，林城石给欧阳巧玉打了个电话，让她和丽丽出来吃饭。

吃完饭，欧阳巧玉以买点胃药的名义，让龙龙和丽丽先回房间休息，她和林城石在街上又溜达了一会儿。夫妻俩不想走太远，拐了个弯后在一棵大槐树下停住脚步。春季的西北风，在天黑前忽然变大，高原气流裹挟着的尘沙，将这里生活着的人，磨炼出一股坚韧和刚强的性格。

林城石分析，从他跟龙龙的交谈来看，两人之间的矛盾只是暂时的，龙龙认识到了他的错误，只是思想有点儿激进。比方说姐家有车有房，他也想有车有房。奋斗的时间还不长，加上一些客观原因，起步总有个过程。他知道清明节咱们回家，买了辆便宜小车想开回家显摆，结果丽丽一发火，不但家没有回成，还差点儿闹崩了。

欧阳巧玉从丽丽嘴里得知，她上班的地方距离租住的房子有40分钟的路程，加上等车的时间，来回差不多要两个钟头。龙龙上班的地方离住的地方不到10分钟，骑辆自行车都行，可他就是不消停，开辆车装蒜。丽丽闹完后，对龙龙也没招使了。为了生孩子，她只能靠省吃俭用过日子。

龙龙虽然买了车，但发现有车跟养车不是同一回事。算了一笔账，保险费、保养费、油费、维修费、过路费，一年少说也得上万元。车买来后，蒙着车衣，停在出租屋后面的大柳树下。龙龙自己很少开，更谈不上接送丽丽，只是满足了下有车人的那种感觉。

丽丽说他们已经拍好了婚纱照，上班无聊的时候，她将自己的照片贴上几张，朋友对她的婚纱照只是应付般地赞美几句，可当她传上去几张小车照片时，朋友们马上开始用羡慕的口吻来评价。有些会说话的就赞美她能干，这么短时间有了车，是学习的榜样；有些嫉妒性强的，说她找了个好老公，并叹息自己命运不好，嫁了个龌龊男人。丽丽有个叫瑜瑜的朋友，打电话时还流出了几点眼泪。她开始以为瑜瑜是假哭，后来知道她是真哭，瑜瑜本来认为上完大学就能端碗轻松饭，在外打工不顺心不说，学的专业没有竞争力，最后在饭店里找了个端饭菜的活。

丽丽工作经验丰富，工作好，成了瑜瑜的比较对象。丽丽说她不反对买车，毕竟现在社会买车容易、买房难，只是暂时还不是花钱买车的时候。等生完孩子，过年回家前，如果能存够钱再买不迟。谁知道龙龙借钱买了车，对她怀孕生孩子的事丝毫不上心。本来她不想给家里人打电话，两个人吵了一个多星期后，龙龙居然威胁说要开着车去别的地方打工，这撂挑子的做法，谁能受得了。

"丽丽真比龙龙懂事，要我是丽丽，遇到这样一个男人，直接就是一顿棍子。"

"丽丽也有她的难处，为龙龙打过几次胎了，而且医生说这是她最后一次怀孕的机会，这次保不好胎，这辈子就不能生孩子了。"

欧阳巧玉还说丽丽为了龙龙曾跑到广东打过一段时间的工，赚来的钱治好了她的子宫病。曾有个男孩喜欢她，可她为了龙龙不但骗了人家的钱，还偷走了人家的电脑。她爱龙龙，想让龙龙知道她的良苦用心，龙龙好像总是长不大，责任心不够。

"她说让我把跟广东男孩相好的事别告诉龙龙，她骗他是在一家台资企业上班赚的钱买的电脑，没有说是骗来的。"

林城石伸出手掌，按住欧阳巧玉的嘴："停，这个女的叫什么？"

欧阳巧玉推开林城石的手说："丽丽呀，咱们不是一直在说她吗？"

"全名？我问的是全名。"

"林丽，龙龙喊她丽丽，我们都喊她丽丽。"

"这个丽丽我知道。"

欧阳巧玉瞪大眼睛："怎么，你认识丽丽？"

"不是认识，是知道。这个林丽就是我曾经写过的一个人物。"

欧阳巧玉蹲在地上："我的天呀，你还在谈创作，现在都什么时候了，不要活在你的空幻世界中好不好？"

林城石也蹲下身子："作品中的人物是真的，是现实中的人，我收集在作品里去了。你知道张总吗？"

"知道。"

"知道张总新认的，分别二十多年之久的儿子王海峡吗？"

"知道。"

"对，就是这个王海峡。他以前在网上认识了一个叫林丽的女孩，这女孩到了广东后跟王海峡在一起生活了一段时间。而且你说的骗了人家的钱，偷了笔记本电脑，还有错过这胎不能再怀孕的事，完全跟王海峡认识的那个林丽一样。只有小部分对不上，王海峡说的那个林丽，每个月要给他弟弟汇款，偷笔记本电脑是给他弟弟用的，除此之外完全一样。我认为这个林丽就是那个林丽，所谓她弟弟，就是咱弟弟龙龙。"

"要真是她，咱们立马走人。说得那么动情、那么感人，原来是个骗子，各地骗男人。卖色相、拣现成、不劳而获，我最讨厌这种女人。"

林城石站起身说："马上回去见他们，把钱给丽丽。"

欧阳巧玉提高嗓门："怎么，你也喜欢这种女人。人家是肥水不外流，你把祸水往家里引。是不是你有什么想法？"

林城石凑到欧阳巧玉耳边说："丽丽骗王海峡的钱全给了龙龙，偷来的笔记本电脑也给了龙龙。不错，她骗了王海峡，可她骗来的东西全给了龙龙。她那时身体有病离开龙龙，身体好了又回来了。离开林丽，龙龙这辈子再也遇不到这样对她好的女人了。小说家作品中塑造的人物，远没有现实中的人物这么鲜活。现在的年轻人，许多都是先谈房子、车子、老爷子，选好家庭背景才结婚。心中只有龙龙，为了龙龙不惜牺牲自己的一切，一个大家都往钱看的发展时期，冒出个这样的女孩，完全算另类了。"

欧阳巧玉盯着林城石的眼睛，确认他说的是心里话。又问："你不是因为她现在所处的困境，才让龙龙娶她的吧。"

"不是，我觉得我们遇到了一个好人，至少是一个对龙龙好的人。她不让龙龙买车，不就是为了长久地生活在一起吗？回头进屋，你就当着龙龙的面，咱们也给她3000元见面礼。让她感受到家里人的重视，让她感受到做好人应该受到的尊重。她心里踏实，也对龙龙是个打击。让他觉得我们对丽丽更信任，今后就会收敛点。这么大人了，交个女朋友还要人家养活他，让脸上难堪点，或许会改变得快些。"

欧阳巧玉拉了把林城石站起身："对，就这样。我妈常说宁给个好心肠，别给个好脸色。对龙龙真应该好好打击一下。话说回来，林丽还是挺努力的，她利用业余时间，考了二级建造师证书，挂靠到外边，每月也有1000元左右的收入呢。虽然大家都在喊取消挂证，可能挂一天算一天。我惋惜她在老家挂靠，要是在广东，每月的挂靠费至少两三千。能考上二级建造师说明她有上进心。有了二级建造师证，就算今后国家管严了不让挂证了，也多个就业渠道。"

"我有一个想法，不知道该不该说？"

"赶快说呀，还有什么应该不应该的。"

"让他们明天就办结婚手续。这样对丽丽来说是个最好的交代，对龙龙来说给他拴条绳子，不能再信马由缰了。"

欧阳巧玉思考了一会儿说："好，结婚至少给人一道法律上的认可和束缚。丽丽结婚的五金咱们两个买，另外给他们每人买两套新衣服。"

林城石笑笑："这么大方，你结婚的时候都没有买五金。买三金算了，金戒指、金耳环、金镯子比较常见，其他的就省了吧，我看这个龙龙很难一步帮到位，以后说不定咱们出钱的地方还多着呢。"

欧阳巧玉拍了拍林城石的肩膀："还是你想得周全，我这就给爸妈打电话告诉一声。"

欧阳巧玉和林城石走进房屋时，龙龙和丽丽各坐着一把椅子，正在吃从老家带来的麻花。

欧阳巧玉说："妈一听我要来看望你们，三更半夜翻起身烫面做麻花。我帮着消猪油，锅里溅出来的油，烧得我的手背到现在还痛呢。"

林丽盯着拧得既紧又均匀好看的麻花,不好意思地说:"真是太感谢阿姨了。我一定要学会做麻花。"

欧阳巧玉从包里掏出一沓钱,递给林丽。

"从今以后就叫妈,别叫阿姨了。3万元是爸妈给的,3000元是我和你姐夫的心意。是结婚钱也好,是改口费也好,你收下吧。爸妈知道你怀孕了,让我和你姐夫做个见证,明天我俩陪你们去办个结婚手续,先把证领了。至于其他的事回头再补。结婚证办好了,孩子生下来好上户口,大家心里也踏实。今后有困难,跟我和你姐夫说声,我们会帮助你俩的。"

欧阳巧玉转向弟弟:"龙龙,你做事给咱收着点,不要太过分。咱爸妈还想着你光耀门楣呢。我也不指望你三两年混成个大老板,一步一个脚印,走稳走正最关键。人生没有捷径,你看到的成功后面,都隐藏着无数辛酸。就我跟你姐夫这生活,也是慢慢熬出来的。"

龙龙回了一句:"高房价、高消费。一斤猪肉一年翻三番,工资一年涨不到两百元,难熬呀。"

林城石说:"我和你姐换了大点的房子,当时的目标是靠小区花园,面积大点。可住进去后发现,离安居目标还有一大步。原因是小区东西南北四面都有房子,我们的房子阳台朝北,东边的一座电梯楼比我们这座高出了十多层。关键点在于太阳也会开玩笑,冬天恰好藏在东面这座楼房的后面,一天到晚阳台上照不进一线阳光,衣服全靠风吹干。可到了夏天,太阳转到北座和东座之间的那个空隙中,只要出太阳,阳台上就热得站不住人。许多事情很难一步到位,你眼中的好,在别人眼中还有很长一段路需要去走呢。"

欧阳巧玉平日里不怎么关注社会大问题,对身边耳闻目睹的事物,倒有一番见解。她告诉龙龙,不要说老百姓的生活难以一步到位,改革也是个不断、深化的过程。就拿镇里工业园改造升级来说,分散在各个村庄的小企业,确实存在消防管理难、排污监管难、占地多、纳税少的问题，可这些小企业的分散也是有现实方便性的，比方说村民就近就业，比方说在小厂上班的人在村里的菜市场买菜、在村里租房等，带动了村里的商业，增加了村民的收入。改造升级，就预示着许多小企业要么搬走，要么搬进集中新盖的综合性出租厂房，可结果怎样？还有待观察，或许能一步到位，或许任重道远。个人更是这样，从这几年经历的事来看，如果手里没有点存款，遇到紧急问题，只能望洋兴叹了，要学会未雨绸缪。

以做错事受教育身份低声应诺的龙龙，听到姐姐嘴里的改革，话匣子立马打开。从长远来说，在为发展找空间，这是迟早必须要走的一步路呀。

欧阳巧玉不反对弟弟的说法，关键在于迟与早这个度，如何把握精准。搬走小厂后，村民依靠卖菜、出租房子的收入，大大减少。随着厂房租金水涨船高，许多小企业不得不搬到外市去。

"这人就是栖息在树枝上的鸟，树移了，鸟哪有不跟着移的道理？反过来说，树没了，鸟到哪里去落脚？现在社会发展速度太快，我们的判断力往往跟不上发展速度。有时候是人推着事走，有时候是事推着人走。所以，你天天想着投资这儿，投资那儿，不如收点心，先把家里的事弄明白。"她不忘提醒龙龙一句。

"文化恰好需要沉淀，风一吹就不见的东西，不可能形成文化。改革这风风雨雨，有时得牺牲一部分人的利益，乃至牺牲一代人的生活。事物的发展不会一帆风顺，会是个艰难的过程，失败了，也很正常。世上没有容易的成功。国家的、政府的改革如此，个人更是如此。"林城石开始给小舅子上课。

欧阳巧玉望着窗外的白杨树，好像是有意说给弟弟和弟媳妇听，也更像是顺嘴唠叨："你姐夫举这些例子，其实想说明任何一件事情都充满困难的。不要畏惧，也不要轻视，要正确面对。大事我们分析得不够准确，毕竟信息、能力都不对称。说说自己的事吧，你姐夫还信用卡上的钱，都要骑着摩托车，利用上下班的时间亲自去趟顺路的银行。不是手机支付不好用，这世上没有免费的服务，超过一定额度，是要按千分之一收手续费的，说不定以后还会更高。他的信用卡最高消费额度设置了5000元，我们每月最多也就刷个四五千元。几元钱的手续费，他都舍不得花。"

"发行数字货币了，以后不是全靠网上支付？"龙龙对新事物总是充满热情。

"不管金元宝、银元宝、钞票，还是数字货币，到我们老百姓手中的钱，一分还是一分，一点儿也不会变多。钱的价值在于购买力，只要劳动力不增值，货币换个什么马甲，跟我们关系都不大。推出一样新东西，就会有生产成本发生。羊毛出在羊身上，你操的全是八竿子打不到的心。"林丽瞪了龙龙一眼。

龙龙吐吐舌头，故意嘚瑟一句："都数字化了，收藏钱币的人以后日子也难过呀。要是现在有钱，多收藏些纸币，今后一定会升值。"

欧阳巧玉在龙龙额头上，用力戳了一下。

她没说话，用眼神否定了弟弟的想法。有钱没钱先不提，她觉得只因为赚钱不是她的理想。作为女人，她更喜欢稳定，看到西安古城墙、平遥古城墙，觉得那里留下来的文化遗产，比许多地方当初以封建名义拆掉后，又以发展旅游业的名义，用现代材料堆砌的仿古建筑，民族和文化味道浓厚多了。她希望弟弟能务实点，基本功没有练好，想些不切合实际的东西，除了给骗子交学费，一点儿作用都没有。

林丽提到了回村里创业的事。村里许多人外出务工，地荒在那里。要是把这些土地，整成一大块，种些特色产品，迟早是个创收的好办法。以前听说有村民集中种果树的，可等着家家种果树，水果买不上价，大家又开始砍果树。跟猪肉价格高的时候养母猪，是同一个道理。大伙儿养的猪多了，猪肉价格下跌，开始宰母猪。村里种大棚菜、大棚西瓜的人很多，但如果目标市场没有选择好，最后还是砍果树、杀母猪的道理。特色很重要，南方人到黄河边游玩，坐羊皮筏子那就是特色。要是弄艘游船，那绝对不是个好主意，你说北方人造船哪能比得过南方人？旅游更多的是吸引外地人，发展特色产品，也是这个道理。

龙龙一个劲儿地点头。两个人之间对如何花钱观点相左，对如何发展特色产业，又意见高度相似。

欧阳巧玉万万没有想到，林丽居然有这么缜密的思考。俗话说，不怕做不到，就怕想不到。许多小青年创业最擅长跟风，别人弄什么赚了钱，自己马上模仿别人做一套。这样整的好处是，有人在前面实验，后面少走些弯路。问题是跟的人多了，激烈的竞争会打败一大堆没有风险意识的人。

这弟媳妇一开始，就有走特色道路的想法，不只是预见风险的问题，更是在寻找新的增长点。农村条件差，创业确实比城市里艰难好多倍，资源不均衡不说，渠道也相对闭塞。县城里快递公司好几家，可送往偏远村庄的快件，几乎全都转给了中国邮政。除了商业经济，还有社会经济。中国邮政，头上顶着"中国"二字，这就是责任。哪怕只有一封信件，你得照常送。对纯粹商业化的快递公司来说，西藏、新疆等边远地区，跑百十里路花几十元油钱送一封信，要么根本不接单，要么掏几元钱转给别人代劳更合算。农村创业，不是手机上开个网店，销售几斤土豆那么简单。

"只要你想好特色种植，我首先入股投资。赚了咱们一起分钱，赔了就算打水漂交学费，姐支持你。"

欧阳巧玉的话，如同一把精神大扫把，罩在林丽和龙龙脸上的那丝忧虑，立马被扫到九霄云外去了。

第十七章 机遇

高铁窗户如同一部多功能照相机，在欧阳巧玉大脑里，一张一张，摄下老家的山川地貌。

林城石站在窗户边，拿着手机摄像。常人眼里普普通通的房子，正是他所想要的民俗载体。有屋脊的四合院，带院落的楼房，独座小洋楼……从北到南，不同形状的建筑，既表现出当地居民的习惯与爱好，也诠释着城市化增强后土地紧缺的现实。当然，建筑还折射出人们从古朴、实用，到开放、舒适的屋居观念。这些新发现，迟早会变成他笔下精美的文字。

林城石问欧阳巧玉："大家都忙着赚钱，你说咱们要不要想个办法搞点投资？要不在地铁口附近买套小公寓，反正大点的咱们也没能力投资，弄套小的办个按揭贷款，还是可以支撑的。我的几个同学都在朋友圈里喊钱少，有的做了处级领导，有的做到大学教授了，可张口闭口还是一个钱字。以前觉得他们站在象牙塔上，应该更有视金钱如粪土的那种超脱感才对，现在发现大家都在忙生活，甚至他们比我更需要钱。"

"地铁要建,房价涨半;地铁一通,人走楼空。"

这是网络上的金段子,尤其适合经济不发达的中小城市。贷款修完地铁,反倒是让自己城市里的人流动到大城市去了。大城市就业既方便,收入又高,虹吸效应明显。小地方本准备修好地铁,接收大城市人买房,结果不但没有吸引来大城市的买家,反倒让自己的人跑得更多更快。

林城石竖起大拇指:"厉害。短期的炒作,相当于给一个人打了鸡血,猛涨之后,就慢慢变成消退的了。"

"不是厉害,是实话。现在的人,假话听惯了、说惯了,对真话产生了抗体。我这话说给别人,他们一定会在鼻子里哼哼几声。你跟我是一家人,才觉得有道理。"

"大家似乎只为钱忙碌。"

"这就问题大了。我上小学时,我们数学老师师范毕业,一个月几百元的工资,她都非常满足,经常给我们夸耀说,她回家吃的是花生米和葵花籽。那时候没有太多零食,有花生米和葵花籽吃,就觉得幸福指数蛮高的。现在大家比房子有几套,比车、比去哪里旅游,比要不要把孩子送到国外读书等。我妈说过,'不怕穷辛苦,就怕人比富'。这一比,大家都觉得心里空空荡荡的,因为总有人比你强。估计你那几个同学,也是被别人比成了那样。当今社会,过个小康生活,对多数人来说没有问题。问题是比,比这比那,有些东西是比不来的。况且各人有各自的优缺点,怎能什么都去跟别人比呢?由比变逼,最后把自己弄得心神不宁,思想都出了问题。"

"听了你这话,我想到了一个比喻。一个人不管你是个高个子或者矮个子,也不管胖瘦,关键是身材比例要好。有人说大脑越发达智商越高,要是一个人只长头,头和房子一样大,智商再高也成了怪物。同样道理,要是一个人觉得手长有用,只长手,或者觉得腿长跑得快,只长腿,失去比例后怎么看都不符合人类审美。人的欲望也是这样，在某一方面持续膨胀，也是个问题。"

两人说着话，欧阳巧玉的手机响了。打电话的人，是计划高薪挖她的汽车配件销售公司的老板。

老板说得非常直接，以欧阳巧玉在汽车配件厂工作多年的优势，兼职销售配件，厂里按净利润的百分之五提成；如果辞工后到他们公司专职负责销售工作，除担任销售总监外，工资是现在的两倍，年底还有毛利润百分之五的提成，作为绩效奖励。

欧阳巧玉没有换工作的想法，但这个电话还是让她有点儿兴奋，被人挖至少说明自己有价值。她以出差在外，且需要征求家人意见为由，委婉地挂断了电话。

林城石转了转脖子，觉得四肢都有些僵硬了。

"看来当高铁司机也是件很辛苦的事。"

"一行不知一行苦，咱们看到的往往是别人的成功之处，忽略了人家辛苦奋斗的一面。你这只是坐高铁，司机还要百分之百保持高度警惕。说点自家事吧，妈担心丽丽会骗龙龙的钱，可龙龙其实花的是丽丽的钱。"

"你知道丽丽的预产期是什么时候？"

"我问过，她说还没有算。"

"真傻，连自己的事都不知道。"

欧阳巧玉咯咯地笑起来。

欧阳巧玉告诉林城石，她妈说他们这次回家，可给老爸长脸了。买给老爸的那条"红双喜"还有茶叶，他自己没舍得享受，等女儿女婿走后拆开包，招待来家里串门的亲邻。邻居胖子叔说，小时候他们连旱烟都抽不起，卖旱烟的人不称斤，按碗量，一碗旱烟叶1元钱。老人们喜欢拿支旱烟锅抽，有点儿钱的抽水烟或者纸烟，普通人家只能抽旱烟。烟和茶叶是农村男人的必要配备，没有吸烟有害健康这种说法。至于酒，只有家里有当干部的人家才喝得起。哪像现在，一提喝酒怕伤身体，那时想伤还没机会伤呢。家里烟叶本来不多，撕一张书纸，裁成三指宽的纸条，卷成烟卷抽。其实叫抽烟，一支烟卷里一半是用树叶填的。胖子叔还说欧阳巧玉爷爷的坟埋得好，听风水先生说，这个坟要出三代富人。这坟只发老大，辈辈老大发得快。

"你看我是老大，日子过得好，这风水真灵验，轮到咱头上来了。"

"去去去，人家风水中的老大指的是男孩，你可是女孩呀。"

欧阳巧玉推了林城石一把说："你这秀才真不知变通，风水轮流转不光是这几年兴这家，那几年兴那家，也会随着社会上男女平等的现实情况转呀。早都男女平等了，管他男孩女孩，只要是老大就好。按你的说法，只生了一个女孩子的风水就没有用了？发展，发展，中医除了望闻问诊之外，现代的B超、CT不是也用来看病？有个成语叫肝胆相照，对肝胆关系的研究，说明我国古代解剖手术非常发达。《三国演义》中华佗给关羽刮骨疗伤，不也是在做外科手术嘛。使用先进设备做配套，看得准才好对症下药。这检测仪器只是方便诊断病因的工具，从来没有说只给西医用。就如同一款手机，中国人能用，外国人也能用。风水也是跟着时代走，提倡男女平等，风水也要用男女平等的眼光看才会有发展。手机上有电子罗盘，方位看得更准，这算不算传统？与时俱进呀，你这死脑筋。只有跟住时代潮流，才能写出流芳百世的好文章，为什么每个时代读书人那么多，只有几个响当当的人物？这问题你要好好思考。"

"好，你说得完全正确。按这样的推理，咱们的女儿也能沾上外公家的光。"

"胖子叔问爸，你带回家的茶叶多少钱一斤？说泡到茶杯中，整个屋子闻起来都是香的。"

第十七章 机遇

　　林城石笑了起来。也不是什么高档茶叶，是老板娘送给他的台湾阿里山的高山茶，他没有舍得喝，留给岳父大人喝了。估计胖子叔第一次闻到这种茶叶的味道，觉得新奇而已。

　　别说他对茶感兴趣，他带的那个小女孩对欧阳巧玉的东西更感兴趣。偷偷把脚伸到她的那双尖底皮鞋里，走了两步就跌倒了。欧阳巧玉没有看到，林城石差点儿忍不住笑出声来。那小孩胆子不小，摔倒翻起身后没有哭，也没有什么不好意思，两只大眼睛盯着鞋跟看，好像在思考那么尖的鞋底怎么才能站得稳。趁欧阳巧玉出门上厕所的机会，小女孩还翻了她的皮包。不为拿钱，倒是对包里的一瓶香水有了足够兴趣。小孩守规矩，没有偷偷拿走，而是用鼻子闻了好久后才放回包里。欧阳巧玉坐在炕上休息，她像个忠诚的卫士一样守在旁边。好在欧阳巧玉给了她那瓶香水。

　　林城石觉得大山里的孩子还是挺向往外面世界的。不像珠三角，随着工业兴起，就地城镇化，村委会改成居委会，农村就变成乡村了。村还是那个村，村邻还是那些村邻，风俗习惯也不会发生太大变化。孩子跟着城市一起生长，没有好奇感和陌生感。山区人，面朝黄土背朝天，几辈子人住的那片地方，很少发生天翻地覆的变化，越是这样，越对外面的世界感到新鲜。

　　"现在农村人谈论的都是国际新闻，小孩从小在网上耳闻目染的是外面的大世界，可离亲自接触还有一段距离。妈说胖子叔的小儿子在北京送快递，胖子叔年前忙着改造自家四合院的大门，要是这个大门不改大点，车开不进去。门改大了，门前的路却没有修宽，结果他小儿子的车开回来后，停在路边的老王家门口。想到车，没有想到路，属于没有亲自经历过的实践缺陷。爸还笑着说胖子叔的小儿子没钱买房，贷款买了个20多万元的车开回来显摆，结果车没开到

211

自家大门口,停在了别人家门前,不知道的人还以为是老王家买了新车呢。"

"爸说胖子叔心灵手巧,他干水泥活、木工活都很在行,只半天时间就将大门改好了。"

"妈还说人的屁股放在什么地方就说什么话,胖子叔自从儿子有了小车,他对车的态度也发生了莫大的变化。以前胖子叔听到路边汽车的喇叭声,就骂吵死人了。现在听到汽车的喇叭声和引擎声,谈论的却是这车什么价位。"

林城石问:"扫墓的路上,我看到有个挺着大肚子的女人对你很热情,说了好多话,是你以前的好朋友吗?从没听你说过。"

"那是乐乐。她老公是包工头,算村里比较风光的人了。说以前想生不敢生,好不容易等到国家放开二胎政策了,生理周期不规律,又怀不上了。调养了几年身体,才怀上二胎。她老公不让她干活,待在家里养胎。现在已经六个多月了,婆婆每天变着花样给她做好吃的,体重一个月长了十斤。说她越来越懒了。我听得出,乐乐在夸耀自己的优越条件,怀孕不上班,待在家里还有人伺候。"

"说不定她觉得你比她混得好,故意在你面前装蒜呢。"

"别把人家想那么坏。"

两人聊得开心时,林城石的电话响了,滑开屏幕一看,来电显示为:小胖。

欧阳巧玉瞪了林城石一眼:"我正准备谈一个撩骚女人,没想到又来了一个女人。"

林城石赶忙解释说:"估计是洗车开发票的事。"

他要挂断电话,欧阳巧玉按住他的手说:"接吧,是不是有什么见不得人的事?"

林城石只好接通电话,把通话设置为免提状态,这样不管聊什么,两个人都能听得见。

第十七章 机遇

"你们单位招人吗?"

"不知道呀,招聘这事不归我管。"

"你能帮忙打听下不?"

"可以。给谁找工?"

"给我自己找呀。"

"你这老板娘别忽悠我了。"

"唉,你不知道,我家那个以前开这个修理店,是我建议增加洗车业务的,现在工业园里开了家自动洗车店不说,加油站也开展加油送洗车服务。这房租一年比一年高,我这洗车的地方少说也占了两间房,洗车生意这么难做,今后怎么混呀。以前洗车生意好,我忙进忙出帮忙洗车,跟工人一起干活赚钱,天天喊辛苦。现在洗车生意减了大半,主要靠维修生意赚钱,他似乎变成了另一个人,动不动就对我发脾气。店旁那家快餐店的女服务员,从我家店门口路过时喊声老板,他脸上的笑容,要多灿烂就有多灿烂。那皱纹里的汗水,都闪着我这大半辈子没有见过的亮光。更气人的是,他说我做的饭没有人家的快餐好吃。我的哥呀,快餐哪有现做现炒的菜好吃?这不是着了魔的人,满嘴说的鬼话吗?还说那女服务员穿衣显瘦,脱衣有肉,要什么有什么,唉……"

"我在外出差,等我回去后打听有没有适合的岗位,再回复你吧,在车上说话不大方便,拜拜。"

林城石挂断了电话:"继续你的女人话题吧。"

"首先警告你跟这个小胖要保持距离,然后咱们再说别的事情。"

欧阳巧玉闭上眼睛睡觉。林城石盯着列车玻璃远眺。

火车钻进一个山洞,如同进入一个不知深浅的地下迷宫,强烈的气压挤得旅客的耳膜,产生阵阵胀痛。

看不到列车外边的景色,意犹未尽的林城石,闭着眼睛,用两个大拇指按住耳孔。过了一会儿,睁开眼,让他心头一惊的事情发生了。钻进山洞的列车玻璃里，出现他在广州地铁上见到的一幕：一位穿着印有"建国七十周年"字样文化衫的女孩，映在对面的窗户玻璃上。他眨了一下眼，玻璃里又换成一位穿着对襟长袄、剪着齐耳短发的民国女学生，手里摇着打倒帝国主义、建设伟大祖国的小旗。

林城石闭上眼睛，心想，可能出现了幻觉。等大脑保持绝对清醒状态后，再睁开眼。天哪，一位手持红缨枪、卷着袖子的女战士怒眼圆睁。这是抗战时期，敌后武装的威武装束呀。是不是自己有了某些人口中的高血压引起的血管爆裂前兆？

使劲摇摇头，确认身体功能正常。再合眼，再睁开，一位拿着头巾擦汗，一手拿着谷穗，在农业合作社劳动的女子朝他笑了笑。

谁怕谁？干脆当变戏法一样不停眨眼：戴着红袖章，手里拿着红宝书的革命女青年；包产到户，数着一沓钱的女万元户；下海经商，穿着西装推销保险产品的女职业经理人；身着运动套装，去健身房减肥的女白领。

着魔了，不能睁眼了。看到的全是女的，从她们的衣着、职业和生活方式看，这些人物至少跨越了一百年。狠狠掐一把自己屁股，能感到要命的痛，林城石不敢再睁开眼睛了。

高铁穿越山洞时的那种压抑感消失了，林城石凭经验，穿越路段已经走完。睁开双眼环顾四周，旁边的人跟欧阳巧玉一样，背靠座椅，闭着眼睛休息。对他们来说，一切正常得像什么都没有发生一般。

哎，这女的怎么又一次出现了。幻觉？心灵感应？还是新的量子对撞技术？他一把推醒欧阳巧玉，把刚才看到的一幕重复了一遍。

欧阳巧玉环顾了一遍四周后说："我什么都没有看见。不用紧张，火车上没有鬼，应该是3D电影。"

林城石说："可我没有看电影呀。"

"以我的推理而言，你看到的这东西应该叫3D信息技术，属于未来的一种新技术。手机传递信号时，如果被别的国家的通信系统捕捉后，他们可以吸收或者利用。这个道理你懂吗？我们用顶尖技术探测外星人，既是探测者也是自我信息透露者。你的触角伸向别人的同时，别人也会发现你。假设搞星球大战，如果我们保护地球的能力不够高，十有八九会被外星人毁灭，科幻小说不都是这样写的吗？再假如，我们把星球大战的范围缩小到地球上各个国家之间，把不同国家看成不同的星球，然后搞网络、电子、信息等对抗。敌我双方只有侦察清对手，才能发起有力攻击。我曾做过这样一个梦，梦中西方某国家掌握了一种核心电子技术，视频通话时看到的不是手机屏幕上的小头像，而是一个和现实中真人大小一致的虚拟人像，也可以叫作电子人吧，类似3D电影的那种真实感。看得见，你又摸不着。"

林城石摇了摇头："别说了，太吓人了。你看到铺天盖地的电子部队走过来，你的导弹全发射出去，攻击的却是虚拟人。等人家的真正部队到了，你的弹药耗尽了，那不麻烦大了。"

两人分析，这种技术可能已经研发出来。手机上存储的某个人的照片，通过电子技术分解出身高体重，一个虚拟人像站在你跟前完全有可能。林城石看到的这些所谓的幻觉，或许是某个国家在测试某种尖端技术。车载蓝牙系统研究出来，解决了司机一只手开车，一只手接打电话的危险问题。电子战出现后，说不定你在远处看到的飞机或者军舰根本不存在，只是个迷惑对手的幻影。

欧阳巧玉开起玩笑，越来越怕科技进步了，有一天，人类如果被自己研发的技术控制或者伤害了，那才是最悲哀的。

两人还是回到原话题，为何这个女人的影像多次出现在林城石的视觉中呢？上次在广州地铁上看到过，这次在高铁上又出现了。

"这就是下一代或者下几代的信息技术了，只不过被你提前捕捉到了。你回去后告诉你们杨总，朝这方向研发新技术，这或许是你们公司今后发展的一次重大机遇。"

"我的天哪，感觉你是神一样的存在。能够把所知道的一切信息市场化。"

"别这么神话我，我的想象力与读过的一篇科幻小说有关，那位作者写机器人掌握了机器人自制技术，在看似机器人即将毁灭人类世界的时候，突然一次地震将机器人的某个部件给震坏了，然后还是人类控制了机器人。其实那时候我就想，要是能把3D技术利用到我们可视的空间中去，然后用这种虚拟人累死机器人算了。哈哈。睡觉吧。"

林城石毫无睡意了，他盯着欧阳巧玉说："如果你写科幻小说，那你一定是世界上最好的科幻作家。"

"写科幻小说？不行，我写个单位发言稿，都要抓几天头皮。结果桌子上的头皮屑，比稿子还厚，就是写不出来。我属于只会说不会写的那种。赶快睡吧，再有三个钟头车就进广州南站了。提前闭目养神，保存好体能，下车背包。我妈装的这大包小包的土特产，全靠你这戴眼镜的大力士了，哈哈。"

林城石刚刚闭上眼睛，手机就响了起来。

翻起身，半闭着眼睛一看，是老竹打来的电话。林城石怕影响欧阳巧玉睡觉，走开几步接通电话。

老竹带点沙哑的嗓音，传播着他的收藏爱好："林兄，有什么古玩介绍下，我这收藏家需要藏品。现在手头藏品少了，怎么吃饭呀。有好的藏品介绍给我，我收购也行，给他们开鉴定证书也好，总之有钱就赚。这年头，最不值钱的就是文字。写文章不赚钱，写收藏小文章更赚不了钱。要弄钱，关键是藏品。藏品，藏品，藏品。"

  林城石听到一口江湖话的老竹，有点儿好笑。这家伙开会时总戴个大帽子，早晨起来，对着洗手间那张因制造水平原因，把人能拉长照变形的镜子，至少要盯上10分钟。这个非常喜欢臭美的大男人，好长时间没有联系了，本以为又找到了什么高级别的骗吃骗喝的地方，没想到有事相求。

  "这儿有本古书照片发给你，你看看能不能上拍卖市场？"林城石没有其他藏品，既然老竹打来电话，就当玩呗。他把他手机上保存的香云纱制作工艺手抄本书皮照片，发给老竹。

  不到3分钟，老竹回电话："这本书不止一本，应该还有一本。这本是制作工艺，还有一本是材料说明。这就跟中药文化一样，药材找好了，才有药方配比、药引入药等组成部分。一体性，是中国文化的最大特征。任何东西都是一个整体，大一统思想可是从秦始皇开始的，国家统一是这样一个特征，语言文字、武术、书法、国画，以及天文地理也是这样。周易八卦把天地万物与人合为一体，风水把阴阳对照的方法，更是这个道理。有制造技术，就有材料说明……"

  打完电话，林城石觉得老竹的话有道理。他突然产生了个念头，要是按照郑华夏的揣测，张大陆家跟杨海峡是堂弟兄，郑华夏口中的那个林奶奶出自他们林家。按照这样的逻辑，这套书有两本：一本在他手里，另一本要么在张大陆手里，要么在杨海峡手里。

  记得在白云国际会展中心参加作品推荐会，专家说过一句话：意料之外，情理之中。面对这件事，套用这句话，似乎非常符合情理。

  想到这里，他捣鼓醒欧阳巧玉，两人又开始假设工业化高度发达后，人类所面临的各种破坏性可能。

第十八章

真相

林城石回到公司，提着两包大红枣去向郑总销假，说小舅子结婚，耽误了一天。

郑华夏说："都老同事了，还这么客气。来得正好，明天有几个重要客人来厂，你准备好接待事宜。老板想在芯片、云计算技术外，探讨下一代领先技术，提前布局公司升级和多样化发展的事。这是一批很重要的客人，是来自不同领域的行业带头人，不能有半点儿疏忽。"

随着厂区改造升级，厂房加层后，生产面积增加一倍，得考虑上些新项目了。如果新项目上不去，厂房空在那里，就失去了改造升级的意义。总不能靠出租厂房赚钱吧？做制造业的人跑去赚快钱，实业弄丢了，转一圈再回来，还谈什么竞争，早被别人甩下一大截了。要做大做强制造业，要做有万亿资产的制造业，这是杨海峡的人生愿景。市里 GDP 过万亿不说，区里的工业总产值也过亿了。当然这些 GDP、工业总产值之类的，郑华夏不太关注，但有一点值得肯定：有了这万亿产业，相当于养了只金母猪。万亿市、万亿区、万亿镇，甚至万亿村都会变成现实。就算目前没做到，完全可以大胆想一想。公司能走到今天，还不是从创业时，一个最早的想法开始的。三次产业革命，都是以新机器或者新技术的出现来划分的。虽然许多人出口必谈信息时代、第五次工业革命等名词，可没有工业大生产，信息技术依靠什么表现出来？杨海峡和郑华夏，从来不关注自己所管理的公司处于何种阶段，只紧盯技术升级。不能超越时代，总不能被时代落下。夫妻俩在竞争激烈的市场经济中，力争上游，这方面意见完全吻合。

"许多人都为钱奔波。以前我买了一家大型楼盘的房子时，别人羡慕我住的是高端河景楼，一谈到房子，就拿我做榜样。可谁能想到，无所不能的房地大产公司，一夜间出现了资金紧缺。老百姓买完房子，开发商拿到全款，剩下的贷款，那是老百姓跟银行之间的事了。先拿钱，后建房，而且房子一路涨涨涨。看起来一本万利的买卖，房地产公司也能弄成个资不抵债。说透了就是另类传销。到最后，还跑到美国去申请破产保护，让人分不清它们究竟代表了何方的利益。这不，我们这些一度为住某大楼盘而自豪的住户，也跟着面子扫地。钱有时候并不一定代表先进。中东那些石油大国，靠卖油，一个个富得流油。西方大国打个喷嚏，他们就得感冒一场。原因很简单，掌握不了关键技术和产业，硬实力不够。这十来年，房地产对制造业造成的伤害不小，许多地方把卖地拿快钱当成了地方发展的亮点。可最终，房地产没有创造神话，反搞得一地鸡毛。开发商、银行、监管部门，谁去分这些责任？分清又能怎样？反正钱已经糟蹋没了。面对政府推动改革的大好机会，我们制造业要抓好机遇，不光走稳每一步，还要走到前面去。"

"您始终不将产业布局到房地产，颇有远见卓识。"

"工业时代的特色，就是工业，这是发展局势。如同打仗，以弱胜强、以小博大的案例不少，但没有任何赢家不代表积极向上的那个局势。"

"我心服口服。这次来的主要是哪些领域的专家？"

"老板不让提前透露，演讲时才能知晓。你回老丈人家去了，张总和董事长身份鉴定的事，有没有个确切结果？公司工作照常推进，这领导的家事也别忘记。董事长不注重世家，特别在意家世，得想办法推进。"

"基本上能拼出个家族图来。玉石专家鉴定，你的这块玉石跟张总家的那块，是同一块石头上切割下来的。我找张总核实过，他家的那块是他奶奶传给他妈妈，他妈妈又传给他老婆，这个传承关系，也跟你家的完全一样。"

"是一个佐证，但仅凭这个还不够。同一块石头上，切下来数万个小石块，怎么判别哪两块关系最近？"

"还有一点可以论证，就是香云纱技术。我家有一本最古老的制作工艺，我和鉴定专家以及我老婆分析过了，这本书不是单本，应该还有一本材料说明。跟我们车间生产产品一样，要制作出一件好产品，材料占一半，工艺占一半。比方说丝绸的质量，染色材料的质量，原料辅料的选择，跟制作工艺是相互匹配的。"

郑华夏抬起头看了一眼林城石，然后站起身转了两圈，坐到椅子上，抬起头，望着天花板想了一会儿后又站起。拿出手机本想打电话，思考了几秒钟后又放下。她盯着林城石，跟见到一个陌生人一样，从头到脚看了一遍说："真像。"

郑华夏坐回座位："你先忙明天的事情，等忙完后我再找你。"

要接待重要客人，接待用车、会议室布置、食宿安排、礼品准备等，这些不起眼的工作得提前做好。

林城石安排王海峡和陈爱平合作策划好一份详细会议流程后，开着商务车去了洗车店。

车一停稳，他头还没探出车门，小胖就小跑着迎了上来。

第十八章 真相

"老板不在？"

"你怎么知道？"

"直觉。"

"别说直觉了，我们洗车店的工人都说这店开不久了，老板经常不来，在外边有人了。以后别叫他老板，就叫阉猫好了。"小胖说着话，一脚踢开走到她腿边的那只花猫。

林城石一坐稳屁股，小胖就唠叨开了，过完"三八"节，阿水总共来店里的次数不到三次。每次来，前脚没站稳，后脚就离开，总说客人的车坏在路上了，要带着师傅一起去修。当小胖带着师傅去修时，阿水又以各种理由搪塞，就是不让小胖参与其中。小胖不喜欢"三八"节，上学时男同学说句"三八"节快乐，女孩子就会羞红脸，总觉得女孩和妇女多少有些区别。上班后过这个节日，公司给女员工发过节费，放过节假，年轻女孩也很少说句感谢。什么"三八""520""情人节"，都是消遣和透支女人的。尤其那个鬼"情人节"，许多男人用一朵过不了夜就蔫了的玫瑰花，把傻兮兮地想着白马王子的女人，骗上了床。与其说女人半边天，还不如说处处是陷阱。

"路总是需要往前走的，向前看一切会越来越有希望。"

"做女人辛苦，操劳一生，奉献一生。就我母亲而言，她在结婚前只见过我爸一次。那时我爸到外婆家认亲，我妈在院子里干活，我爸从房子里出来，看到院子里的我妈后，扭头返回房间。那个年代，不光父亲躲着，母亲也躲着，男女见面都害羞。现在想到'父母之命，媒妁之言'，大多是和女人的不自由联系起来。其实这些古老的习俗，对男女约束是一样的。有时候我想，人总说男女不自由，封建桎梏束缚着大家。现在自由了，自由恋爱，婚前双方了解得多，应该家庭更稳固，结果离婚率更高。仔细想来，真正结婚了都没有绝对的自由了。包办也好，解放女人也罢，都减轻不了女人的负担，该做的你都得做。婚姻在于双方间的理解和包容，男人想让你离开，不需要一份休书，他漠视你，不理睬你，玩冷暴力，你怎么办？"

"古人有一条限制休妻的规定，对你绝对有用。女人出嫁后，男方家符合先贫贱后富贵条件，男方就不能休掉女方。这叫糟糠之妻不下堂，为的就是管住昧良心的男人。"

"先穷后富就不能抛弃？古人这约定好。放在今天，或许对家庭稳定来说意义更大。你发达了，找个年轻漂亮的去潇洒，这哪里有公平可言。不准离婚，至少给男的套了个枷锁，他跟别的女人去偷情，就不能正大光明。那些二奶、小三就没有转正的可能了。有时候我觉得限制离婚远比离婚自由更好，表面上是离婚自由，可真放手的时候，往往离开的是最弱势的那一个。我要看好店里的这两位老师傅，要是他把两位老师傅挖走，这店就得倒闭。我分析这阉猫男人瞒着我在外边开了新店。你能不能帮我查下他的新店开在哪里？这牵扯到离婚时财产分割问题。"

林城石心想，老人常讲少年夫妻老来伴，看来这是一句要求很高的话。年轻时行夫妻之事，有生活需要，也有生理需要。年老了，其他需要少了，就更多的是个伴儿了。这句话的重点是后半句。找一个能相守到老，坐在一起打发时间的伴侣，不是一件很容易做到的事情。如果男人想明白古人对夫妻的理解，用古人的思想对待今天的女人，远比"三八"节发个380元的红包、"520"发个520元的红包更有意义。三五百元能被讨欢心的女人，迟早是吃亏的主。

林城石突然发现，这个以前总能给他带来谈话快乐的小胖，已经不是那个大大咧咧、心直口快的人了，她似乎在酝酿着一场大风暴，这场大风暴或许会刮到她老公阿水，也或许会涉及许多无辜的人身上。他和小胖的交往，不是满足那种所谓的情感出轨的时髦话题。小胖需要一个倾诉的人，他需要通过一个善于打开心扉的人,来了解更多的社会现象。他对小胖有好感,总以为小胖是地铁中那个幻觉女孩变肥了的模样。突然明白,这胖和瘦完全是两种不同体型。小胖的感情已经飘在风中,她正在寻找一个可以让感情着陆的地方。

跟小胖走得太近了,说不定会给她某些错误信号。

"关于公司招聘的事我问过了,办公室招聘的都有学历和年龄限制。车间招生产工,两班倒,白班夜班各半个月。就上夜班这一条,估计你吃不了那个苦。"

"那是我无话找话跟你闲聊的借口。就算那只阉猫真不来了,我也不会再进车间。我有几个老乡,进冲压厂弄断了手指,从那以后我开始害怕机器。镇里成立最早的民营医疗机构,是一家骨科医院,被冠上了'华南手指手术第一'的美名。当初成立的目的,不是为弄断胳膊腿的人服务的,专门为厂里冲断手指的人做接骨或者切除手术。一家民营医院,靠这门手术赚钱生存下来,想想一年失去手指的人有多少?许多老百姓,为社会付出的是生命代价。半截手指没了,永远就成了残疾,我想到都怕。"

"看来,发展也是一段血泪史,前人走过的路,总被后人遗忘。确实应该记住社会发展的每一步。多数人谈论的是环境欠账,在忙于治理和恢复被破坏的河流、土地和空气,劳动者因素更应该被重视和珍惜。"

小胖说冲压厂冲断手指的事,林城石听过多次。那种经常冲断工人手指的老式冲压机,厂里以前也用过,后来渐渐淘汰了。冲压机冲断手指,有技术上的因素,也有人为因素。技术上的不足,在于最早设计冲压机的人,没有考虑到冲手指这事。研发者只想用机器代替人工,提高冲压频次。速度上去了,效率提高了,赚来的钱就会更多。安全因素考虑不周,也是个发展的过程。机器多少秒冲一次,维修师傅设定好了冲程。如果操作者注意力高度集中，一年发生冲手指的事故不会太多。关键是夜班，或者十二小时的长班，操作工人因疲劳，会出现短暂思维定式。往往不是将部件放到台面上，而是机械性地将空手放在冲头下。

后来，随着劳动法规定加大赔偿力度，政策逼迫工厂改造设备。

给冲压机安装上红外线自动感应停机装置，一旦操作工人的手指没有撤离操作台，冲压机就会自动断电。可有些小老板们，吃的就是工人的血汗。他们算过账，冲断一个手指，找公司主张权利的员工，一次赔偿个两三万元了事。想在厂里继续干下去的员工，公司掏几千元治好受伤的指头后，继续回厂干活。要是指头冲成粉碎性骨折，即便能够接好，治疗时间长且花费大，他们不惜以多给1万元补贴作为诱导，劝说员工截指。十五年前，一台冲压机改装红外线控制系统，一次要花费5万元。而一根手指的治疗及赔偿支出，哪怕比更换红外线控制系统便宜上五六千元，许多小老板都不愿意改装。生产旺季，部分熟手老工人，还私下给维修师傅小费，让把冲压速度调快点。计件工资、产品数量，决定着工人赚到口袋里的工钱。

小胖没有见过林城石厂里新上的自动冲压设备，一台冲压机，五个机械手同时抓取零部件，五个冲头同时工作，不但效率高，操控也方便。工人只需设置好程序，按下控制开关，机器就会自动生产。工人只负责把待加工的材料放到设备左侧，然后等右侧的料箱装满产品，直接用小推车运走即可。别说红外线控制系统，设备上还安装了监控摄像头，根本不用把手放到冲台上。好多年前进厂的阴影，还呆板地停留在小胖的大脑里。工厂里现代化新型设备，已经高智能化了。

"我会努力把这个店打点好，你看，洗车的、修车的师傅我都有，只要你们多洗几次车，车辆需要维修保养时，多帮衬下，我会跨过这一步的。听说阉猫包养了一个网恋妖精，我管不住也不管他了。真是只猫，找人把他阉割了，就变乖了。可他是个人，再差的人也是人，你割一刀要进监狱的。遇到困难，才是最考验人的时候。不过我不会求包养，被人包养了，连一只阉割了的猫都不如。猫还照样抓老鼠，人就变成房间里一张可以随时更换的床单了。"

"假设那个包养你的男人你喜欢他呢。"

小胖红着脸说："傻呀你，喜欢的能叫包养吗？喜欢的那叫爱呀。唉，过了四十岁的女人最难，有时候想着就这么短短几年，还没来得及享受人生，青春已经不见了，生活中多几个喜欢自己的人多好。有时候想到家庭，想到生活得安稳些，又是另一种心情。总之很复杂，很无奈。"

林城石站起身安慰说："说不定过几天他受到点刺激，又会回来的。"

小胖本想多聊几句，可林城石还有其他事要忙。跟小胖的短暂聊天后，他觉得一个男人，对家庭稳定更加重要。

他坐进驾驶室时，小胖跟到车旁一边帮他关车门，一边从车门缝里挤进一句："跟你谈话，比跟那只阉猫在一起干瞪眼好多了。有空常来，拜拜。"

杨海峡在办公室里来回踱着步子，郑华夏一边吹眼前杯子里的茶水，一边谈论着她关于杨海峡家世的推论。

杨海峡不发言，遇到认可的地方点点头，算是支持。

夫妻俩讨论了大约半个小时，杨海峡在书柜前停住了脚步。他朝郑华夏笑了笑："给林秘书打个电话，让他通知张总和王海峡，半小时后来办公室。你不是说林秘书把从你这里听去的故事，都写成剧本还是小说了吗？让他把写好的书稿也拿上。让张总给他太太也打个电话，让她也来我办公室，我有重要事项宣布。"

"咱们家世的事不知他写了没？"

"如果他写了张总和王海峡，就一定写了咱们。这是一个家庭的故事，所有的作者不可能把一个家分成两个去写。你看《三国演义》，表面上写三国，实质不都是为了统一吗，至少有统一那条主线在支撑着，还是一个国家。要是单独的三个国家，那成三本书了，书名就不叫三国了。"杨海峡走到郑华夏身后，揉着她的肩膀，开始大谈特谈他的历史观。

"你心中早有定见了，还等这么久。我可是个急性子，事情到了跟前不解决，放在那里难受。"

郑华夏拨通林城石的电话，把杨海峡让她通知的事情分配了下去。

林城石给张大陆打电话时，王海峡边敲门边笑着走了进来。

"说曹操，曹操到。哈哈，我正要找你呢，没想到不请自来。"

"我是找你请教问题的。"

"工作上的事情？"

"秘书大人呀，工作上没什么，只要努力学总能跟得上。我头痛的还是改名的问题。改了伤害养父母，不改伤害生父母。"

"有些事情短期内找不到答案，就不要急着解决。先放一放，说不定有一天会突发灵感呢。人都说酒放一段时间好喝，问题也是一样，有些必须立马解决的，坚决不过夜，说不定过了夜问题就严重了。公司发现安全隐患，那是铁定要第一时间解决的问题。有些事情急不得不说，也不一定要马上下结论。男女孩子谈恋爱，男的直接一句我喜欢，女的一定说好讨厌。可这只是个开头，结果是男的如何让女孩子把讨厌两个字变成喜欢。要是女的说了句讨厌，男的回一声更讨厌之类的话，那就基本上结束了。我写东西也是这样，没有思路，坐在那里抓破头皮，也抓不出来点灵感。积累的素材多了，熬的时间长了，一动笔，两个毫无关联的人，就有了故事。好事多磨，遇到难下结论的事情，拖一拖也会多些思考的方向。有些事不光是拖的问题，能放下更好。"

"林秘书，全公司的管理人员，我最佩服你，说话很有哲理。"

王海峡还谈了他跟着郑总外出旅游烧香的事，林城石觉得有意思，立马掏出笔做笔记。好题材收集起来，是今后创作的黄金库存。

两人聊了一会儿，林城石看了看手表，估计张大陆和黄丽丽差不多到了，站起身，拿了个做记录的笔记本说："走，董事长有事找咱们。"

杨海峡招呼大家坐到沙发上。

三人沙发上坐着张大陆和黄丽丽，林城石和王海峡分别坐在茶几两头的单人沙发上，郑华夏斜挎着一条腿，挤在杨海峡的老板沙发上。

这种坐法，王海峡没有什么研究，林城石倒是体会深刻。杨海峡只有重要客户走进办公室时，才会坐在沙发上跟大家喝茶谈天。公司员工进办公室，他那张近乎两米宽的老板桌，划出员工跟老板间跨越不了的距离感。郑华夏很讲究老板娘身份，第一次见她这么随意。

杨海峡边沏茶边说："就当一家人在一起过年聊天，不要拘束，谈些与工作关系不大的话题。大家不要紧张，放松思想。不安排工作任务，林城石也不用做记录。"

"来，先喝口乌龙茶。这事也有点儿荒唐，我说出来，你们不要急着表态，就当听故事。"

杨海峡喝了口茶，问张大陆："昨天那几位专家的话听完后，你给咱们保持好联系，一旦他们研究出新东西，我们立马展开合作。"

张大陆应承道："好。"

郑华夏用胳膊肘子碰了碰杨海峡，提醒说："不是说不谈工作吗？一开口又是工作。"

杨海峡笑笑说："习惯，坏习惯，马上改。"

杨海峡盯着张大陆："你知道你爷爷姓什么吗？"

"当然姓张了。"张大陆的目光，从杨海峡的脸上滑向天花板，感觉杨海峡在戏谑他，心里蛮不舒服。

"你曾祖父姓什么？"

"这还要问吗，自然姓张了。"张大陆心想，老板今天是不是喝醉了。

"错了，你父亲姓杨。你我是兄弟关系。上次水果刀掉到你脚上，其实是郑总故意让林秘书干的，扎那点小伤就是为了取你身上的血样。可血样没有发挥上作用，倒是林秘书家的一本书，把你的身世给弄清楚了。当然还包括我查阅过的家谱资料、你太太跟我太太脖子上的玉石吊坠等，都可以佐证。"

杨海峡说到这里，嘴角微微上翘，露出他遇到开心事时惯有的表情，"我们有共同的爷爷，只是奶奶不同，不妨让林秘书把家庭故事讲给你们听听。林秘书，把你的手稿拿给他们看看吧。"

林城石递给张大陆一叠打印纸："这是我剪切的其中一部分，不到一万字。"

张大陆接过那叠纸，跟拿到一份沉重的判决书一样。望了杨海峡一眼，又看了一眼林城石，做了个深呼吸。黄丽丽紧凑到他身边，两人开始一起阅读。

这种阅读，他跟黄丽丽以前也遇到过，那次读的主人公是王海峡。

大家不说话，只听到墙上"嚓嚓"的闹钟响声，清数着一个家族走过的时间轮回。

张大陆和黄丽丽挤在一起,看了足有10分钟,然后把纸张传给王海峡。

杨海峡说:"咱们有两个爷爷,两个奶奶,就以大爷爷、二爷爷、大奶奶、二奶奶这样的称呼来区分他们吧。你太太脖子上的那块玉石,跟我太太脖子上的这块玉石,原本是大爷爷和大奶奶的定亲之物。大爷爷撤退到台湾后,带走的这块给了我娘,我娘在我结婚的时候给了我太太。大奶奶的那块我估计也是先给了婶婶,然后再给到你太太,大概这样吧。"

张大陆点了点头说:"我爸说,他小时候的事情,大多不记得了。也奇怪,小时候做过的一个梦,总能记得。这个梦做过多次,每次总在海边。梦见好多人挤着上船逃走了,也有人被挤下船淹死了。他说这辈子最怕做这类梦,没有想到这梦竟然是现实。我始终不明白,我爸妈不让我经商,不让我当兵,只满足于我打一份小工,过平淡生活的缘由,看来一切都与家庭变故有关。他们很少谈家庭往事,不过近年来,爸妈积极从事香云纱技术义务传教工作。他们有个愿望,就是我能学会这种古老染丝技术。"

杨海峡问:"学会了吗?"

"只学了点皮毛。我说现代人穿丝织品的越来越少,最多做条丝巾搭在脖子上,很难产业化。只要无法产业化,就很难占据市场。况且本地工业化后,以前的桑基鱼塘,早都变成了工业厂房。桑树没了,鱼塘没了,养蚕的人也没了。别说古老的丝绸业,糖厂也不这样。甘蔗地没了,起初从湖南广西运进甘蔗,后来连厂都搬到广西去了。从外地进生丝,价格高,做成产品后利润又低,不太划算。"

杨海峡笑了笑:"你想用它赚钱养家是吗?"

张大陆也跟着笑了起来:"其实镇里香云纱酒店、香云纱博物馆、香云纱丝绸店多的是,做的人多了竞争就强,赚钱不会太容易。不过，文化这东西不怕多，传承需要多样化。只有多样化，才能扬长补短。我一直觉得，学一门手艺至少要能养家糊口。连家都养不住，要坚持做下去太难了。这门手艺只能当非物质文化遗产对待了，但凡跟非物质文化沾上边的，都是少到要跟华南虎一样保护的对象了。要生活呀，我一直没有正式涉入。没有想到爸妈这期望后面，还有这么多没有告诉我的故事呢。不过，文化品牌一旦打出来，那种带着文化氛围的高人气还真不容小觑。镇里的金榜老街，以前大伙儿只是觉得名字好听，金榜村、宏图路、提名小组。谁能想到，这块没有被房地产商拆掉的老街，真成了风水宝地、安居福地，经过活化，摇身一变成了网红打卡点。品金榜牛奶的，吃凤城特色小吃的，看蚝壳房的，每到节假日，全是挤得水泄不通的游客，比那些金碧辉煌的大商场，人气旺过好多倍。一条小车通不过的老街，带动了周围的酒店、旅馆、店铺，主因是这里有文化。高楼大厦建起来容易，要成为文化景点，还远不及有历史有传说的老街。"

杨海峡叹口气，站起身，在房间里背着手走了两圈。

"或许咱二爷爷那代人经历了太多辛酸，他们的人生价值发生了改变，期望你过平淡简单且安稳的日子。我恰好相反，爸爸始终鼓励我到大陆去投资，说大陆是根，永远割舍不了不说，一个大国才有民众发展的大天地。"

"我当初来大陆投资，我也担心过。回头看，来大陆投资是正确的，市场大，机遇多。我所从事的精密机械制造行业，公司取得大发展的同时，客观上也把外国先进技术带到大陆，起到了补短板的作用。成熟市场不是谁垄断谁，而是谁依靠谁，能有互补性，才是最重要的。听你这么一说，我想着是不是也要投资一下香云纱产业了，作为商人，往往只做赚钱的买卖；作为企业家，不能只做赚钱的生意。有些平利、微利，甚至少赔钱的项目，也得去做。比方说投资文化产业，更是一种社会担当和责任。"

林城石发自内心地赞赏董事长。香云纱不光属于有故事的家庭，它更是一个文化符号。再看状元及第粥、盲公饼、双皮奶、炸牛奶、金榜牛初乳等，其实都不是谁家的，是大家共同的品牌。上次他去冰玉堂，见到年近百岁的姑婆，真切地体会到，文化在一个人心灵深处的那种感召力。姑婆对社会有不小的贡献，就算毫无贡献，一个在国外生活到老的人，在去世前回到家乡，也是一种文化认同，这后面包含了许多我们常人理解不了的东西。做文化投资，估计短期内赚不到钱，以公司的实力，慢慢做下去，总有意想不到的意义。文化是用来凝聚人心的，他们能坐在一起，祖先留下的血脉文化功不可没。

在杨海峡心目中，面对一个与家族相关的文化品牌，又有这么好的社会发展机遇，他不做，别人会做。要是让一些乱七八糟的人，把一个好的文化品牌做砸了，心里会更难受。

有件事他一直没有告诉大家，说出来丢人。新冠疫情暴发期间，街道办的领导给他打电话，看能否上一条口罩生产线，支持国家大事。他思考了三天后拒绝了，不是没有那个爱心，是厂里的生产线根本与口罩一点儿沾不上边。深圳的比亚迪公司，作为汽车制造厂，平日就有加工车辆所用的布衣装饰物的生产线，消毒设备俱全，技术工人成熟，稍微改动下设备就可投产。可他上一条线，从买设备到安装调试，到培训工人，至少得两三个月。要是等上三个月，黄花菜早都凉了。作为大厂，不能跟小作坊一样，买台小机器，雇佣三四个人，做完一单算一单。他要考虑产业的持续性，渡过口罩危机，大家还是会选用那些专业生产口罩的知名企业的产品。如果有一条做丝绸的布衣生产线，要是再遇到国家急征生产口罩，换下材料即可投入生产。

"做高端设备这么多年了，一场新冠疫情告诉我，吃饭的事才是头等大事，其次是老百姓的日常生活和健康问题。你说防控期间连个口罩都没有，怎么预防？卫生安全事件，国家提升到了战时动员的高度，我最后捐助了购买一百万个口罩的钱，献了点爱心。"

杨海峡站起身，打开保险柜，从柜子里拿出一本家谱。

揭开一层油纸，再拨开一层红纸，最后打开一层深褐色的丝绸后叹口气说："家谱上记得非常清楚，杨姓跟天下第一大姓王姓一样，都是从山西发展起来的，而且和王姓一样都是皇姓。王姓大家知道，周公旦被封到晋地做了王之后，与周公旦相关联的这一族系渐渐称为王家。咱们杨姓虽然没有王姓那么显赫，从周文王开始，经过十代到周宣王少子尚父时，才被封到晋地一个叫杨的小国做了诸侯，人们以封地做姓氏，这就有了杨姓。这个叫杨的地方就是今天的山西洪洞。杨姓人后来又因战争、做官、经商等原因走向全国各地。在隋朝，杨姓可是国姓呀。宋代的杨家将，全世界大名鼎鼎的物理学家杨振宁，都是咱杨家后人。"

王海峡一听到杨家将，马上有了亲切感。老家也是杨家将打仗守卫的地方。小时候无论是看小人书，还是看大戏，佘太君、穆桂英，以及十二寡妇出征等都是非常吸引人的故事。特别是一个额头上画着个火葫芦，一个脸上画了一片芭蕉叶，"孟不离焦、焦不离孟"的焦赞、孟良，两个滑稽的侠义英雄形象，一直在他大脑里活灵活现。小时候玩耍，小伙伴们总争着扮演那个会放火葫芦的焦赞，都不愿意做烧黑了脸的孟良。这不，家喻户晓的民间故事，还真和自家扯上了关系。

杨海峡不光是企业家，更是心理学家，目光落在王海峡眉毛上，马上就能感受到他对杨家祖先的那份认同感："你爷爷的箱子里一直放着这本包裹着油纸的家谱，我小时候看一眼,他会笑着让我记住祖先的辈分。可只要我手痒痒动一下,他会把我赶到大老远去。估计这包家谱的丝巾,就是香云纱。"

大家站起身围着家谱看,杨海峡没有从头到尾,一页一页往下翻。而是从后向前,翻到爷爷那辈说:"国家动荡,祖先一直走在路上,祖上离开山西后,一路南下,分别在河南、湖北、安徽、江西、广东等地生活过。近几百年来,离开广东去了福建,离开福建去了台湾,离开台湾到了上海,现在又生活在广东。转了个小圈,回到了原点。世界很大,属于我们的却很小。"

说完后,又一层一包裹好家谱,锁进保险柜。

几个人连家谱都没亲手摸上一把,有点儿不舍地坐回原位。

杨海峡喝了口茶:"咱们的大奶奶在大陆,大爷爷在台湾,而且大奶奶又是林家人。哎,都是长辈人之间的恩怨。杨家只是在海峡两岸分离了一段时间,林家是真正的受害者,估计会记恨杨家呢。"

几个人将目光投向林城石,林城石盯着他用三根手指转动的茶盅。

他明白,这个家庭故事中最值得同情的角色就是林阿禅,一位做了杨家媳妇的林家女人。他不能代表这个故事中的悲情人物,说句有关谅解的话。况且这些历史因果和人情世故,他根本代表不了。

第十九章 团聚

王海峡竖起眉头，一脸愤怒："都怪日本，当年不侵略中国，我们就不会有这么多痛苦。"

张大陆说："日本从明治维新开始推行脱亚入欧政策，这之后，他们自认是欧洲人不是亚洲人，把大和民族定位为优等民族，看不起其他亚洲国家人。清末，许多在日本留过学的知识分子，也是把日本当优等民族看待的，有的甚至将国内落后的罪责归结到汉字上，方块汉字一度成为落后的代名词。汉字存废争论了好长一段时间后，不了了之。日本借着在亚洲最早实现工业化的契机，开始编造欺世谎言，把对其他国家发动的战争，包装成帮助别国推行先进文明、淘汰落后。人类历史上哪有拿着枪炮，以取他人性命的方式推行文明的？这就是落后挨打的血淋淋的教训。"

张大陆去过日本，不管日本最基本的儒家思想还是佛教文化，都以中国文化为母体，与欧洲文化根本不沾边。这几年中国发展迅速，日本开始难受了，觉得他们优等民族怎么不优秀了？索尼公司都变成华为公司的代工厂了，他们着实也痛苦。一个民族的文明，有其漫长的形成过程。日本政府发布了一道命令，要求翻译日本人姓名时，遵循先姓后名的习惯，这跟中国政府的要求完全相同。中日有文化方面的同根性，很难用一个口号改变掉。至于某一个时段的落后，那是没有发展起来而已。就人类社会而言，每个民族都有其优越性，都有其优点和特点。

许多书籍把外国入侵分析为清朝闭关锁国，以及国力衰退，给了列强可乘之机。这是历史观的错误，一则任何国家的发展都是波浪式的，不可能永远强大。二则侵略者就是侵略者，与你是否闭关锁国毫无关系。中国通信、航天技术走到国际前列，西方国家就开始限制这限制那，一句话，就是不让你超越他们。

杨海峡希望不要发生战争，过去了就让它永远过去，和平才是最好的存在方式。以前台湾时刻准备反攻大陆，天天喊打仗，他当兵时心里惶恐不安。战争破坏了不知多少个家庭，祖先遭遇战乱的痛苦没有发生在他身上，他珍惜这份来之不易的幸运。可他也深知，两岸关系只靠他这样的企业家穿针引线还不够，俗话说世事难料，他只能在自己料到的部分发挥点作用。

"好了，事情的前因后果完全清晰了，都是一家人了。要是没有林家，我们后面的故事也就没有了。以后王海峡就跟在我身边学做管理，从他对待西北老爹的事情上，看得出是个有孝心、有爱心，而且有一份责任承担之心的人，这是做企业家最需要的东西。我听说你要给他改姓名，就别改了。他的养父母也是有功劳的，改对人家是一种伤害。如果真要改，等他的养父母去世后再改吧。现代人随着物质上得到的越多，道德上失去的也在增多。咱们尽量不要做只取不给的那种人。而且这三个抱错的孩子，最好全部都不要。"

郑华夏为每人倒上一杯茶："好事圆满。我一直以为王海峡是我外甥，我妹妹跟王海峡西北老爹王师傅之间，有个不成文的约定：只要孩子送给他，这辈子就不能再要回去了。为防止我妹妹要回孩子，王师傅辞工回老家后，这近二十年来，他们相互之间再也没有联系过。农村有农村的好处，那就是居住地比较稳定。不像城里人，一换新房子，连个人影都很难找到。认不认不要紧，帮一把最关键。他来公司是我在暗中牵的线，好在王师傅支持孩子发展，我提出带到身边培养时，他没有拒绝。只问了一句，不会改名字吧？我本不想让王海峡过早知道我们之间的关系，怕产生依靠心后，失去斗志。没想到他是张总的儿子，外甥变成了侄儿，也不用我操心了。一直觉得林城石的身高长相有点儿像董事长，就是找不到根源，现在看来，一切秘密都暗藏在祖辈的基因中。哈哈，老天爷真会安排。"郑华夏跟员工谈话，从来不忘强调一句她所给予的那些帮助，对自己的侄儿说话也是这样。

事情的脉络已经理顺，懂得珍惜才是最重要的。

王海峡暗恋着陈爱平，郑华夏把她调到总裁办工作，也是有目的的。别看她是个柔弱女子，头脑可不简单。她爸是高雄一地方农会负责人，她靠在大陆工作的便利，联系大陆水果商帮高雄销售了不少水果。台湾水果品质好，但地方小，大陆多大的面积？一人尝一口凤梨，全台湾种上凤梨都不够吃。陈爱平在学校读书时，已经在关注大陆市场，属于那种知道把市场做大做强的人。杨海峡夫妻当初投资大陆时，瞻前顾后，犹豫了好几年，结果错过了许多商机。现在的年轻人眼光更敏锐，一条台湾海峡，根本阻止不了他们的想象力和创业思维。

"那个林丽你还联系吗？你的笔记本电脑还回来了吗？我要是你，当初一定会选择报警。"郑华夏的目光移到王海峡脸上。

王海峡朝郑华夏使了个眼色，不想让爸妈知道这事。

"他们早都知道了。"

王海峡吐了吐舌头:"她后来打电话说对不起,拿走的东西是借的,坚持借的要还。我干脆换了手机号,彻底跟她断绝了往来。别的都不重要了,最重要的是我需要重新开始。就如同林秘书指点我的那样,有些事情既然弄不明白,干脆放下不是更好。"

听到林丽又打电话的事,林城石马上问:"什么时候打的电话?"

"大概是她离开后一个月吧。"

林城石长吁了一口气。

郑华夏朝王海峡笑笑,"看来你的智商比情商高。"

张大陆问郑华夏:"假设王海峡跟陈爱平结婚了,遇到两岸关系不好的时候怎么办?是不是会跟他爷爷一代那样,再出现几十年不见面的情景?我好担心。"

王海峡改口喊了声爸后,有点儿不好意思地说:"我听陈爱平说过,有些不了解大陆的台湾同胞,也偷偷把水果运给她爹,让帮忙销往大陆。这种私底下悄悄热的现象,最终会发展成一种大交流局势。民间行为,最能看出民心走向。其实老百姓的追求很单纯、很简单,就是希望生活越来越好。人口流动有个趋势,哪里发展得好,就爱往哪里跑。你看我,也从大西北跑到广东来了。以后大湾区发展起来,听说能装下几个亿的人口,说不定许多台湾同胞都会移居到大湾区。"

杨海峡朝张大陆笑了笑说:"以我的观察,统一是必然,就看用什么方式统一了。出现老死不相往来的可能几乎为零,社会发展要不是被新冠疫情打乱,我几乎跟算命先生一样,至少能预测出今后二十年的走向。一场史无前例的传染病,改变了许多顶级专家对社会发展进程的预判。不过我还是那句话,当美国及欧洲发达国家大选中,参选人以对华政策的软硬来定输赢时,世界格局已定,两岸前景已经一目了然了。我的养老地选择在大陆，这就是我的态度。我相信许多人不管说的或者做的，都会跟我一样。"

郑华夏赶快制止说："不谈工作，又开始谈政治了。要是在台湾这样说，又会被某些人扣红帽子呢，今天不谈别的，只谈家事。"然后回头问黄丽丽，"海峡的问题解决了，我儿子建设你什么时候还给我呀？"

黄丽丽笑笑说："建设我拉扯了二十多年，如今从儿子降格变成了侄儿。让他自己选择待在我那儿还是你这边。反正他上完大学后，娶了媳妇迟早要跟咱分开住，住谁家还都不一个样。我听他说要考公务员，今后说不定会在北京城当大官呢。"

"看你这个假妈，还是没有我这个真妈操心大。我在网上查过了，他笔试已经过了，名次在保险范围内，剩下面试和政审了。哎，大家常说，不到广东不知道钱多，不到北京不知道官大。在北京考公务员竞争性多强？今后工作压力多大？我要建议他来广东考，在这儿考个公务员，一家人能经常待在一起不说，还能帮上忙呢。以前只想着多赚钱，朋友聚会、同学聚会顾不上去，觉得带不来商机的聚会，那是浪费时间，没有参加的必要。年龄大了，渐渐觉得人这一辈子活的还是感情，人情味都没了，要那么多钱又有何用？有些老人去世前，见到最想见的那个人后，才会闭上眼睛，这就是感情。经历的事情越多，越觉得感情重要。"

杨海峡眼中，郑华夏在公司总以霸道总裁身份出现，对高层管理人员要求苛刻。在家人面前，尤其在孩子面前，她所操的心不会比任何一个女人少。在知道建设的身份后，她几乎每晚失眠。别人找不到孩子睡不着觉，为的是找到。她却因为找到而失眠，觉得对孩子亏欠太多。

他怕话说多了，郑华夏会伤心流泪，干咳两声后开始踩刹车："考公务员这事回头再慢慢谈，八字才见一撇，先不说

第十九章 团聚

了。留点悬念，等着收获突然而来的喜悦，那才叫过瘾。"

随着三声有节奏的敲门声，陈爱平走了进来，她朝大家微笑着点了点头，双手递给郑华夏一张请假条，说了句"总裁请过目"后，深鞠一躬退了出去。

郑华夏快速扫了一眼手中的纸张，陈爱平说要回高雄帮她爸半个月时间，提前确定好北京台湾周活动期间水果发货的数量。到了北京台湾周，她还得请一周假给老爸帮忙。老爸手下人员紧缺，雇一个人成本太高，请假是没有办法的办法。台湾水果大丰收，如果抓不住台湾周这根稻草，估计许多水果要烂在地里。农民靠天吃饭，台湾就那么大点的地方，内需有限。她爸常说最近、最大、最赚钱的市场在大陆。

陈爱平写得既诚恳又坚定，郑华夏没有反驳的理由。事实上，她也希望这些年轻人能为家乡多做点事。她把请假单递给林城石，什么时候走，什么时候回来，让他具体协调，关键是做好工作衔接。她跟其他老板不一样，其他老板怕员工翅膀硬了会飞走，她倒希望自己的公司多飞出几个硬翅膀的人。

王海峡听郑华夏介绍完有关陈爱平请假的事，站起身说："董事长，我缺少市场营销经验，能否批一周假，到北京参加一次台湾周活动，我也想多积累些见识。"

"好不容易有了个好职位，先把本职工作做好再想别的事情。年轻人做事，最主要的一点是专一。"张大陆连忙阻止。

杨海峡笑着说："也好，年轻人多参加社会实践总是好事，不过还没到时间，她这是先回老家帮忙统计那边的订单。那边有多少货？这边能消化多少货？需要提前对接。我也想去看看，到时候咱们多组织几个人去。今年可以提前通知建设，他在北京读书，对那边情况熟悉，让他为我们做个参观策划。如果条件允许，北京台湾周活动，让建设也发挥点统筹作用，咱们公司也可以为台湾果农搭桥牵线销售水果，这可是积公德的大好事。读万卷书不如行万里路，讲的就是实践优势。"

张大陆看杨海峡丝毫没有责怪的意思，心里放松了，话也就更多了："董事长，顺便说一件事，你看吴主任也在公司干了十多年了，个人能力等提高也快。今后上新项目，多给他点锻炼机会。"

黄丽丽推了一把张大陆的胳膊说："吴东是个什么人你还没有弄清楚？"

郑华夏接住黄丽丽的话："吴东真不是个东西，想把天下的好处全占完怎么可能，弄个双重国籍两头占便宜，为了上位成天搬弄是非，唯恐天下不乱。张总，干脆把你的另一个好徒弟钟向荣提为车间主任，把吴东调到培训部去，他话多就让他去当讲师。你还得叮嘱他，只能讲技术要求、讲操作规程、讲规章制度，其他与工作无关的东西就不要再乱讲了，最好让他照着培训教材念，我们搞管理不怕批评，就怕是非。"

张大陆说："那可是个闲职呀。"

郑华夏说："闲职？这已经给足他面子了。今后再玩下三烂的手段，就得闲到家里去。一家人不说两家话，钟向荣给你送礼这事我也知道，不过他没有其他方面的大问题，这送礼就当打人情关系牌了，拿他自己的钱送礼，这事我不管。不过收了礼的人，有时候就很难端平一碗水了。"

"这事你也知道了。都一家人了，孰轻孰重我还是能拿捏好的。我会私下告诉他勤恳工作，不要学吴东那套。"张大陆挪了挪屁股，双手往开拨了拨衣领。郑总的这句话有点儿冰凉，可他的身体瞬间升温了，脸上有些烫热感。

说曹操，曹操就到。张大陆手机"叮咚"响了一声，他看了一眼短信说："不好。吴东发来的信息：大富豪老金被人绑架了。公安部门在联合破案，这事可闹大了。"

镇里的有钱人构成了个小江湖。张大陆说到的老金，大家都知道他，就是资产总额排第一、坐第一把交椅的商业大佬。不说尊姓大名，大家心知肚明。人老祖辈过年道喜，张口就一句恭喜发财。老年人说视金钱如粪土，这个"视"字一修饰，完全变成了另一层意思。年轻人更直接，一句金钱如粪土，就喜欢活在粪土上，道出另一种价值观。古人教导大家要淡泊名利，名利不是不要，也不是不重要，怕大家看得太重，才强调在态度上要看淡一些。日中则昃，月满则亏。中国哲学讲中庸，生活中出现踩刹车的事例，大都是把人往中庸的位置拉一把。可这个给有钱人排名的事，就无法踩住刹车。世界富豪榜、亚洲富豪榜、国内富豪榜，乃至按行业分出的地产富豪榜、电商富豪榜等此起彼伏。

有好事者论资排辈，给周围的富豪圈人士分了四个等级，分别是金、银、铜、铁。不管你姓甚名谁，资产达到第一，当属坐第一把交椅，称之为老金；排第二的，自然称老银了；然后是老铜、老铁。这里的"老"字是敬称，与年龄大小无关。按照这样的排序规则，杨海峡的通力公司估计排到一百名后了。一个发达的地方，最常见的是个"比"字，最怕的也是个"比"字。

一听老金被绑架，杨海峡额头露出汗滴，这是个跟病毒一样可怕的消息。

尽管他知道，自己的身价跟老金相比，简直是天壤之别。安全感似乎对所有人来说都同样重要。林城石给报社工作的一位记者朋友发了条短信，想试探下消息真伪。朋友很快回复道：有惊无险，嫌疑人已经被警方控制，详情等待权威通报。朋友做了简短的分析，绑架是民间说法，目前看来更像是经济纠纷的延续。老金儿子手下的多家投资公司，对别人的钱久拖不还，索债者打听好住宅后，强行进屋讨要。

父债子还，变成子债父亲受牵连了。

林城石叹息一句："听得人有点儿头皮发麻。追账方式有点儿类似网贷暴力，区别在于，这种经济型欠款叫投资纠纷。这投资一词，真要做多方面解释了。用词恰当就是矛盾，用词不准确，估计就成了治安违法或者刑事犯罪。"

杨海峡听完林城石的话后，舒了口气。在他眼里，老金有胆识、有气魄、有能力，不足之处在于人太过于成功了，就会犯高度自信的毛病。认为自己什么都能搞定，没有发生的事就会理所当然地不发生，这问题就大了。本身能够创造神话的人，加上身边的人把他当神供，自以为会金光罩顶，门前连只狗都不拴，放松最基本安保意识，也就忽略了别人对他财富的窥探。过于自信也是种疾病，有点儿接近医学上的妄想症，觉得自己什么都可以。国内太稳定了，大家忌讳讨论有钱人的安保问题，你不谈不等于不会发生。社会发展就是个不断解决问题的过程，老问题解决了，新问题又会冒出来。

杨海峡突然觉得，安全有序发展才是一家公司最稳健的发展步伐。当然，他大脑中的安全，意义更加广泛。

"网络上不是传播有钱人的绯闻，就是播放一些网红段子。经济一路狂奔也不行，如同一匹马，跑到一定程度要休息后再跑。硬冲不是伤害马的身体，就是把马累死，社会发展也是这样一个道理。各地把招商引资 GDP 增加定为首要指标，发展到一定程度，有预见地对精神层面多做点功课才对。没有文化的发展，非常可怕。这进屋索债者，跟绑架区别不大，如果他们有点儿文化，就会通过诉讼解决问题。"张大陆对索债者的不合理方式，进行批判。

"对非法者的纵容，就是对诚实守法者的不公。不能全归罪于进屋暴力索债者。你看，好多大公司，老百姓的血汗钱、银行贷款、各种投资者的钱，只要圈到手就开始为所欲为。最后闹出个大窟窿、烂摊子，一拍屁股走人。有些会玩的，国外注册，国内融资；然后国外申请破产，债留国人，造的可是断子绝孙的罪孽。这类人，法律能怎样？关几天有用？有些包装成合法公司，做违法犯罪买卖的组织，需要使用些激进手段。"对一些玩击鼓传花式的，带着传销色彩的，表面贡献实际诈骗者，郑华夏态度明确。"我们一直讲安全，抓安全，重视的是生产环节的安全。今后的安全要把范围放大，比方说对疾病的应对，对员工个人职业安全及人身安全的警惕，都要系统考虑。公司要成立个应急小组，林城石回头帮公司多招几个退伍军人回来。公司的安保要升级，不光是监控等硬件，还要有一定的反应能力。要研发一套紧急报警系统，当董事长的办公室有外人强行进入时，至少要有自动报警和处理功能。"

郑华夏说完后，杨海峡补充说："今后招聘人员要多元化，企业发展到一定规模，能工巧匠，以及有一技之长的人，都要储备。比方说有侦察兵特长、武术特长的人，在同等条件下要优先录用。政府部门有政审环节，企业没有，可对他们的职业历史要查清楚，日常考核也要关注道德。招来的人不光要能用，还要用得放心。"

"这样吧，作为总办秘书，林城石兼任应急小组组长。一些文字的工作，可以放权让下属完成，最主要职责就是抓好关键岗位关键人员的综合考核。把自己当成公司的纪检委，越是公司高层，越要加强考核，各种社会关系都要考察清楚。与公司有重大经济纠纷的企业，要有预见性地从侧面考核他们负责人的道德情操，扮演好公司门神这样一个角色。还有，那个韩营军现在工作怎样？"

杨海峡突然问韩主任，林城石不好回答，把目光投向张大陆。

张大陆说："韩营军做人没问题，值得信任。他从来不搬弄是非，自己的工作都会努力去完成，感觉死板了点，唯恐自己出问题，总在纠结细小的事情，结果是放不开手脚，做事缺少点大开大合的闯劲。"

"这就对了。我不是说过吗，要用有各种特长的人。你看乾隆皇帝，大贪官和珅、清官刘墉，他都能用到极致。我们用人要用好他们的长处。现在招聘难，做电焊、氩弧焊的多数是20世纪70年代的人，'80后''90后''00后'，除非家里困难，做焊工的越来越少。"

杨海峡记得韩营军是1979年出生的，差点儿成为"80后"。他去一家五金厂谈业务，韩营军恰好是厂里的保安，每次见到他，感觉做事非常讲规则。后来就喜欢上了这小伙子，问愿不愿意来厂里学个技术什么的。韩营军说当了两年兵，回来后学了两年医，本想着开个诊所谋生，结果又被朋友骗进传销团伙。出来后还欠着搞传销的朋友1万元"伙食费"，没办法只能找个保安做了。保安工资低，要娶妻生子，的确不容易，他也想着学个技术好吃长久饭。韩营军说话诚恳，做事认真，属于有梦想、却被现实"撞了头"、接受过生活教育的那种人。杨海峡把韩营军挖了过来，他在部队获评过优秀士兵称号，侦察兵出身，练过功夫，在公司有用武之地。

"下一步把韩营军调到应急小组做你的专职助手。许多工厂为了省钱，安全管理岗位都是虚的、兼职的，是应付政府检查的，一旦遇到问题就束手无策了。我觉得管理要上去，该养的人要养，该花的钱要花。咱们厂定个规矩，今后凡遇到市场淡季裁员，先从生产部裁。许多厂一遇到裁员，先从管理部门乃至文员下手的事，咱们要倒着做。仔细想想，行政、后勤人员，其实是维护老板利益的后盾。"杨海峡朝林城石下达指令。

"韩主任总体来说表现不错。上次发现印度的产品出问题后,他找我说家庭负担重,希望公司尽量能够从轻处理。处理结果出来后,他说要请我喝酒。言谈举止中,看得出他对这份工作的珍惜。属于公司不开除,他就打算干一辈子的那种老黄牛式的人。他喜欢运动,能单掌断砖。上次公司搞年会,他上台表演过。专业的事要由专业的人来做,搞安保工作他的确有优势。我明天跟张总安排好交接工作,就调他来办公楼协管公司安保工作。"

听了林城石对韩营军的评价,杨海峡脸上露出一丝喜悦。他喜欢这种踏实做事、对公司高度认可、知道感恩的人。市场经济条件下,人员流动是常态,可成天比这比那,这山看到那山高的人,他非常讨厌。

由于扯进了老金绑架的事情,家庭谈话的焦点分散了,从老金的事谈到工厂人身、财产安全管理,后来又讨论到公司食堂卫生。

杨海峡有个特长,不管谈话内容涉及国内国外、厂内厂外,他总能把话题连接到公司管理上。

公司食堂购买的一批受到污染的三文鱼,一度造成一百多人腹泻。杨海峡要求公司高层管理人员要排好值班表,时刻注意食堂安全。买菜人员,用手机拍照留下摊位号,买来的菜最好留样保存,员工一旦出现食物中毒等事故,也有个线索可循。公司要主动掌握信息公开的主动权,比方说陈飞离职,本来因为商业贿赂被公司开除了,为了保全面子,既没有报警,也没有发通报,只给关联客户私底下发了个知会函,告知此人已经离职,所有往来应以公司新告知的联系人为准。这种看似保全面子的做法,给了他继续坑蒙拐骗的机会。今后保全面子的做法要因人而异,对有些人来说可能会起到助纣为虐的作用。既不能教育现有的员工,也没有对犯了错的人给予惩戒。陈飞离职后转悠了一大圈,在外地搞了个禅文化公司,然后转着弯子给熟人谈提成,让他们帮忙打广告。忽悠来忽悠去，结果又忽悠到公司熟人头上来了。郑总几人去的那个被传得神乎其神的地方，就是陈飞搞的新"项目"。要是当初直接报警或者公开其不良行为，就斩断了他的黑手。

听到这里，最为惊叹的人是王海峡，他万万没有想到董事长居然对一件小事也有这么深的研究。他还以为郑总被骗，属于有钱人上当的正常经历呢，没有想到他们会顺藤摸瓜，把所有原因都弄了个水落石出。

林城石和张大陆相互望了一眼，他俩也为董事长有这种堪称特异功能般的侦察力感到震惊。

正常情况下，董事长有需要核查的人或者事，都会交代关键岗位的助手去查。这件事全公司高层都没有接到核查任务，显然是他自己弄清楚的，而且查得如此彻底和准确，跟他们所掌握的陈飞离开公司后的行为完全相吻合。

郑华夏站起身，伸了个懒腰。她当时处理这事时给陈总留足了面子。她主管财务工作，人员受贿，也有监控失责的问题。最重要的考量是，想着他能改正，重新走上一条创业之路。她觉得陈飞这个人能力是有的，就是心思不正，满脑子全是歪门邪道。没有公开他的商业贿赂行为，本想给他机会，现在看来该坚持原则的时候还是要坚持原则。老金被绑架的事让她明白，有些危险是我们自己给了危险发生的可能。

郑华夏从林城石和张大陆的表情上，看得出他们对陈飞的高度不满，她心里多少有些慰藉。作为公司投资人，需要干将，也需要心存感恩的人。林城石和张大陆对陈飞的反感，并不是因为他们是一家人，而是打心底里反对这种不知报恩又不务正业的错失行为。

一个人对一件事的态度，往往反映出的就是他为人处世的方式。

郑华夏拿起茶壶去冲茶。

黄丽丽朝王海峡使了个眼色说："你赶快去冲，怎么能坐在那里等长辈伺候呢？"王海峡急忙起身。

"坐久了，我想运动下。"

张大陆接过话："让他多学些待人接物的礼仪，今后在商业道路上发展，最基本的礼仪要懂。不光要懂，还要善于琢磨。"

张大陆讲到一位他认识的大学教授的女儿，这孩子大学毕业两年多了，好不容易找到一份工作，干不了多长时间就辞工了。原因不是孩子不优秀，是不懂成人语言。教授举了个例子，成年人让座，会说一大套客气的话。可他女儿觉得，既然让了，别人坐不坐那是人家的自愿，何必要那么啰唆。一个小礼仪，道出这孩子总适应不了工作的原因：那就是该多说几句的时候没有多说，该按成年人思维表达的话没跟上，结果造成了对成人社会的不适应。张大陆上大学时，班上有个女孩对某个人或者某件事的"对错"评断，她总不一口说出结论。有时候呵呵笑笑作为表达，有时绕了个大圈子说了好几句不着边的闲话，结果还是没有表达出"对错"。那时他总看不惯她，觉得她那叫和稀泥，没有正义观。工作了整整二十年，才发现自己二十年摸索出的说话技巧，才是人家上学时的那个水平。其实，人家从小生活的家庭环境不同，早学会了成人语言、社会语言甚至官场语言。他没有那个机会，碰了多少次头才明白过来。

张大陆对职业年龄颇有研究。按照目前男人六十岁退休的时间算，减去刚参加工作的学习磨合阶段和退休前不在关键岗位的过渡时间，一个人工作的黄金年限最多也就二十多年。说话技巧拉开一大截，那就吃大亏了。礼多不怪，让王海峡动手泡茶，多熟悉跟成人打交道的方式，总是好事。

郑华夏说："咱们继续说家事吧，越说越远了，还是回到主题上来。"

端着茶,走到书柜旁的一张中国地图前的杨海峡,转身回到茶几旁。

"好。不过谈发展,作为制造型企业,咱们关键在于掌握好新技术。新技术就是新生产工具,别人坐汽车,咱们坐马车那是跑不过人家的。19世纪末,许多专家在美国开了一场未来城市管理研讨会,商讨的问题是英国伦敦马车太多,几十年后城市如何应对被马粪掩埋的问题。结果汽车普及后,马车直接被淘汰了。前几年,许多科学家又在研究汽车尾气造成的地球变暖问题,现在市里的公交车开始用电池做动力了。不光动力变了,安全也升级了,公交车驾驶位装了安全防护玻璃,司机坐在一个独立空间里开车,把可能影响驾驶的人为因素提前做了分隔。我们要往前看,跟象棋高手一样,最好能一眼看到前三步棋。"作为出口导向型公司的负责人,杨海峡始终关注着国际风云。不光要技术,还要有市场。一个小小的外交摩擦,可能导致他的集装箱在海上多漂一两个月。这几年中国跟西方大国的贸易摩擦不断升级,表面上是个关税多少的问题,实质是其他国家对中国崛起的一种高度恐惧。

杨海峡一旦精神放松,他的国际"视野"又成为发言的主题。一坐到办公桌后,他就进入了工作状态。他说读过一篇介绍越南在南海填海造岛的文章,越南经过四十多年的努力,总算在南海填了个一百英亩的地盘,一次大海啸过后,人造岛被台风给吹走了,只剩下几个钢筋架子东倒西歪地留在那里。

大家以为杨海峡要讲关于公司发展的严肃问题,听到他在说笑话,几个人捧腹大笑起来。

杨海峡说这可不是笑话,是真实史料。原因很简单,以前他们技术不过关,海底泥沙固定不了。国内的天鲸号和天鲲号，被全世界称作填海神器。尤其天鲲号，一小时可以挖个1米深、一个足球场那么大的空间。一个足球场的面积可是7000平方米，而且最远填海距离是15公里。越南四十年的填海面积不及中国一个小时的填海面积，这就是差距。技术过关，别说被吹走，神话故事里的精卫填海正在变成现实。

郑华夏说："我都能背下来了，然后就是北斗导航用的是国产芯片，嫦娥登月了，国人的腰杆子硬起来了，等等，我看你去做宣传部部长最适合了。"

杨海峡咧嘴笑笑，算是回答。

说完国家力量，开始谈公司管理，他在思考公司发展的新布局，在保持原有项目的同时，向两个新行业发力：一是打开所有嗅觉捕捉新技术，甚至连林城石异想天开的那种未来通信技术也不能放过；二是本地文化产业的多维化发展。公司面对的不光是产业，还有人才梯队建设，他要培养身边的年轻人多关注传统文化，找到思想根基，今后不管在哪个行业都不会漂浮不定。

林城石也觉得人们的发展观要重新定位，不是会赚钱的人就是有钱人，也不是会赚钱的企业就是大企业。有责任、会发展，能走稳走远才是真发展。人都保不住，社会能走多远？美国短期内颁布一道法令，可以限制航空发动机、光刻机等高科技产品出口到中国。所谓的科学无国界是有条件的，人家不让高科技出口，一道禁令就能竖起一堵墙。

"对一家企业来说，最关键的几步一旦走错，面临的不再是市场而是退场。这跟写文章一样，真正有生命力的东西，都是从老百姓生活中折射出来的。看到了百姓生活的深处，也就看到了社会发展的整个面貌。"杨海峡笑笑说。

"穿过军装，读过研究生，有眼界、有见识的'国际总裁'

职业病又犯了。这是家庭小聚会,不是年终总结大会。小聚会谈大事,总把自己看成大领导。今天多谈家事吧。"郑华夏又开始踩刹车。

"心中不装仇恨,眼里全是阳光。好了,说得不对的地方你们纠正,我想到哪里就说到哪里。自家人嘛,随意点好。咱家族各行各业的人都有,相互发挥专业特长,一定能做出一件世纪大事来。不管世事如何变迁,人总要抱有希望,有希望就有未来。哈哈,快到下班时间了,今天我请客,吃个团圆饭。"

杨海峡站起身,离开办公桌重新坐到沙发上。

"万亿古镇,不是从天上掉下来的。靠的是改革开放,靠的是和平发展,靠的是技术和人才。这一点,作为脚步跨越两岸的企业家,我最有发言权。人类研发高科技,最终还是为人类服务。社会发展的终极目标是让人生活得更好,企业家能有这种思维能力,就算成功了。呵呵,我有点儿自夸了。不过,作为连户口都迁移到这里的扎根者,我想别人也无法反驳。好了,我给大家唱几句这几年学会的岭南水乡古调儿,你们听听我唱得怎样。"

> 鲤麻不怕珠江浪,
> 细妹喜欢花衣裳。
> 一船蚕丝随浪去,
> 满仓白银换稻粱。
> ……

杨海峡嗓门中飘出一段"唱龙舟",大伙儿面前瞬间浮现出一幅水村山郭图:"龙伯"手里挑着个二尺来长的木雕龙舟,一边敲小锣,一边打小鼓,唱出来的神话人物以及身边生活,活灵活现、有滋有味。小小龙舟大有乾坤,上层要么是象征招财的吉祥大元宝，要么是除妖辟邪、栩栩如生的唐僧四师徒；下层十三个艄公，一人掌舵，十二人分成两列六排划船。围布挡水，铁线连着艄公手中的木桨。锣鼓响起，"龙伯"口中的龙舟歌，加上木偶般提线掌控的活动船桨，上演着一幅原始立体动画大片。龙舟上不忘插上三面旗子，前面两旗正反两面上书"国泰民安""风调雨顺"，后面带着点神秘色彩的七星旗压阵。

　　一套可以用一根棍子挑着说唱龙舟的道具，便是透析水乡人情世态的微缩世界。每年端午，"扒龙舟"的壮阔场面，热闹不减；逢年过节，"唱龙舟"的影子，早已在村头巷尾消失了。

　　留在水乡人心里的"龙舟"，倒成了记忆中的另一种"乡愁"。袅烟环绕，出门划船，夏夜吃完晚饭，跑到大榕树下铺席，占地乘凉的童年，变成了开空调、吹冷气的电器时代。老人口中繁盛的广州十三行他没见过，一船蚕丝去，一船白银归的南国丝都富庶景象，他坚信不疑。以前靠木桨划行的船只，变成长辈们口中靠机器动力行驶的轮船，中间跨越了多少个岁月，他说不清楚。不管摇一天木船，还是坐两三个钟头的轮船，随着镇里最后一班轮渡停运，别说几年前一小时的高速路，跨越广佛两座城市仅需9分钟的动车速度，足以让来广东淘金的洋人叹服。

　　割鱼草喂塘鱼的农村不见了，陪都市青年长大的水乡，已经"朱颜"大变。打开北斗导航定位，家还在那个地球经纬线组成的不变之地，可桑基鱼塘早长成了直插云霄的高楼大厦。光着屁股游泳，在水草下抓鱼捉虾，以及能够拣鸟蛋的芦苇荡和甘蔗林，成了博物馆里供孩子们参观的电子风景。广州亲戚一个电话请吃酒席，那边的酒席刚摆好桌，这边应邀参加的人已经到了桌边。这就是速度，动车、高铁的速度，更是社会大发展的速度。

与张大陆惋惜那些失去的水乡云烟不同,杨海峡为自己是一名成功的制造业主人而自豪。

林城石心想:每个人心中都缔造着一个属于自己的精神家园。迈出脚步的那一刻,就已经走在了奔向美好的路上。